9787533954338
U0926192

海胆

十人特写手册

雷晓宇 著

序一

我是海胆，她何尝不是

——黄觉

第一次知道雷晓宇这个名字大概是十多年前吧，那时还是博客时代，网络还没有完全掌握整个生活，书籍和杂志拥有比现在更大的阅读空间。那时演艺行业的人物专访已经写得玲琅满目活色生香了，但我喜欢的政商界人物采访，基本上都很刻板。除了被访者想告诉你的，被访者的精神世界、生活困惑方面，基本都不会有什么可读取的信息量，看起来非常乏味。

当时好像就不知道在哪儿抱怨过一句，如果中国有本政商版《OK！精彩》杂志就好了。老狼的妻子潘茜说，你可以翻翻雷晓宇的人物专访，挺好看的，也许可以解解你的渴。于是上网翻了雷晓宇的专栏，一看进去，一发不可收拾，好过瘾啊。怎么过瘾就不描述了。当时就想，如果有一天能被雷晓宇采访一次，我的职业生涯也算圆满了。但这是不大可能的，因为不对口，基本上碰不到。

若干年后，一个商业活动附带采访，说找的是雷晓宇。内心直接把大腿拍烂，但同时又惶恐起来，我有这个勇气吗？我有勇气在她面前面对那个最真实的自己或者说我从来没看到过的自己吗？不知道。但我觉得这应该是件有意思的事。

采访的过程就不说了，书里写得很瓷实，能看到我也能看到她。最让我感慨的是，采访后的第二天，我觉得之前说的有个地方可能不妥，希望她能把这个去掉。没想到，她把这段也给写了出来，我这个举动也形成了她对我的最终认识。

之后我们交换了微信号，我们应该是朋友。我是海胆，她何尝不是？雷晓宇之后，就不用再和这个世界走心了，文字都有记载。

2018.08.04

黄觉：演员。

代表作有《地球最后的夜晚》《师父》《恋爱中的宝贝》《倾城之恋》等。

序二

晓宇的功课

——李静

晓宇和我做过四年的邻居。她搬走后，我怅惘了好一阵——早知道为邻的时间这么短，就多和她坐坐聊聊啦。她可是个引人入胜的谈伴，头脑风暴的好搭档，不折不扣的一座富矿。她能彻夜不重样地给你讲活色生香的故事和林林总总的人，有时我听进去，会生出一种她替我活过看过的酣畅移情之感。有时我会从脑子里掏出个小本儿来，悄悄存起有趣的人物和细节。虚构者是下意识的小偷——随时偷来他人生命的碎片，准备嵌进自己的诗篇，还美其名曰“用功”。

晓宇的用功是另一种。我有点知道《海胆》这本书里的文章是怎么来的。有一阵子，晓宇常来我家做客，坐上几小时，聊聊她的采访、她的心事、她的经历、她的童年，说到动情处，会哭一鼻子。她跟我聊李安。她经常跟我聊李安。我深信李安作品的内在世界和她的深层自我之间，有一条神秘的通道。他的电影她全看过，而且不止十几遍。他写的书、别人对他的采访，她都读过，说起他来，细节栩栩，就像与生俱来的亲人。她把自己对他的采访录音听上好几遍，打字整理出来，再看上三四遍。然后，她站远，用心理学去分析他，还竭力寻找哲学意味的关键词，想要穿透他。李安的《卧虎藏龙》被她发展成解释自我的模型——不只是她的自我，是所有人的。她问刘若英：你觉得自己身上是玉娇龙多一点还是俞秀莲多一点？她也拿侯孝贤的聂隐娘跟李安的玉娇龙相比，她的结论：是玉娇龙而非聂隐娘，才真的“一个人，没有同类”。她也拿这两个女人分析自己——她的玉娇龙如何让她无法安稳，而她的俞秀莲又如何令她不能恣意。她就是这么投入。

晓宇对李安的爱引起了我的警觉，使我怀疑自己是不是忽略了什么。然后我去影院看了《比利·林恩的中场战事》。看着看着，我也哭了起来。为什么呢？我问自己。为什么李安能把你的心揉皱了呢？为什么他能把主人公孤绝残酷的境遇冷然尽现，还能让你心底柔软，软到化了，并且放心地让自己化了化了，哭死哭死呢？好像有一个恒久温柔的怀抱能接纳你所有的煎熬和痛苦，好像——用晓宇的话说——好像回到了母亲温暖黑暗的子宫，在那儿，一切都真实无比，一切都得到应许和安慰。

看来，通过李安这条管道，晓宇找到了自己的生命密码。她又试图以自己为管道，解开李安的密码。由此她写成充满激情和发现的《和李安一起午餐》。这是一篇“越界”的文章——越了记者的中立之界，想要突入李安生活和创造的深处。文章很长，但是被转疯了。读者的留言又多又长又激动，他们说从未见过有人这么写李安。

后来我注意到，也有读者在晓宇的其他文章下面这么留言：从未见过有人这么写朴树，从未见过有人这么写刘若英，从未见过有人这么写刘晓庆，从未见过有人这么写秦怡……

这是记者雷晓宇的成功——她赢得了读者的心。她的成功在于，她几乎每篇文章都违反了记者应当恪守的“中立”律条，而成为爱的、介入的、拥抱的，或疏离的、审视的、反讽的。在她这里，“疏离”不是中立，而是一种评判态度的表达。你没法在她这儿找到没态度的文章，你也没法不感到她强烈的个性和奔放的心跳。如果你是个高冷的人，可能会嫌她太富侵略性，但你没法否认她的敏锐度和创造力。没办法，天蝎美女嘛，“要么一切，要么全无”。她的情感和意志无时不在，像不知疲倦的探照灯。她观察采访对象，捕捉转瞬即逝却可能自我出卖的细节，提出击中要害或出其不意的问题，进行棋逢对手或推心置腹的对话。她看起来是主观的，但毋宁说她是明心见性和善于共情的。个性吸引个性。敏感响应敏感。智慧欣赏智慧。正是因此，这些久经沙场的人物，愿意跟她平等地说话，尽量地敞开。也因此，你只有在晓宇的文章里，才能看到某个人物的某一面。

一些非常出色的人物记者和非虚构作家，致力于人物观点的呈现。雷晓宇不同，她更在乎呈现一个“人”。这个人——不管他有多少光环与神话，她平视他，盯住并显现他的困境、挣扎、矛盾的心态，无能的时刻，尴尬的瞬间，混沌无察的悲剧，破茧而出的畅痛……读读《Hello，朴树先生》，那是又一部爱的样本。读读《秦怡的纸枷锁》，那里有同情和反讽的复调，穿透历史荒谬的阴翳。读她的文章真像看一部戏，涌动着痛快淋漓的张力。剧中人不只是被采访的那个他，还有她，书写者雷晓宇。

看出来了，晓宇是在通过与他们对话，而与自己对话，与自己生命最深处的情结和欲望对话。她与被书写者的精神关系，先是跋山涉水我注六经，现在，则颇有气定神闲六经注我的味道了。这样的非虚构写作，正在接近写作行为的本质——一种自我探究。作家的终极之地，即是在不断的创造与重构中，时时与自我重逢，并刻画出独一的自我的肖像。

所以，我甚至希望有一天，晓宇写自己，或者，去虚构。因为她人世的功课已做得如此充足，《海胆》便是一例。

2018.08.13

李静：编剧、文艺评论家。

著有话剧《大先生》《秦国喜剧》，文集《捕风记》《必须冒犯观众》。曾获老舍文学奖。

序三

一壶眼泪茶

——史航

以前在《奇葩说》第三季打辩论的时候，我讲过一个故事。这故事是朋友桑格格讲给我听的，又恩准我讲给别人听。

一个女记者采访科学家霍金，问他这辈子有没有被什么事情打动过。霍金回答：遥远的相似性。

我太喜欢这个故事，有机会就传播，后来霍金去世了，这个故事也就被不少人引用。

我喜欢霍金，也喜欢那个女记者。她敢拿这么幼稚的问题，去打扰那么深刻的大科学家。

我读雷晓宇这本《海胆》，时常也会佩服她，敢用一些“上次你是为什么哭泣”这样的问题，去问李安这样的人物。

问幼稚问题的记者未必幼稚，面对受访者，人家也许只是找到了最合适的打开方式。尤其是晓宇这种女孩子，你要是觉得她幼稚，哼，你说说你到底有多幼稚。

她的采访，是很有一点母性的。所以，人家要狠，她理解；人家出神，她等候；人家不忍，她欣慰；人家沉默，她陪着沉默。

我喜欢侯孝贤导演提到马尔克斯的一部小说，说是有个人抱来一只鸡，就跟旁边人说，你们不要一直看它，不然它会死掉。导演的意思是你们不要一直看我。不过导演想不起来这部小说的名字了，“我记性不好”。

“是《没人给他写信的上校》吧。”晓宇的提醒，让侯导立刻笑了，“一脸刀削斧凿的线条笑开了花”。

然后晓宇补了一句：“被人懂得还是有乐趣的。”

我就是想拿这句话，作为《海胆》一书的推荐理由：

被人懂得还是有乐趣的。

懂得别人也是有乐趣的。

不过，我还是对晓宇有些不满。这些访谈结集出版，名字叫《海胆》。海胆外壳那么多的刺，就是为了不让你掰开它，可是，你就是一定要掰开它吗？我知道你是坚强的不怕刺的访问者，但只是因为你的坚强，你就要那样做吗？

看人家采访别人，就是看着螳螂捕蝉，你自己呢，也差不多就是黄雀在后。我这只黄雀（虽然我在微博上的身份是鹦鹉），时常会有一点惊悚之感，因为晓宇的提问，其实可能掀开别人过日子的那张底牌。我有点怕她真的问出人家不能自洽的一切，怕她事了拂衣去，把采访对象丢在原地，就像海滩上一只没法自己翻身的海龟。

好记者都是会很多种密室逃脱术的，然而，那间密室，也许就不容易复原。

想起朴树提到创作型音乐人日复一日付出代价，那种“音轨上的血”。

这本书里也提到，阮经天有一次拍戏，情绪上不来，豆导（钮承泽）冲着他吼了许多戳心而有效的话，小天就很好地完成了这场戏，但是他也会吼回豆导：“我伤已经好了，你又把它揭开来，只是为了一场戏！当演员一定要把自己搞得这么痛苦吗？”

是啊，值得吗？

访谈里小天也谈到：“（对于豆导真实的感受是，）我不要超越他，也不要离开他，而是，我未来一定不要成为他那个样子。”

不过，豆导的话，也有他的道理。他说——

拿你自己的伤当成药，去治愈别人。别人被治愈，别人的力量回到你身上，你的伤才能成为你的药，可以用来治愈你自己。

不管怎样说，我感激《海胆》这本访谈集里很多对我来说很重要的讯息，它们不是搜索引擎能随便带给我的，是晓宇用她的头脑和心思 点一滴地看到或者问出来的。

比如采访拍摄的间歇，刘若英还特意回了一趟家，陪陪孩子（也要注意不让他抓乱发型），还要把刚才配合拍摄买的水果蔬菜放好——那也是真的花钱买来，真的每天都要吃的；

比如侯孝贤想拍唐传奇《任氏传》，比如工作人员想拉他上《康熙来了》而未遂；

比如黄觉把拍戏比喻成下矿，“坐在车里，运来运去，一条黑路，像漫长的隧道，靠在那儿，真跟从矿里出来是一样的”。

问采访对象心仪哪位作家的，很多。

问人家期待什么样的理想观众或读者的，很少。

晓宇就懂得问侯孝贤：“你最希望被谁看懂？”

“米兰·昆德拉。”

喔。

我不太想引用晓宇对李安采访的任何文字，你们自己看吧，那是这本书里最贵重的一篇。我知道《少年派的奇幻漂流》是晓宇的海市蜃楼，《卧虎藏龙》是晓宇的白日梦，李安是她的父王，她就像《李尔王》的小女儿考狄莉亚，随时准备献出自己真挚的理解与隐秘的忠诚。

最后再讲一个小故事，关于一只鸟，不是黄雀、鹦鹉或者鸵鸟，而是猫头鹰。

猫头鹰从橱子里拿出茶壶。“今天晚上，我要泡一壶眼泪茶。”他说。他把茶壶抱在怀里。“现在，”猫头鹰说，“我要开始了。”猫头鹰坐直身子，开始想一些难过的事情。“椅子断了腿。”猫头鹰说，他的眼睛开始流泪。

“歌不能唱，”猫头鹰说，“因为歌词已经忘掉了。”猫头鹰开始放声哭。一大粒泪水滚下来，掉进茶壶里。

“汤匙掉到炉子背后，一直没人看到。”猫头鹰说。更多眼泪流出来，掉落到茶壶里。

“书不能读，”猫头鹰说，“有几页被撕掉了。”

“时钟停了，”猫头鹰说，“没有人去上发条。”

猫头鹰一直哭，一大粒、一大粒的眼泪落入茶壶。

“早晨没有人欣赏，因为大家都在睡觉。”猫头鹰呜咽不止，“洋芋泥堆在盘子里，因为没有人要吃。铅笔剩下短短一截，不能写字了。”

猫头鹰还想了许多使人难过的事情，他哭了又哭。很快地，茶壶里就装满眼泪。

“够了。”猫头鹰说。他停止哭泣。他把茶壶放在炉子上准备沏茶。当他倒满一杯茶时，他感到幸福。“有一点咸咸的滋味，”他说，“眼泪茶永远是非常好的。”

神前宜泣，人前宜笑。

然而，晓宇，读你这本书，就是抱着你烧的一壶眼泪茶。

现在，可能混入了我的一两滴泪，但愿你不介意。

2018.09.29

史航：编剧、策划人、影评人。

《鹦鹉话外音》主讲人、《奇葩说》第三季辩手，言辞犀利有趣，人称“鹦鹉史航”。

目录

和李安一起午餐

1.

这天中午，和李安一起吃了顿饭。

几年不见，李安看起来竟然已经是个老头儿了。他的头发变得花白，他的背佝偻着，就连他的面部肌肉也开始往下走，这让他即使在笑的时候，也总有一种马上要哭出来的神情，叫人若有所动。

也对，李安都62岁了，怎能不老——连我都不再年轻了。

当年第一次看《卧虎藏龙》，我还不到20岁，除了觉得美，什么也不懂。但后来的十几年里，每一次重看，都能看到之前从未发现的新东西。《卧虎藏龙》就是个大千世界，里面什么都有。尤其玉娇龙，小时候以为她纵身一跃是在偿罪，后来才领会到，她根本不是一个真实的人物，而是一种无法实现又心向往之的生活理想。李安在她身上多有寄托，她往下跳，其实是飞，升华了。

去年夏天，看了《刺客聂隐娘》，去台北采访了侯孝贤，就又把《卧虎藏龙》找出来看。聂隐娘和玉娇龙，都出身官宦人家，都一身武艺，都不驯服，但两个人物的质地完全不同。隐娘从小遭遇不幸，身世坎坷，她的逃离和反叛有其世俗的逻辑，是对命运的反抗。但玉娇龙，她从未身遭不幸，但她，他妈的就是不爽极了。

玉娇龙走得更远。师父要她永远追随，不要。大儒要收她为徒，不要。父亲要她嫁入豪门，不要。她不愿服从所有这些秩序，通通不要。但她又不可能和罗小虎真去那自由天地，因为她不是那样长大的，那不是她的世界。最后，天地之大，竟然无处可去。她往悬崖下一跳，就是叛逆到淋漓尽致，死无葬身之地。她说，她要的就是个自由自在，但她发现活着就是不自由的，所以她宁可不活，也不妥协。

她姓玉，音同“欲”，又有宁为玉碎不为瓦全的意思。

侯孝贤跟我说，聂隐娘就是现代性。那么，玉娇龙简直就是后现代性。她根本就是女版的詹姆斯·迪恩，摇滚得很。这种无因的反抗，有存在主义的味道，接近命运的本质。侯导18年磨一剑，但李安大成若缺，不拘一格，无话可说。

俗话说，不怕怒目金刚，就怕眯眼菩萨。别看侯导一张刀削斧刻的脸，李安一副菩萨相，陈文茜一问起来，他还要卖卖萌，但其实他比侯孝贤还要狠得多。侯导好歹让隐娘活，还给她留了一个磨镜少年，说是“一个人，没有同类”，但还是很不忍心地给了条路走。但李安呢，他把这个梦戳破，玉娇龙那才是真的孤绝，那才是真的“一个人，没有同类”。

《卧虎藏龙》之后，李安又拍了6部电影。他一次次地讲人的孤绝的故事，更湿润，更温厚，更老到，也更狠辣。

第一次觉得李安可怕，是看《色戒》。这部电影，反反复复看，也忘了有五六遍还是七八遍。觉得害怕，不是那十分钟的床戏，而是因为电影里彻头彻尾的虚无——爱情是荒谬的，友情是虚伪的，亲情是荒芜的，国家是四分五裂的，革命是似是而非的……只有性爱的快乐是真实的，而这唯一的真实恰恰又是不可说的。

这个女人，她就生活在这样一个废墟里。

李安真狠啊。他把张爱玲几十年涂涂改改写了又藏的东西，一五一十都拍出来了，而且拍得毫不手软，如同跟随王佳芝坠入了那个神秘的潜意识的深渊，无法得救。亲情、友情、爱情、信仰、理想……人活着要倚赖的几乎所有重大系统，他一一下手，拆解个遍。

但李安又不是张爱玲。最后王佳芝从珠宝店里出来，失魂落魄，遇到个拿着风车的快活车夫。注意看，车夫背后的号衣编号是1023——这是李安的生日。王佳芝，不，张爱玲，她的人生实在太绝望了，李安忍不住要在她的临死关头幻化成天使，给她一点温存和希望。

如果你注意听的话，《色戒》的原声大碟里，这一段配乐的名字就叫作*The Angel*。这张CD里，还有一段旋律，是勃拉姆斯晚年最著名的间奏曲Op118。那一年，勃拉姆斯60岁，他最爱的姐姐去世了，老师舒曼也死了，人生即将走到尽头。他在贫病中写下这支曲子，以欢快的旋律开头，但越来越多的欲说还休、悲欣交集，好像早已知道结局，剧本已经写好。3年之后，勃拉姆斯与世长辞。

《色戒》，与其叫“色戒”，不如叫“生死”。这是非常本质的追问。李安说，这部电影是他有生以来拍得最痛苦的一部，至今不敢重看。当时，他甚至在崩溃中远赴法罗岛，求见英格玛·伯格曼，见面大哭。这个瑞典老人，从《野草莓》到《第七封印》，他拍了一辈子关于生、死和怀疑的电影，到了88岁的时候，他自然懂得李安在哭什么。一年之后，伯格曼去世了。

这就是李安的魅力。人人觉得他是个呆萌害羞的老好人，但那不过是他的皮相，他的教养，他的保护色。他把他最强烈的激情和最深刻的温柔，全都给了他的电影，在那个世界里，他做得一回玉娇龙，剥皮见骨，忽生忽死，半佛半魔。玉娇龙做的是江湖梦，李安做的是电影梦。他们都只在梦中才能做自己，梦一醒来，人就不能再是那个样子——就好像没人能够接受绿巨人变身之后的样子，虽然暴力和愤怒也是真实的他，但人们只认同他温和、安静、没有攻击性的样子。做梦总有一天会醒，醒过来会像浩克和玉娇龙一样无处可去，但好在李安不只自己做梦，他又用自己的梦，给他人造梦，循环往复，以至无穷。

说白了，李安拍的从来就不是年轻的电影，它们一部比一部温柔，一部比一部深沉，一部比一部复杂。所以，我总暗暗觉得，他应该长得更老一点，才能配得上这些智慧。长得青春洋溢的人，拍不出《色戒》和《卧虎藏龙》。如果李安是那种长相，反倒不像样。看看伯格曼的脸，再看看李安的脸，岁月在人的脸上和人的心上刻画出来的痕迹，理应是一样的，而电影像一盏魔灯，它把这两种痕迹同时显影在银幕上，这就叫作“雕刻时光”。

这么多年过去了，李安真的和他的电影长得越来越像，我则因为喜爱他的电影，对他这个人产生了许多类似“理想父亲”的投射。我当然知道，这未必是真实的李安，但你总会有种幻觉，似乎你所有的困惑和脆弱在他这里都是可以被接纳的。

眼下，这样的一个人，他就坐在你对面，用这样一双湿漉漉的眼睛注视着你，让你立刻就不假思索地决定，要给他所有的信任，向他倾诉所有的秘密。

但这一天，我是个记者。我要做的，是问出李安的秘密。

2.

很多年前，我爱看李碧华写的食经。有一次，她写白斩鸡，提到台北一家老字号。那天晚上，坐她左边的是一位墨镜导演，拒人于千里之外，从头到尾一言不发，不动声色。坐她右边隔壁的是李安，和一群朋友一起，不过朋友说话比他大声，他只是笑着跟老板打招呼，说，每次回台湾一定要来吃这一口，好像吃的不是鸡肉，是乡愁。

李安用情，但不好吃。食物好像也不只是在满足他的味蕾，而是心理和情感上的需要。他不是一个善于享受生活的人，但这样的联想和隐喻，他在《饮食男女》里也早都玩过了。

半小时前，他给自己点了一碗刀削面。西式的大白盘子，小小的一堆。食物简单，因为他更需要时间。接下来还有好多采访和活动要出席，他得硬挤出一点时间午睡。

李安已经好多天没有睡好了。这一趟，从纽约到台北，从台北到北京，还要再飞上海和香港，是为了宣传自己的新片《比利·林恩的中场战事》。距离上一次拍《少年派的奇幻漂流》，又是4年过去了。在那部大获成功的电影结尾，李安使用了一段印度传统风味的配乐，名为*Which Story Do You Prefer*。他对观众有好奇，也有挑战——你们到底喜欢哪个故事？

“我们是昨天看的。”

“怎么样？”他立刻从粗短面条里抬起头，眼睛直视过来。

“我觉得没什么好不适应的，不知道美国人这次反应怎么会这么大。可能他们中年危机，所以不那么自信，变得保守了。”

李安来北京之前，他的新片已经在纽约电影节首映快半个月了。这段时间，票房数字和媒体风评一一出来，老实讲，都不太乐观。在美国“豆瓣”Tomatometer上，这部电影的好评度只有46%。换句话说，可能有超过一半的美国人都不喜欢这部影片。

有人抱怨说，李安首次尝试的3D+4k+120帧新技术让画面过于清晰，以至于自己的注意力会被各种细节转移，难以集中。

又有人说，新技术的画面虽然更加流畅，但是却让画面的颗粒度不够，看起来不像电影，更像纪录片或者电视电影。

还有人说，这个故事不够吸引人，主题老套，叙事琐碎，像一个有才华的新导演的处女作，不像大师手笔。

这是李安感兴趣的问题——为什么美国人能够接受川普，却不能够接受李安的一次技术探索？

他搅了搅面条，停了下来。

“当然了，这个电影可能在价值观上会刺激到美国人。另外，你知道吗，电影还是美国人发明的东西，所以有时候很难讲。你说，当年《断背山》为什么没有拿到奥斯卡最佳影片？说不清楚，但背后也是有一整个系统在发生作用。”

李安不是一个愿意把话讲明的人。恰恰相反，他简直是一个充满机锋的太极高手。只要他愿意，他能够把中文的暧昧表达推到极致。诸如“我就是王佳芝”“每个人心中都有一座断背山”“这部电影就是我的中年危机”这种话——实际上，中年危机这个说法，他在《卧虎藏龙》《色戒》和《少年派的奇幻漂流》上映时都说过——你可以这么理解，也可以那么理解，莫测高深，却又捉摸不定。他其实很享受这种神秘感，又不冒犯任何人。他非常真诚，又觉得把话说穿了没什么意思。

但即便如此，上面这几句话的意思也还是忍不住点到了——李安不服气。

这么说吧，《比利·林恩的中场战事》这部电影，它对于美国的冒犯，和《色戒》对于民国的冒犯简直如出一辙。在美国总统大选即将揭晓之时上映这部电影，就好比在1942年的上海放《色戒》，其对国家主义和国民性的解构之深、之狠，以至于在某种狂热的社会氛围中会遭到反弹，实在再正常不过了。

人家玩民粹玩得正来劲呢，你兜头给浇一大盆子凉水，人家能谢谢你么?

其次，李安还有一个欲言又止的解读：即便他今天已经是李安了，但在好莱坞，他仍然是一个“外人”。电影是美国人发明的，是美国人仅次于军火的第二大收入来源，在“如何用新技术来定义未来的电影语法”这件事上，美国人并不希望由一个“外人”来完成。

很久以来，美国的电影人一直在谈论“电影已死”的话题。互联网和娱乐新技术的出现，让诺兰、卡梅隆这样的导演都忍不住觉得，也许用不了多久，人们就再也不会去电影院了，主流的娱乐方式也不会再是电影，人们可能只是留在自己家的客厅里，看看美剧，或者戴起VR头盔对着电脑干点什么。

“我不认为电影已死，我觉得一切才刚刚开始。我会用3D+4k+120帧这个新技术，并不是想毁掉电影，相反，我是希望能够把观众拉回电影院来。”

从这点来说，李安非常成功。他至少成功地把我拉回了电影院——不是一次，而是四次。《比利·林恩的中场战事》，我在见到李安之前看了一遍120帧版本，之后又看了一遍120帧，一遍60帧，和一遍24帧。

如果一定要比较这几个版本的不同，第一次看120帧的时候，我没觉得新技术带来的明亮画质、景深和流畅性影响了我进入剧情，不过，我同样也没有意识到李安这么做为观众带来了什么明显的好处，我只是又一次坐在电影院里，享受又一部李安的电影而已。

但是，在看过24帧和60帧版本之后，我再一次看120帧，就能够细致入微地感受到李安的追求和一片苦心。再一想，此前所有人类，包括李安自己在内，没有任何一个人看到过120帧画面在银幕上长什么样子——别说一整部故事片了，就连一个镜头都没有——这时候，唯一的感受就是，李安牛×。没别的，就是牛×。

我试着说得更具体点儿。

《比利·林恩的中场战事》这部电影的结构很简单，就是在战场、球场和家里这三条线索之间不断进行交叉剪辑。这种交叉剪辑基本上全部都是利用声音和画面效果的相似性来完成的，所以，音画效果细腻与否，对于这个故事的成立有着至关重要的作用。

看过小说原著的人就会知道，这个故事其实是作者借一个19岁大兵之口，来表达自己作为一个中年男人对于社会的质疑。要把如此不同的两个视角非常自然地融为一体，用文字技巧是比较容易办到的，但用影像的话，难度就大多了。

李安显然意识到了这个难度，所以他选择了使用3D+4k+120帧的新技术来帮忙。这种新技术让男主角比利的每一次记忆闪回都变得更加自然，因为它最大限度地突出了比利记忆中的声音和画面，让秀场和战场在回忆中融为一体，这使得大兵们在现实中的格格不入就显得更加荒谬。

举例来说，电影里有个场景，是比利和兄弟们一起参加球队老板举办的欢迎宴会，其中有好几个食物的华丽特写。在看24帧版本的时候，镜头偏暗，画面又很短暂，不到一秒钟，所以我完全意识不到导演给这个特写的用意何在，然后故事就随着比利的记忆闪回到伊拉克战场了。

但是在看120帧版本的时候，画面非常清晰，即便在不到一秒钟的时间里，我也能够迅速辨认出来，画面里是一只烤熟的大火鸡，而且火鸡睁着眼睛。在接下来的段落里，比利回忆了在伊拉克搜查一个“圣战”分子家庭的场景，最后以一个小男孩仇恨怨毒的眼神作结。

以前后两个面对死亡的眼神来连接故事，不但自然，而且完整，但如果没有新技术的细腻呈现，导演的意图很可能被湮没掉，观众也会觉得生硬。

我问李安，如果不考虑剧情和技术的适配性，还会选择《比利·林恩的中场战事》这个故事来拍吗？

他笑着摇头，说：“肯定不会。”

很明白了。李安是因为要从技术上去探索未来电影的语法，所以选择了这么一个“轻巧”的故事。

说它“轻巧”，因为它没有《少年派的奇幻漂流》那样的深邃主题，也没有《色戒》那样的复调结构，就连成本也只有4800万美元，而且它看起来可能是太好懂了一点。

不过，它操作起来一点也不轻——做一件人类历史上从来没人做过的事情，一定累死人，还可能要面对费力不讨好的窘境。

别的不说，光是新技术带来的景深，连画面里每一个远远的路人的表情都能看得一清二楚，这对导演把控场面、调教众多群众演员的能力又是新的挑战——在旧版本里，可能个把群众演员在打混也没事，反正看不清楚，他只要做个人肉布景板待在那里就好了；但在新版本里面，群众演员的表情、动作和状态如果不到位，会立刻被观众注意到，显得一切都像是假的。

不过，这就是李安。这一次，他用大兵比利的小故事来完成对新技术的初步探索，这是大师过渡性的“小片”。他真正的野心在于筹备中的《马尼拉之战》，这部关于阿里和拳击的电影里，不知道李安又会解构些什么，但据说，它的成本会是这一次的3倍左右，而且无论成败，都将是电影史上第一部用3D+4k+120帧技术来讲述的史诗电影。

“这次在纽约，他们老是喜欢问我，Why did you do this? 问得我很烦，其实我心里在说：Why did I do this? Because I can! ”

李安的狠劲全在电影里，要让他撂一回狠话，可真不容易。多亏美国人不喜欢比利·林恩，我们才看到李安偶尔一露的峥嵘。

照理说，李安是人见人爱的天秤座，他的电影不该这么狠辣刻骨，他也不像是会发狠的人。不过，吃完饭之后，他送我们出门，突然说：

“我是天秤和天蝎交接的那一天出生的。年轻的时候像天秤座，怎么都可以，现在年纪越大，好像越来越被天蝎座拉过去。”

壮哉我大天蝎啊！击掌！

3.

一顿饭匆匆忙忙就吃完了。

其实，我点的白汁意大利面根本就没怎么动，我也不相信有人在能够和李安聊天的时候却顾着吃东西，那得是八戒附体。

下了楼，我舍不得走。想一想，这辈子见到李安的机会，很可能仅此一次。按照他现在拍电影的速度，基本上十年三部。将来年纪越来越大，最多五年一部。这就是说，我要再见到他，最快也得五年以后，要等到他再拍华语片，得十年以后了。天知道那时候我还有没有这个运气和他一起午餐。

我决定留下来，先旁听另外两个采访，再跟着他的同事们一起去清华大学。晚上，他会在那里和贾樟柯、冯小刚做个对谈。

半个小时之后，李安进来了。他可能是养过神了，拍杂志封面的名牌西装也脱了下来，换他常穿的那种休闲西服和松松的裤子。他看起来更自在了，一团和气。有个小姑娘和他聊了二十几分钟，关于新片和新技术的问题，他一个一个答过来。他甚至让人觉得，是不是有点过分和气了，因为这些问题，从纽约到台北再到北京，天知道他已经回答过多少遍了。

接下来是许知远。他有一个半小时的时间。

我记得很久以前，看过许知远的一篇口述文章，名字我忘了，但主要是讲发生在他自己家庭里的父子冲突。我还记得，他的大意是说，父子为什么一定要和解？痛苦就痛苦好了，这些痛苦就是人生必须要承受的东西，如果非要和解，倒显得人太软弱。

我非常期待许知远能够和李安从这个角度来聊聊父子关系。

长久以来，父子关系是李安探索人生和电影的起点。作为一个受儒家士大夫教育长大的华人，他在生平第一部电影《推手》里，第一个拿来开刀解构的就是“父亲”的形象。接下来的《喜宴》和《饮食男女》，无一不是在“父”的形象上着力，所以又被称作“父亲三部曲”。

手边一本《十年一觉电影梦》，已经快翻烂掉了。李安在这本自传里讲了一句话，大意是说，父亲三部曲都是带点轻喜剧色彩的情景剧，等到这三部电影拍完，拍《理智与情感》跑到英国去适应了一下外国大片场的制作，就觉得好像自己显性的部分已经都拍完了，于是从《冰风暴》起，开始拍自己隐性的部分，越拍越沉重，一发不可收拾。一个明显的事实是，他的每一部电影里都开始死人，死上一个两个算少的。

所谓隐性，不妨理解为人身上神秘的潜意识动力。一个人用理性来决定自己的行为，这是意识。一个人看似非理性地做出自己的选择，付出自己的代价——比如说，王佳芝明明可以不和猥琐的梁润生上床，更可以拒绝色诱汉奸的提议，但她不——这背后，受的是人自己往往都没有意识到的潜意识的牵引。这个潜意识的来源，很多时候出自原生家庭，一个人百分之九十的秘密都在家庭里。如果王佳芝不是一个无父无母的孤女，她可能就不会对一个革命小群体表现得如此依恋，明明诸多不对劲还视而不见。

李安经常说，自己喜欢拍关于个人成长主题的电影。这个个人成长，也不妨从探索人的潜意识的角度去理解。一个人来到这个世界上，最先相信和依赖的东西是自己的家庭，在儒家社会里，尤其是父亲。在父亲三部曲里，当李安已经反复把“父亲”形象解构掉，让他从一个无所不能的偶像变成一个固执、忧伤的老人之时，接下来，他还要拍什么呢？或者说，当一个人已经不相信来自父亲的超级力量之后，他要如何继续生活呢？

我认为，李安自此启动了他的魔鬼探索之旅。这个魔鬼，就是潜意识。当父亲作为一种超级力量破产之后，潜意识会去一次次寻找新的超级力量，一次次以为得到了救赎，又一次次失望、幻灭和转移。所谓个人成长，就是一个不断祛魅的过程。

你会看到，他在接下来的作品里，大施魔法，痛哭流涕，从夫妻（《冰风暴》）、兄弟（《与魔鬼共骑》）、导师（《卧虎藏龙》）、科技力量（《绿巨人》）、牛仔社会（《断背山》），到革命（《色戒》）、宗教（《少年派的奇幻漂流》）……通通重新解读，还以本来面目，呈现世界的荒诞。

许知远没有和李安谈到父子关系，倒是一直在问他关于大选和美国的社会动力的话题。这是他的个人兴趣。不过很明显，李安可以回答他的问题，但是始终难以深入。采访结束之后，他握着许知远的手，说，你这些问题，我不太接得到。

确实，这是人和人的差异。许知远是一个关注外部世界变化的人，而李安关注人内心世界的变化远甚于此。

不过，我忘了李安在回答他的一个什么问题时说："我是个不可知论者。"

我好像拿到一张通往李安世界的门票，紧紧攥住，不肯松手。为了使用它，我蹭了工作人员的车子，跟着李安去了清华大学的大礼堂。这时候，北京已经入冬，一路天色将晚。

看得出来，李安已经很累了。他的衬衫领子耷拉着，头发也耷拉着。我想，如果今天我不是一个记者，那我坐在李安面前，我没有任何问题要问，我甚至都不想讲话。我只想和他一起待着，什么也不做，因为所有的认同都已经在他的作品里。

以前，我在采访的时候经常会问，如果你能够穿越时空和一个人交谈，你会想见谁，聊什么。有人说想和乔布斯谈禅学，有人说想和昆汀一起喝酒，还有人想问问武则天的无字碑是什么意思。

这些其实都不对。我的朋友桑格格说，如果有一天能够见到萧红，一定是一句话也说不出来，只能哭。李安见伯格曼也是这样。现在我见李安，问了一次还不够，还要追着他再问第二次。这是我生平第一次觉得，世界上其实根本没有那么多的问题可问，因为没有足够的答案。

“要不我们接着许知远聊吧。你说你是个不可知论者，在你的电影里，确实从父亲到家庭，从革命到宗教，所有人类赖以生存下去的重大系统全都被你解构了。如果这些全部都是不能相信的，那人活着何以为凭呢？在怀疑之后，到底有什么是留下来的，是可以相信的呢？”

我在跟李安求道。

“人生就是这样。当你想要相信什么东西的时候，你就会发现，它已经在变化了。《易经》讲的就是这个道理。如果说有什么是可以相信的，那就是变化，只有变化是可以相信的。所有能够相信的东西，都不会是别人告诉你的。所以，人只能靠自己，活着一定要不断地学习，不断地探索。”

我相信，写得出《色戒》的张爱玲，一定也曾经无数次问过自己这个问题。她自认生活在废墟里，那要怎么活下去？有必要再活下去吗？1959年，张爱玲39岁，她在美国给自己唯一的闺蜜邝文美写信："任何深的关系都使人Vulnerable（容易受伤），在命运之前感到自己完全渺小无助。我觉得没有宗教或其他System（体系）的凭借而能够禁受这个，才是人的伟大。"

《色戒》之后，李安花了五年时间，拍出《少年派的奇幻漂流》。他挑选了一个和他年轻时候长得非常相像的小演员来扮演派。派相信所有的宗教，拜伏所有的神，但是当他在大海上独自哭号的时候，没有任何一个神来帮助他，就连那一座佛形的岛屿也是幻象。最后，只有他和他的老虎在一起。甚至这只老虎，也是幻象。

他活下来了，这就是人的孤独和伟大。

《少年派的奇幻漂流》是又一座丰碑。这一次，李安的探索更加终极，因为他的讨论对象是人类最终极的归宿系统——宗教，而且又一次，他毫不含混地触碰它的虚妄之处。与其说他在解构——当然，解构让人孤独——倒不如说他在求真——求真让人伟大。解构和求真，孤独和伟大，这是生命历程的一体两面，已经无限接近神性。

就是这样的。《十年一觉电影梦》厚厚一本书，只讲到《卧虎藏龙》为止，而且通篇是李安的创作回顾，也从来没有提到过他的知识结构。一个人做导演，做到李安这个份上，供应最叹为观止的视觉奇观，讲好一个精彩绝伦的故事，这些都已经不在话下。李安最大的秘密，是他管窥世界的这个"管"是什么，他的认知系统的核心是什么。这个东西的有无或高下，决定了一个人是巨匠还是大师。

这个秘密，李安讲得出。

"我十八九岁还在台湾的时候，看过一阵子存在主义的书。不过后来去美国，觉得自己的架子已经在那里了，就再也没怎么看过哲学。一直到30岁左右，从电影研究所毕业了，开始接触到道家的东西。”

真好，真好。存在主义和道家文化，虽然他者即地狱，但大可万物皆化为我。

李安真的累了。我还想再和他聊聊父子关系，但他只是说：“我不是一个成功的父亲，因为我的时间都给电影了。”

“儿子也做了这一行，会为他担心吗？”

“我刚拍完《喜宴》的时候，有一次回台湾做宣传，上一个电视节目。主持人就说，你的样子怎么可能是导演？他大概是想，导演不会是这么害羞木讷的样子吧。那我今天不是也做到这样。”

“李淳跟我说，他小时候对父亲最深的印象就是，爸爸坐在餐桌边写剧本，望着窗户外面发呆。他远远看着，不敢过来。”

“是啊，我做电影，对家人其实很不公平。但是没办法，我认命，这辈子注定要在色相里打滚……我家里，其他的事情，我不能告诉你了……你还是不要这样解读我好了，这是对一个创作者的不尊重。”

电影的秘密可以讲，生活的秘密不可说。

温和儒雅如李安，竟有愠色。他把一样的问题回答几十遍也不会烦躁，因为那是他的工作，表现友好便是，无须调动生命能量来应付。但他不准备对一个记者敞开内心，他也对我一无所知。记者这个工作，有时荒诞已极，非要交浅言深，往往得到的是不自知的谎言。

头天下午，我刚刚见过他的小儿子李淳，他在新电影里扮演一个配角，大兵比利的战友Foo。那天上午，他们父子坐在同一张沙发上的时候，自然而然地竟然有一种局促的气氛出现。儿子不敢和父亲开玩笑，他的拘谨和诚恳跟父亲年轻时候一模一样。父亲对他无疑有爱和歉疚，但是似乎也没有注视儿子眼睛的习惯。

李淳个子不高，眉清目秀，是一位演员。23岁那年，他接到了自己的第一个电影角色，于是回到台湾，在王童的电影里扮演一个叛逆又歉疚的儿子。当时，他一句中文都不会说。如今，他一边照着父亲的嘱咐在读经史子集，一边台北和北京两头跑，演陈凯歌和韩寒的新片。

李安在他那个年纪，刚好离开台湾去美国，英文讲不溜。儿子则刚好相反，离开美国回台湾，中文要从头开始学起。时间再往前走，李安的父亲李升在这个岁数，正在江西德安教书，战火四起，对未来忧心忡忡。再后来，去了台湾，一水永隔，被叫作“外省人”。

这是李家三代的巨流河，好像注定要做“外人”。

我问李淳，是否已经决定把演员当做自己的终身志业了。

他想一想，摇头。

李淳今年26岁。李安在他这个年纪，刚刚从伊利诺伊大学戏剧系毕业。父亲李升希望他继续深造，做戏剧学教授，但李安打定主意要去纽约学电影。他跟父亲说：“因为我属于这里。”

所以，李安是在26岁的时候找到自己的天命的吗？我曾经以为是。但在重看了一次《绿巨人》，又重看了一遍《比利·林恩的中场战事》之后，我知道，不是这样。

唐诺在《重读》里说，研究一个作者，最好从他被公认最失败的那一部作品入手，因为那里面有他最深的纠葛和秘密，来不及好好隐藏。我重看《绿巨人》，确实，不知道是不是成本所限，特效非常粗糙；情感上也有走火入魔之嫌，父亲死于自己亲手制造的灾难，儿子背负这一切，却没有继续自己的救赎，反倒以一个好莱坞欢乐英雄式的结尾草草收兵；女主角在背叛了男主角之后，又声称自己深爱着他，但是电影在一段父子关系、一段父女关系和诸多打斗场面中间疲于奔命，已经没有时间和精力来塑造这空荡荡的爱了。

我相信，在拍完这样一部电影之后，李安是不可能对自己感到满意的。

事实也的确是这样。李安曾经多次提到，在《卧虎藏龙》大获成功之后，他不敢休息，未经深思熟虑就接拍了《绿巨人》。那之后，他曾经历了一次精神崩溃。他甚至想要拒绝找上门来的《断背山》，从此退休。

李安和父亲说了他的打算。

这个时候，李安一定已经心灰意冷。父亲一辈子反对他拍电影，认为这都不能算是个正经工作，而儿子所做的一切，无非是要证明“我可以”。但如今，儿子亲口跟父亲承认想放弃，这无异于说，我之前几十年的坚持都是错的，我的路错了。

一个人在49岁的时候，发现自己的路走错了。

父亲的反应出人意料。他告诉儿子，你应该接《断背山》，你要继续拍电影，因为你属于这里。

很快，李安接了《断背山》，开始在美国西部勘景。电影开拍两个礼拜之后，李安接到家人的电话，父亲在台北骤逝。他没能见到父亲的最后一面。他后来说，自己一辈子都耿耿于怀。

关于自己的人生，李安拒绝回答我的问题。在那个晚上，我从清华回到家，已经快半夜一点钟了。我心里难过，悄悄哭了一会儿，觉得自己像一个被父亲驱逐的人。不过，几天之后，我看了第二遍《比利·林恩的中场战事》，立刻就释然了。

在这部电影里，我发现了李安的一个秘密。他把他所有的温柔、爱和秘密，都放在电影里。

现在是11月22日的凌晨3点54分，跟你们讲完这个秘密，我就要去睡了。这些东西，过了半个月，我本来不想写，一直拖着，但越拖心里越不舒服，好像不写出来，就对自己没个交代。我不知道你是谁，喜欢不喜欢李安的电影，会不会坚持看这篇长文章一直看到结尾，但那都不重要，我只是写了。

是这样——

电影开头，是一段废弃的摄影机拍下来的战场画面，比利营救班长蘑菇，开枪向敌人射击。这时候，画面右边出现拍摄日期：2004年10月23日。

前面已经提到过一次，这是李安的生日。这一年，他整整50岁。半年多前，他的父亲去世了。这是他此生度过的第一个没有父亲的生日。一年前，他想放弃电影，但父亲劝他，说，你要回去。

这是李安留在自己电影里的密码、门票和小地雷。看懂了这一节，就窥视到了李安内心世界最隐秘的一角。

电影快结束的时候，比利产生幻觉，他回到战车上，又一次见到了已经死去的班长蘑菇。

“你终于来了，比利。”

“是的，我想这就是我的命运。这两周我一直在思考，以为自己了解一些大众不懂的事情。但是，你知道吗，是他们主宰着这个秀，我活在战场，但他们对战争有各自的理解，对吧，电影也一样。”

“你我是一个战壕里的小哥俩，离开故土才能茁壮成长，也可能客死他乡。你扛起重任的时候到了，但别忘了，那一枪已经开了。”

“我准备好了，班长。”

“我爱你。”

“我爱你。”

比利终于回去了。他深明战争的残酷，但他必须回去，因为他是天生的士兵，他属于那里。

李安也终于回去了。他深明电影的折磨，但他必须回去，因为他是天生的导演，他属于那里。

在50岁上，李安认了命，他知道，此生都要在色相里打滚。

电影最后这个场景，从叙事上来说，其实可有可无，但是李安一定要把它留下来。他当年没来得及对父亲说的话，今天借比利和蘑菇之口，对自己的爸爸讲。他可能是那种一辈子都没有跟父亲讲过I love you的人，但是这句话反反复复在他心里打转，算一算，已经有12年了。

我问李安，你上一次哭是什么时候?

他想了又想，终于，他说，是在剪辑室看《比利·林恩的中场战事》的成片，看到结尾，没忍住，哭了。

对话李安：这辈子注定要在色相里打滚

这场对话发生在2016年11月7日的中午和晚上，分两次进行，每次各半小时。一次在柏悦酒店的套房里，一次在清华礼堂的后台。

我想说说后来发生的三件事。

12月11日的下午，我收到工作人员转来的一封邮件，是李安写的。

“Dear 晓宇：我还记得你那恳切的样子，那一天真的不是那么容易过……既然猜到1023算你厉害，那就再多告诉你一点，车夫的台词：回家啊？车夫背后踏去的方向是焦距模糊了的片中前面她去过的南京西路和平大戏院……岁末冬寒，多多保重，别太辛苦了。Best wishes，李安。”

做了十几年记者，好像就是为了这一天。

又想起来，中午聊完之后，告辞的时候，导演问了我一句："晓宇，我们以前见过面吗？"

有的话说过就忘记了，但听的人会记得一辈子。过了一阵，我找朋友粗粗算了一下导演的八字，得到的竟然是一句话：密林里的河流。河流是水，密林没有阳光，都是至阴的气象，所以能去到深深的里面，又要流向远方，才会得到安宁。

朋友还说，从八字看，这个人68岁的时候会真正实现自我。我马上就在算，导演的那一部作品，还要等几年。

这一算不要紧，又在浩如烟海的网络里发现了11年前的一个小豆腐块。

2005年，李安筹拍《色戒》，来上海勘景，接受报纸简单采访。

记者问他，为什么偏偏要挑张爱玲这个不起眼的短篇来拍。

他回答的大致意思是，因为张爱玲是曹雪芹最像样的传人，但要拍《红楼梦》，实在太难了，先得用张爱玲来练一练。

可惜，采访之前我没看到过这个细节，否则真要问一问。但不问也罢，当今之世，若真要拍《红楼梦》，除了李安，不作第二人想。

雷晓宇：听说您大儿子的婚礼上放了王家卫电影的片段，是哪一部？

李　安：哎，这个……他本来要租《花样年华》的，但是没货了，干脆就放了《阿飞正传》。

雷晓宇：如果您的片子在婚礼上放呢，觉得哪一部合适？

李　安：我觉得我还真没有那么浪漫的定情物之类的。倒是有一次，在拍《绿巨人》最后决战的那一场戏，我爬到一万多尺的高山上去勘景，半路遇到一对从台湾来度蜜月的新婚夫妇。他们说，是在看《卧虎藏龙》的时候定情的。我这么说，王家卫会不会生气？（笑）

雷晓宇：我们昨天看了新片，120帧。（李安：怎么样？看了会觉得奇怪吗？）很奇怪，因为我一点也不觉得有什么好看不懂的。可是美国人的反响为什么会这样……他们现在好保守啊。

李　安：真的，他们自己不觉得。他们觉得世界很落后，自己很开明，事实可能完全相反。好奇怪，我也不懂，说不上来。这可能是说，美国现在整个社会基础还是挺保守的。其实120帧是人视觉上很自然的东西，只是过去电影没办法做到。

但我好像也不是什么马前卒。如果我今年四十几岁，我不会一下跳这么远，会慢慢一步步走。但是一步步走，又好像走不过去。你必须把观众过去的观影习惯拉出去，如果一点点拉，不晓得要拉多久——自己年纪也不小了，所以我扯了一下，就有点疼，美国观众脑子就老转不过来。

我觉得，可能中国观众观影的习惯没有那么重，没有那么自以为是，觉得电影就应该是什么样子的。电影等于是美国人建构起来的，所以他不自觉就会有一点比较成熟之后的……我也只能这么说了吧。美国的影评在这方面是保守的，是要护卫他们过去所知道的知识。我觉得，这世界上的事，尤其是电影，没那么简单。就像大家问我，为什么《断背山》没有拿奥斯卡最佳影片？不是一两个原因。大家关起门来投票，真的很难讲，可能也没有真相大白的一天，就那么回事吧。

但是风向也会变，不是一翻两瞪眼永远不变的。当年《少年派》在美国也放得不怎么样，但是世界各地的回馈一点一点改变了它。我有85%的票房是北美以外的，而且在北美的话，加拿大又比美国好很多，只有美国人好像特别不吃我这套。我上次来，在全国只宣传了半天，结果就比美国的票房还好——在美国我跑死，跑那么多地方，白跑。

雷晓宇：美国观众不买账，是不是也受到互联网和娱乐新技术的影响？我去年跟侯孝贤聊，觉得现在好像对于电影有一种末世情结在那里，不知道电影未来会怎么样。最早米兰·昆德拉还在捷克做电影学院老师的时候，他就写了一篇文章，说电影已死。这几年，诺兰他们又出来说电影已死。好像再过五年、十年，还有没有电影，还有没有电影院，甚至未来人用影像来表达心灵、表达理念的方式，是不是今天这个样子都不知道。

李　安：我觉得真是不进则退。

电影在我个人来看，从上世纪70年代开始就再没有进步了，只退不进。在那个年代，那种活力是真实的，他们讲那些话不是无的放矢或者矫揉造作。我做学生的时候，那种拍电影的热情跟现在不是同一回事。那时候，电影的基本语法就差不多该玩的都玩过了。现在只不过换一批人来做，中国导演也还会再做一遍，但每个人都做得没有新意。大家都只不过是把它做好而已，没有像艾森斯坦出来的时候那么……别说伯格曼了，那差更远了。

包括我的《卧虎藏龙》，我只是把它做好——我没有说像伯格曼他们那个时候，都不是那么回事。艺术片导演也差不多就是换一个国家做一做，换一个故事做一做，或者个人的风格弄一下。这个媒体做疲了，你只是把它做好，你没有发明一个新的看法、激发一种新的活力，没有。像法国新浪潮出来的那种活力，真的是很不一样的。电影还是不活络很久了。美国人现在再这样发展下去，也是腻味的。没有新的刺激、新的拍法、对世界新的看法，人生就是那么回事。

所以，电影要有新的东西出来，我觉得很自然。以前南北战争时期就有立体照片了，跟我们眼睛看到的一样。电影为什么就要是平面的呢？因为做不出来嘛。那现在能做出来了，允许你这样去看了，你为什么不这样去看呢？

在纽约，他们问我：Why did you do this？我有时候就，哎呀，直接回一句也不礼貌，但就是Because I can，就这么简单。就好像你今天为什么要点这个面条，因为你可以吃，你喜欢吃，就这么简单，哪有那么多啰唆。有些影评之所以会那么说，因为那是他们唯一懂得的东西，他们套不进去，讲不出个所以然，他们的眼睛没有被训练过。相信他们再去看一遍，眼睛已经不一样了，因为眼睛和脑子已经会重新组合了。

所以，他们现在就下定论，我觉得基本上是很不合理的事情，又不好意思讲。这就是很奇怪的一件事情。我觉得电影才刚刚开始。这是一个新的媒体，我真的有这个感觉，我觉得未来有很多的可能性。我也是抛砖引玉，希望铺垫一下，做一点苦工，能够看到那个未来快一点来。我只希望这样，我已经尽力了。

雷晓宇：您觉得未来的电影到底长什么样子？

李　安：有多面向，除了有X、Y，还有Z的东西。然后最大的差别就是会有一种参与感。

至于未来还会不会有电影院……我这样去追求甚至改变观影习惯，是因为我爱电影，我不是在破坏电影。我希望电影院继续存在。

现在美国人进电影院的兴致不是很高，再过几年，中国人也会这样。老实讲，很多美剧已经比电影好看了，它们的内容和解析度都已经超过电影了。以前是电视追电影，现在电影要追电视还赶不上，那电影院要怎么继续存在呢？

还有，自从有了多厅数字放映，电影院的品质管制和放映技术是差了很多，粗糙很多，没有像以前那么好了，没有放映师了嘛。我们拍电影的拼死拼活，可以好个1%，他一下子就把一半的结果给刷掉了。而且每天都有这么多片子出来，没有什么特别的，就跟你报纸的版面都抢不到一个礼拜一样，对不对？注意力持续时间非常短，一个周末就一翻两瞪眼了。所以，现在就经常搞super hero（超级英雄）那些制式的电影，一年也没有几部是你会共襄盛举去看的。这都对电影院的存在不是很有利。

雷晓宇：但这次的新片，120帧还是只能在电影院看。我看完首映还有个感受就是，战场和秀场的切换对于120帧技术来说真是太适配了。如果没有这个对新技术的适配性，您会考虑拍这个故事吗？

李　安：我肯定不会拍。（摇头）

雷晓宇：其实，这个新片对于美国的冒犯，和《色戒》对于民国的冒犯，是如出一辙。

李　安：说到《色戒》，是另外一件事情。

其实我拍《色戒》，我根本不是要拍王佳芝的故事，也不是拍郑苹如的故事，我要拍的是张爱玲，我也是拍我自己。你看那个小说，她几十年改来改去，最后藏起来的东西比写出来的多。你就知道，张爱玲就是一个小女孩在闹脾气，她缺爱，其实很渴望被父亲抱在怀里。所以，电影用的配乐也是《摇篮曲》的感觉。这样到了最后，你说她对胡兰成有没有感情，肯定是有感情的，所以最后结尾我就那么拍。

之所以会选汤唯来演，是因为我见到她，和她聊天，她简直就是张爱玲灵魂附体。她也是那种会做傻事的女生。也有别的好演员，都是比较从容的样子，一脸精，绝对不会做那样的事情。所以拍电影要相信，我相信这个故事会发生在这个人身上，有那种感情。

我那个时候也没把握。她也不是很漂亮，也不是很成功，她那个样子，以前在大陆，电视剧都没人找她演。可是她那个样子，就是她的。

雷晓宇：您之前的每一部电影都会有死亡，这次也一样有。您对死亡的认知或者心境，跟之前比，随着年龄的增长，开始有什么不一样吗？

李　安：我不太愿意去讨论，因为是那个东西来找你的。我一开始做都算是情景喜剧、社会讽刺喜剧，我的调子都很轻的。这跟我生长的环境有关，我在情感上会温暖一下。从《冰风暴》起，我就好像回不去了。没办法，我想轻一点，但不太回得去——也不是它里面没有幽默感，就是回不去。

雷晓宇：您现在在电影这件事情上还追求什么？

李　安：我后面要做的东西还没有抓到，还在摸索，这是很重要的。你可以说摸到了退休，或者摸不到退休，但是人就是不可以说“我知道”。

雷晓宇：您说自己是不可知论者。

李　安：对，世上没什么定论，我自己搞不清楚。

雷晓宇：那这要怎么理解呢？您自传里面说了，在《理智与情感》拍完之后，好像您显性的东西都已经拍完了，然后开始去探索人性里隐性的东西，就算魔鬼之旅吧。（李安笑，说：哇，魔鬼之旅）每一次……比如拍《冰风暴》，把家庭这个东西解构一次；拍《色戒》，把革命或者爱情这个东西解构一次；拍《少年派》，把宗教解构一次……那我在想，所谓的不可知，是不是每一部作品里面建立一个怀疑，而且这些怀疑都很大，几乎就是人类古往今来赖以生存的所有重大系统了。我想知道，在这些不可知和怀疑之后，哪些东西是剩下来的？哪些东西是你知道脚能踏得住地的？好像人要生存，总得倚赖某些归宿系统，如果所有这些系统都在李安的电影里被解构了，那李安还给留了些什么呢？

李　安：有时候解构的动机是希望做更深一层的了解，不是蒙的，就这么相信，有点傻气。你在了解的过程里面，你一定会去解构，很多东西就变得不是那么准确。我觉得，知道不可知是蛮重要的。所谓不可知，就是说，我不知道它有一个尽头，我不知道人类可以知道所有事情，这个我不相信，我觉得是唬人的。

知道不可知以后，你要怎么样呢？其实是蛮东方的。西方说解构是很清楚的，但我们中国人自古以来都有这些玄之又玄的东西，任何可以讲出来的道理都是一个偏见。我们儒家讲要谦虚，它讲的这些东西，我觉得是根深蒂固的。只是说，再用西方的艺术来表达，会觉得破坏力比较大。其实我们一直就是说，你要谦卑，要不停学习。

我觉得，我们如果还要有什么观念的话，就是学一辈子也不够，生生世世在学，一辈子都有它的功课，这个我相信。你说它是不是信仰，我也不晓得。我总是觉得，他人告诉你什么什么东西，要不然他就是政客，要不然就是对你有所企图——我是不相信的。所以，一方面我要挑战，因为不愿意做傻子；另外一方面，我成长的过程本来就是这样。你想，你看父母都是很有权威的，有一天你长大了的话，你很自然就发现，你从小幻想的父母不是那个样子。你不能装着不知道，其实就这么一回事。

雷晓宇：那您相信什么？

李　安：我相信冥冥中老天爷告诉我们，有一个要我们学习的东西，我们每个人都要找。有的人找一个国家，有的人找一个上帝，随便你去找一个什么神，你知道，找到一个就可以了。我觉得不找也不行，懵懵懂懂活着，这一辈子浑浑噩噩的，没意思。我拆穿一些东西，只是检讨它，不是把它否定掉。你不要懵懵懂懂就跟着走，要求取一点智慧，你要找到另外一个角度。

就像比利·林恩，他找到了，觉得朋友就是我的家，我的家看起来已经不行了，没有意义，于是我看到一个新的家。所以，这一天的过程就决定了他的家在哪儿。他的家在外面，不在美国，也不在血统上的家，因为这个家已经破碎了，也不值得大家相信。他的姐姐很爱他，但是姐姐也有自己的私心，也有自己的偏见，也是受伤的人。

很明显，他要解决的是这两个女人的问题。一个姐姐，一个啦啦队的女孩子。这两个女人代表着两个不同面向的美国，但这两个美国都是不可靠的。一个是受伤的真实美国，一个是梦幻的理想美国。他找到一个新的家，是在国外的一个战场，天天出生入死的地方。那是对他的认同。他也不是为了国家，也不是为了世界，也不是为了拯救伊拉克，但就是那个地方，为他自己，他的使命，他的归宿，他的同袍。

这是他的宿命，这个是很玄的东西。

雷晓宇：上午您跟我说，上一次哭是在看成片的结尾的时候。其实我知道，您拍电影也会有这种内伤。

李　安：我不太愿意解构什么的，可是我这辈子就做这个东西。我没有答案，可是我手摸到电影的时候，那个时候我可以相信。少年派和一只老虎在对视、漂洋过海的时候，那是他的存在，那是他可以相信的东西，他到外面找到答案，每个人都有他认命的东西。

那个东西不在外面，不是听别人告诉他教条是什么样的，不是解答什么问题，是在他心里面，找到一个安身立命的归宿。我一辈子漂泊，我的归宿是哪里？是家，对不对？但我第一部片子，连父子的关系都不能相信，那最后还是要找一个安身立命的地方。当你讲到亲情都不可靠的时候，是很残忍的。讲到一个老人，他觉得被儿子出卖，可是儿子也很伤心。大家都有爱，这个都不是假的，他们的眼泪都不是假的。喜宴的婚礼是假的，可是他们的感情都不是假的。

雷晓宇：我看《色戒》也是这个感觉。戏越来越假，情感越来越真，但这个就太惨了。

李　安：你说王佳芝是真的，还是易太太是真的？我们觉得易太太才是真的。一个好女孩去演一个坏女孩，当然那个结局是很悲惨的。但悲惨之后，我觉得还是有一个升华。我觉得人不是了解了，就破灭了——我个人的生活体验不是这样。

真的很可怕。她最后被枪决的镜头，有一潭黑水。我去勘景的时候，是绿水，那是一个石矿场。结果去拍的时候变得像墨水一样黑，好可怕，这个镜头。

雷晓宇：那这个升华到底是什么？

李　安：升华、净化，是我们戏剧一直以来最古老的、永远不变的东西。所以我相信剧场，我相信戏院，我觉得它永远会存在，是没有办法取代的。只不过，现在我需要进入另外一个殿堂去看，这是我生命发展一个很自然的轨迹。我只是不晓得，这个东西对别人有什么影响。不是说我决定做这个（指120帧），我有什么不安，或者对成败有什么计较——有，但这是小事了。

雷晓宇：现在讲得出来，这个叫李安的人来到这个世界上，他要做的功课到底是什么吗？

李　安：讲不清楚嘛。我可以知道的是，拍电影这个事情，就是你刚刚要问的，对不对？电影一层一层剥，我做到退休，是什么样，是不是就完了呢？电影一直会有人拍下去，一直会有人看，我是这个流程的一部分。有这么多人看我的电影，一定是有一些原因，那我就像那个战士讲的，我做就是了。我感应到，这是我要做的事情。

我在想佛教的东西，后来也做过决定：我必须认命，这一辈子在色相里面打滚。

雷晓宇：有试图逃走吗？像比利那样。

李　安：有啊，逃不掉，老想它。当然想逃，放着好日子不过，干吗啊。你问我的这个问题，我知道，挖下去会挖到更多的东西。我还是能感应到，我就是要做，我就是要看到，而且我要让别人看到。我希望这是一个善缘，不希望是恶搞的一个结果或者开头。

雷晓宇：我在看很多导演的电影时，会觉得他们其实一辈子永远拍的是一部电影。像阿巴斯，他拍的主题永远就是那一个。但是我们在看李安的时候，除了早期的父亲三部曲，到后面，可能每一部看起来选材都那么不一样，跨度特别大，从中到西，从内到外，都不一样。您现在看自己的创作，觉得会有一根主线、一根链条，把它们的共性全都归纳到里面吗？就是说，这个容器到底是什么？看起来千差万别，但是是有这个容器的。

李　安：这个让别人讲吧，我自己怎么讲呢？因为隔几部片子，那个答案就会变。原先拍家庭，后来拍社会，后来又拍打仗，也是跟社会有关系。理性和感性的，变成个人自主性、自由跟社会性、社会约束。

你说《卧虎藏龙》，玉娇龙她怎么飞也飞不出社会的圈子，她从那个悬崖上一个人下来，因为没有办法嘛，她靠那个生活，好像还是那个范畴。再下去又不太一样。到现在又不太一样。我想，总是跟心里面的安全感有关。我想要相信一个东西，但那个东西老在变，我老是找不到可以相信的东西。这可能跟我的经历有关，一直相信家庭、政府教育告诉我的事情，然后离开台湾，发现不是那么回事情。看到了社会，就想，我们离开家园才会长大，这是我的体验。

雷晓宇：一个人永远找不到自己想要相信的东西，这是很大的痛苦和张力。

李　安：只要你相信了，它有一天就变了。就像以前讲的，唯一可以不变的就是永远在变，这个是很简单的道理。你也逃不出如来佛的掌心，因为老是在变。所以回到你刚刚问的问题，你要认命，可是你不追寻又不行，这是人生矛盾的地方。

雷晓宇：您信命吗？

李　安：我信。但我不算命，我不想知道。命运很奇怪，你往前看，你看不到。事情发生以后再回头看，好像是命定，好像剧本都已经写好了。可是，当你没有发现你拼命去找的那个答案的时候，你要不停地奋斗。不停地努力出来的宿命，就又不一样。

雷晓宇：那您回头看自己的话，今天作为导演李安，作为父亲李安，作为一个人的李安，还有公众角色的大师的李安，这些角色之间存在裂缝吗?

李　安：有啊，我没有做电影的我那么好。有时候我也不愿意讲，我生活的经历没有电影好。我的家人谅解我，但我的心力不够。他们都是很好的人，表面上都很好，可是我心里觉得……

雷晓宇：但是人就是这样。可能李安把他的基因留在电影里面了，而不是通过血缘的方式留在这个世界上。

李　安：这个我就不愿意讲了，这个是私人的事情了。也还好，也没有什么，跟家人在一起，我作为父亲、丈夫，可能是心里面有亏欠吧，我给人家一个蛮和善的感觉。这个没有问题，可是尽的心力不够。

雷晓宇：上午的时候，我看您和李淳在录视频，好像您跟他之间的眼神很少互相注视的。

李　安：那个让我们很难受。像我们家这样的，来讨论父子关系，对我们两个都是很难受、很尴尬的一件事情。我们私人的关系被拿到网络上去讲，这件事情本身对我们来讲是一个困难，所以我们是很不自在的。我们又是老实人，又不能去演，但我们又一起拍一个片子，也不好拒绝这些东西。

雷晓宇：有一件事情我特别好奇。《十年一觉电影梦》那么厚一本书，可是都没有讲到这件事情：您的知识结构和精神结构。我想知道对您产生过巨大影响的心理学、哲学、社会学著作有哪些？因为要拍某种质感的电影，导演光会供应视觉奇观，光会讲故事并不够，而是要有很强的认知能力。

李　安：我不太会想这些东西。基本的影响都是在比较年轻的时候形成的，后来就都是知识性的东西，不属于精神上的影响。

以前就差不多是那些东西。19、20岁，有一段时间蛮喜欢念哲学，没有人教，就看比较重一点的书，存在主义的那些。我觉得年轻的时候进去的东西，比较躲不掉。对于宗教，我母亲是基督徒，所以到14岁之前我还做礼拜。像佛教、道教，到30岁左右才去读、去想，我想跟生活体验有关系。

我到二十五六岁以后，渐渐就不看哲学的东西。我觉得那个就是头脑训练，只要建立一个系统，你在这个系统里面怎么讲，它都通了之后，封死一个东西，它就可以了——可人生不是这样。所以我从那时候开始，对哲学失去兴趣，我对艺术比较有兴趣，我比较相信艺术的东西。这种质感的东西，比较有思想，也不是空的。

我觉得不能用几本书去建构一个人，这不太尊重自然性和人性。我觉得应该活着，对于电影的观看，如果它有那么多看头的话，其实应该有活路，不能说死。你不能讲，讲了以后标准答案把人家的思路给封死了，它有了权威性，就不好。

雷晓宇：您觉得一个艺术家、一个电影人的归宿是什么？

李　安：讲起来很残忍。

雷晓宇：那一年去法罗岛见伯格曼，您看到了什么？

李　安：我有一种圣灵的感觉。因为我一直很崇拜他，看到他，我觉得天气很完美，每个人都有亲切感，我看什么东西都不一样了，很干净的感觉。可也有很脏的东西在里面，很纠结的东西在里面。

我时间差不多了，刚刚的问题是什么？

雷晓宇：一个艺术家的归宿是什么？

李　安：这个我也很不愿意讲。

雷晓宇：阿西莫夫说，他的归宿就是鼻子戳到键盘上，死掉。

李　安：我觉得没有什么可想的——以前还会想，但再说吧。我们做导演还不是想写就写的，我们还要花这么多资金拍。拍到没人看，拍到没有资金，或者怎么样的话，我也没有想要退休干别的什么。就一直拍，拍到拍不动为止吧。

雷晓宇：安东尼奥尼坐在轮椅上都还在拍。

李　安：那得拍得好才行。

雷晓宇：您有自己心目中的“那一部”吗？

李　安：没有，它自己会来。

对我来说，他不只是一个导演。他是一个出现在历史长河里的人。河水、阳光、苔藓、衰草、花朵、空气、一年四季、前世今生、悲欢离合……所有这些，都在他身上得到萃取。有幸尝到一口，温厚凛冽，是来自造物的滋养。

2016年11月初，我的星盘老师告诉我，天蝎座要跨时区过生日，这样运势会好，所以我去乌鲁木齐住了几天。11月8日，刚刚回北京，就在柏悦酒店见到了李安。房间号码是四位数，但不是2046。

侯孝贤：一根老骨头，知道自己的样子

朱天文[1]讲过一句很有名的话："创作是从背对观众才开始的。"

这句话很对侯孝贤的胃口。

2007年，他在香港浸会大学做过整整三天的电影讲座。他剖白自己的电影观，说："你这样一直看着观众，这个脸要这个，那个脸又要那个，我又不是卖百货的，要给你这个给你那个……观影者到底怎样，你很难期待。"

当时，侯孝贤刚刚拍完法国电影《红气球的旅行》。那之后，他有八年时间没有新作问世。

其间，《刺客聂隐娘》开拍，又搁浅。

侯孝贤四处找投资，内地、香港、台湾，找了一个遍。

又开拍，又补拍，不容易。

2015年，侯孝贤终于回来了。5月，《刺客聂隐娘》在戛纳拿

1. 朱天文：台湾女作家，著名编剧。上世纪80年代，因发表小说《小毕的故事》和侯孝贤相识，并开始了长达数十年的合作。侯孝贤的代表作如《悲情城市》《好男好女》《恋恋风尘》《海上花》，都是她参与创作的结晶。

奖。他还是那句话："创作是背对观众的。你要想那个（票房和观众），就完蛋了。"

"你看马尔克斯的小说吗？"他问我，"那里头描写多厉害，百中无一。你要让我看那些通俗的，我真是翻两下就不想看了。我就是这样，哪怕类型片，最后拍出来也成了我的艺术片。"

但一个创作者，总会有自己心目中的理想观众吧。

我问他："你最希望被谁看懂？"

他想了半天。中途去上了次厕所，回来又想。好不容易，终于开口了："米兰·昆德拉。"

早年间，昆德拉写过一篇杂文，叫《电影已死》。言下之意，在商业化和全球化的时代，作者电影已死。侯孝贤希望昆德拉看到《刺客聂隐娘》—— 一部从1998年至今，他花了17年时间酝酿打磨的电影。

他是在用这种方式跟昆德拉打招呼：嘿，没死，它硬硬地还在。

1. 1972年的撞球馆

7月底的台北，天气湿热，中山区。

这家撞球馆有些年头了。灯光昏暗，墙壁斑驳，客人稀稀拉拉。老板坐在收银台里面，说，这是祖产，1972年就开张了，一直到现在。自从有了电脑游戏，生意大不如前，但还好，总有小鬼会来玩。

老板站起来，慢悠悠地到处溜达。房间里回荡着张惠妹的歌声，都是老歌。墙上挂着穿着暴露的女郎海报，也都是老照片。有一张

《美国鼠帮》的黑白电影海报，站在中间的是歌王法兰克·辛纳屈。别看他油头粉面的样子，就在撞球馆开业的那一年，他还拍了科波拉的《教父》，咸鱼翻身。

也是在那一年，有个叫侯孝贤的臭小子从台北艺专毕业，找不到事做，只好在台北街头推销电子计算器。他递名片，别人丢掉，他就再从地上捡起来。他酷爱打撞球，高中的时候在南部老家的撞球馆跟人打架，一气之下砸了陆军士官学校的大门，留下案底。不过，他也很久没玩了。自从来到台北，他希望过另外一种生活。

谁知道，这位当年的庙口混混，几十年后成了“台湾之光”。

老板认得侯孝贤，他来了。他很朴素，穿着白球鞋、牛仔裤，戴着白色鸭舌帽。他不带什么随从，也没什么架子，跟人握手会略微欠身。不过，导演自有他的威严。工作人员很怕他，趁他坐在沙发上上粉底，商量要怎么劝他换上名牌西装去拍照——别说名牌西装了，连上粉底都堪称创举，因为他从来没有这么做过。他们甚至私下讨论，想安排他上一次《康熙来了》，好宣传《刺客聂隐娘》，可是商量了很久，没人敢跟导演开口。

看得出来，侯孝贤是个心软的人。他不喜欢通俗之物，但也懂得人情世故。他不喜欢在摄影师打好的灯下面摆拍，他不喜欢任何摆拍。不过，女孩央求他说：导演，我们专门从北京过来的……他一面摆手，说，还是不要拍了吧，一面掐灭了烟头，还是跟着女孩去了。

十几分钟后，拍完回来，他立刻点了一支烟，跟我抱怨：“你知道吗，马尔克斯有部小说，写有个人抱来一只鸡，他就指着这只鸡跟别人说，你们不要一直看它，不然它会死掉。对嘛，我又不是鸡——这是哪部小说？我记性不好，想不起来了。”

“是《没人给他写信的上校》吧。”

“啊，对。”他立刻笑了，一脸刀削斧凿的线条笑开了花。

被人懂得还是有乐趣的。

但我得老实向他承认，《刺客聂隐娘》我并没看懂。临行之前，我在电影公司的会议室里和几个记者一起看了点映场。我知道它讲了一个不能杀人的杀手的故事，也认得出舒淇、张震和周韵，画面又极美，犹如傅抱石的国画，但叙事交代不充分，剪辑跳跃，确实影响我进入电影。

看《刺客聂隐娘》的感觉，犹如在做一道完形填空题。

他也老实承认说，在后期剪辑室里，他确实没怎么在乎讲故事这件事。他甚至没有照原来的剧本剪片，以至于朱天文第一次看完成片之后相当不满意。很多交代剧情的段落因为镜头不好、表演不好或者画面不好看，被他毫不留情地舍弃掉了。

“中间就是会跳跃，因为省略掉了。”他说，“跳跃对我来说没什么，我的影像不是拍讯息，我是拍一个情境而已，所以我的剪法也跟别人不一样。”

侯孝贤在用《刺客聂隐娘》圆梦。它比侯孝贤以往的任何一部电影都还要“任性”，因为到了68岁的年纪，中间又有好几年没有拍电影，他决心要不惜代价，做一件追求极致的事情。

“我已经太老了。拍这部片已经六十几岁，时间、机会也没太多了，就做自己最想做的，坚持自己要的。”

他最想拍武侠。小时候，跟着哥哥看遍了金庸、还珠楼主、诸葛青云和平江不肖生。年轻的时候，他想要拍上官鼎的武侠小说，但又过了很多年之后，才知道上官鼎不是一个人，是姓刘的三兄弟，其中一个还曾担任过台湾地区行政管理机构负责人。他也想过拍藤泽周平的武侠小说，迷恋日本武士道的节奏和氛围，“就像沙子进了眼睛要闭，苍蝇飞到皮肤上要拍”，既真实，又有一种本能。

1998年，在拍完《海上花》之后，他开始看《资治通鉴》，计划去新疆勘景，为《刺客聂隐娘》做准备。编剧谢海盟在《行云纪》里回忆说，那时候，他感觉《海上花》已经把自己标志性的长镜头美学发挥到了极致——这部电影全片只有39个镜头——他需要寻求其他的突破和乐趣。

不过，侯孝贤深受二战后法国新浪潮、德国新电影和意大利写实主义的影响。他是真实的信徒，追求用灯光、底片和镜头还原一个尽量接近真实的世界。在他看来，“模仿出来的真实和真正的真实是平等的，甚至可以独立存在”。而武侠世界里，侠客的打斗则有超现实的意味，如何和他的个人风格协调起来，这个问题一时之间难以解决，再加上成本高昂，所以搁置了下来。不过，十几年后，我们可以看到，侯孝贤仍然尽量避免在《刺客聂隐娘》里吊威亚。全片只有一两处镜头使用了这种反重力的夸张手法，力求真实可信。

侯孝贤已经走得非常远了，他甚至有对真实的洁癖。

为了还原真实的唐朝风貌，从1998年起心，到2012年《刺客聂隐娘》开拍，光是研究各种相关史料，做案头准备，侯孝贤就断断续续花了14年。他坐在小小的杂物间里，抽着烟，慢慢给我讲聂隐娘故事发生前20年的藩镇历史、王朝更迭和人物来历，一讲就是半个钟头。人喜欢谈论自己真正喜欢和花过时间的东西。

对于道具、布景和外景的要求自不必提。在《刺客聂隐娘》里，为了追求真实的分量感，有一顶婢女用的华盖真的是用铁做的，重达

30公斤，演员只能勉力强撑。拍《海上花》的时候，从大陆运了大量古董家具到台湾。李嘉欣用的烟杆就是真正的清末古董。她嫌脏，放到开水里去煮，结果开拍的时候把烟杆上的皮子都烫坏了。

最狠的一招是用底片rehearsal（排戏）。为了追求真实，侯孝贤从不排戏，让演员直接上来演。演员往往一开头都没法进入状态，他就一遍一遍地来。《海上花》的时候，他的拍摄方式是从第一场戏开始拍，拍一整天。第二天再拍第二场戏，也是拍一整天，依此类推。等都拍完之后，他再回头来从第一场戏开始拍，反复打磨。演员通常到第三遍才能进入角色，举手投足都有了情境中的味道。

演员爱演侯孝贤的戏。他们的表演不会被打断，能够享受舞台剧一般的连贯，却又不必在意舞台上严格的走位。通常，侯孝贤会给演员讲解一个情境，由演员自由发挥，在规定的台词讲完之后也不关机，看看会有什么事情发生。

演员的反应很有趣。《海上花》里，扮演沈晓红的日本演员羽田美智子不习惯这种方式，往往在台词讲完之后就不知道该干什么，等着导演喊cut。

朱丽叶·比诺什演《红气球的旅行》的时候，当她开门走进一个房间，其实灯、摄影机和收音麦已经全都暗暗布置好了，她只需体会单亲妈妈的角色，做这样一个女人回家之后自然会做的事情。拍完之后，朱丽叶跟侯孝贤感叹说，我本能地走到冰箱前面，心想这下坏了，谁知道里面有没有东西，结果打开一看，里面各种饮料还真的都备好了。

周韵在《刺客聂隐娘》里扮演张震的原配。有一场戏，张震大怒，砸了东西，提着剑气冲冲地走了，留下周韵、三个儿子和仆人站在殿中。这时候，侯孝贤还是没关机。周韵的反应很镇定，跟三个儿子说，都起来，又命令仆人说，去收拾。

“她演得多好。”侯孝贤笑了，有点得意，“她也是个妈妈，平时就是这样处理事情的。她是温州人，讲规矩，懂世故，分强弱。姜文怕她怕得咧，看得出来。”

这是相当昂贵的真实。已经没有人这么拍电影了。算下来，《刺客聂隐娘》用掉了44万尺胶片，创下他个人的新纪录。以前，《南国再见，南国》是20万尺，《海上花》是23万尺，而早年台湾中影给他的胶片指标是12000尺。

按照影评人焦雄屏的统计，近年来，台湾电影的单片成本一般在2000万~3000万新台币（约400万~550万人民币），若有8000万左右新台币（约2000万人民币）的投资，已算天价。而《刺客聂隐娘》的成本是9000万人民币。

侯孝贤自己也说：“后期从胶片转数字的时候，我算过，光是这笔费用，已经有4000多万新台币，已经够我拍一部简单的电影了。”

如果非要说侯孝贤为《刺客聂隐娘》做了什么妥协，那就是不逞能和托大，理性地引入多家投资商，分担风险。“他们没什么风险，我也没什么风险。”他说，“而且电影里有明星，又是武侠题材，他们觉得应该还可以。你说不好看吗，也还OK。”

这是侯孝贤在68岁时候的选择：花了这么多钱，又始终坚持自己的美学风格，不在作品上做任何的市场妥协，也做好了不赚钱甚至赔钱的心理准备。他大概很清楚，自己可能面对什么：曲高和寡，或者说，叫好不叫座。

“《风柜来的人》拍出来的时候，坦白说，台湾的评论界和观众完全看不懂，完全不知道我在拍什么，到底要说什么。从那时候开始，我的片子票房很差。一直到《悲情城市》，它是个意外，因为它是一个话题。之后就一落千丈，没人看。”

一份票房纪录显示，1996年的《南国再见，南国》，票房1000多万新台币；1998年的《海上花》，票房400多万新台币；2005年，侯孝贤的上一部华语电影《最好的时光》，投资2000万新台币，票房452万新台币。

2007年，拍完法国电影《红气球的旅行》之后，侯孝贤陷入一种迷茫：“最困难的就是找不到足够的资金来拍你想拍的……我常常想，假使有一天没人给我钱拍片了，我该怎么办？因为导演就是这样子，拍一部赔一部，谁给你钱？”

要说侯孝贤已经走得非常远了，就是这么个意思：他不妥协。即便担心再也无人投资，他也不改初衷。他拒绝了好莱坞，从不拍商业片，甚至连找上门的广告代言也一一拒绝。

这些年里，他的朋辈风流云散。杨德昌去世了，张艺谋和陈凯歌在拍大片，田壮壮犹如上山的道人，回电影学院教书了。他的朋友，编剧吴念真干脆不再拍电影。有一阵子，吴先生几乎成了台湾的广告代言之王，从啤酒到房地产，无所不包。可侯孝贤自己，至今难以接受代言这件事。

在没拍电影的那几年里，他做过台北电影节主席，也做过金马奖主席。他有两家公司，养着30多个员工，其中有些已经追随他超过30年。他没戏拍，手下也就闲着。为了养家糊口，手下会去外面接活儿。有时候，他也尽量给他们介绍一些剧组。说起来，他唯一做过的商业行为，恐怕就是为手下接的广告片想点子，帮他们养家。他60岁生日的时候，一群兄弟陪他一起喝酒唱歌。有个年轻的摄影师跑过来向他祝寿，说了一句：奉陪到底。后来，等到《刺客聂隐娘》开拍的时候，他们果然一个个都回来了。

侯孝贤说："我彻底不管了，而且觉悟了。我非常清楚地知道自己走到哪条路了，而且这条路也回不了头。"

2. 2015年的戛纳

颁奖仪式的前三个小时，《刺客聂隐娘》剧组还没有接到走红毯的通知。

时间一点点过去，大家越来越觉得，这一次，没戏了。

周韵哭了，跑去卸妆。后来，内地的制片人也哭了。

奇迹发生在距离颁奖礼只有不到两个钟头的时候。电话响了，侯孝贤接到通知，请全体剧组做好准备，走最后的红毯。后来，剧组才知道，关于获奖人选，评委会激烈争执，委决不下，一直到颁奖前两个小时才确定最后的名单。

后来的事情我们都知道了。北京时间2015年5月21日凌晨1点钟，侯孝贤被宣布为第68届戛纳电影节最佳导演奖获得者。

这时候，舒淇又哭了。

这不是舒淇第一次在戛纳哭鼻子。早在2001年，侯孝贤第一次带她去戛纳，她就哭得不成样子。当时，舒淇第一次看到自己在《千禧曼波》里完整的演出。此前，她习惯了短镜头的间断式表演，从没想过自己在银幕上会是这么一个完全不同的模样。回到酒店房间，她对着镜子号啕大哭。这是25岁的舒淇第一次自觉到表演是怎么回事。

几天以后，在颁奖会场，侯孝贤站在人群的角落里，把评委会成员一个一个指给舒淇看。他告诉她，电影诞生百年，大家各有长处，但真正懂得电影的人，全世界也没几个，所以，你要相信你自己。

在比那更早的时候，侯孝贤说，自己就已经对于拿奖这件事情失去了热忱。他知道，这只是一个游戏，自有其规则，得到的不代表多厉害，得不到的也不代表你不行。有一次，他在一个日本的电影节担任评委，为了一部比利时年轻人的电影《人咬狗》是否获奖，几乎和其他评委翻脸。

“他们说，这是一部纪录片，不该拿奖。太好笑了，里面有大河溃堤的段落耶，怎么可能是纪录片，开什么玩笑。”（注：《人咬狗》是一部类纪录片的剧情片。）

很多年过去了，侯孝贤一点一点在往更深处走。戛纳记者试映场后，有朋友发短信问他：你是不是在拍自己？所谓“一个人，没有同类”，就像《刺客聂隐娘》里，他借嘉诚公主之口讲的一个“青鸾”的故事：“王得一鸾，三年不鸣，夫人曰：尝闻鸾见类而鸣，何不悬镜照之。王从其言，鸾见影悲鸣，终宵奋舞而绝。”

回到文章的开头，若世上真有青鸾，侯孝贤心目中的镜像就是昆德拉。昆德拉86岁了，还写了新书《庆祝无意义》。侯孝贤小他18岁，大不了就是继续拍下去。为了再多拍几部电影，他每天晨起爬山，保持体力，并且阅读大量的翻译小说（最近看的是冰岛小说家古博格·柏格森的《天鹅之翼》，以及格雷厄姆·格林的《喜剧演员》）。有时候想想，还有两年，就要满70岁了。可电影是他唯一的东西，总也没个够。眼下，他对于未来的想象就是：“拍拍拍拍拍，然后头一勾，死在片场。”

“你觉得寂寞吗？”我问他。

“不是寂寞。”他说，“假使你真的做了自己想做的事，你会越做越开心。艺术就是这样，完全在个人。我喜欢这个，然后尽我的能力，也对得起我的名声。孤独是一定的。你自己往深处走，势必是孤独的，这没办法。”

“当然，商业化吸引人太厉害了。”他又说，“你以为每个人都会有那种坚持？不可能，马上就变了。现在大陆还有谁？娄烨算一个，少之又少。有时候我不太懂，到底有什么诱惑？钱吗？名吗？都不是。其实问题还是在于你拍的是什么，是不是人的状态和生命的本质。”

我的最后一个问题是：“为什么你从来不拍中老年人？”

他说：“我喜欢年轻人，喜欢他们的活力。我知道中年的那些事，但是他们没有办法激励我，没劲儿。”

“这劲儿是什么？”

“这个劲儿就是生命的本质——活着就要不死心，就要做一些事。”

对话侯孝贤：

下一部电影可能是《神隐少女》[1]那样的东西

雷晓宇：聂隐娘在电影里的小名叫窈七，这是原著里没有的。《咖啡时光》的女主角是一青窈，这里头有什么联系吗？

侯孝贤：为什么叫窈七，我也忘了。但聂隐娘这个名字也蛮特别的，聂就是三只耳朵，隐娘就是隐藏的姑娘，她又是一个刺客，很有意思。

一开始的设想就是从声音开始。她在树上，眼睛闭着，一直听，听所有声音的变化。人声渐少，她的判断是正确的。她突然睁开眼睛，唰一下就下来，直接趋前，杀了大僚，如杀飞鸟般容易。

---

1. 《神隐少女》：宫崎骏电影《千与千寻》的另一个译名。这部电影讲了一个女孩孤独成长、经历冒险，最终在精神世界里找到自我的故事。

不过，舒淇恐高，一到树上就尖叫，后来我就放弃了，改成在大僚家的梁上。

雷晓宇：第三次和舒淇合作，能感受到她身上的变化吗？

侯孝贤：我最近在看成濑巳喜男的电影介绍手册，里面提到他和高峰秀子、田中绢代的合作，还有小津安二郎和原节子。日本导演和女演员之间的合作非常动人，经常就是一辈子的。

她还是那个样子，但比以前更稳。《千禧曼波》的时候还会有一种调皮，一种气，砸椅子什么的，或者有比较天真的东西出来。在日本拍的时候，我叫她把脸去贴雪地，看起来比较清纯。

《刺客聂隐娘》的时候已经很稳了，年纪到了。虽然她的样子还是很年轻，没怎么变，但她已经快40岁了。虽然还是有以前的痕迹在，但以她现在的状态，也不可能叫她拍以前的东西。

上次香港电影金像奖颁奖典礼，我跟她一起参加一个活动。一到现场，我看到她立刻被各种熟人围着，谁都认识她，谁都喜欢她。我就很放心。平时她回台湾，我们会吃个饭，有事的时候才会联络，也不谈心事，我也不会问。不过，就算相距很遥远也不会改变我对她的态度，谣言也不会。

雷晓宇：和舒淇会一直合作下去吗？

侯孝贤：我想还有大概两部可以拍。她也不小了，后面总还是要结婚的。我女儿和她同岁，都有两个小孩了。

雷晓宇：好像到了后期，你更愿意拍女性。

侯孝贤：我喜欢胡兰成的一句话——男性刚强女性烈。我天生就能看到她们身上的这种东西。

有时候，是先有了那个演员，再有那个剧本的。比如《悲情城市》里面的辛树芬，我最早用她是在《恋恋风尘》。有一次在西门町的万国戏院门口看见她，哇，没看过气质那么好的女孩子。我一直忍着，犹豫要不要去跟她要个联络方式。我一直跟着她，从路桥下去，走到中华街那边。后来忍不住还是跑过去了，把身份证给她看。

她听过我的名字，就留了电话。当时她是念商职的高三女生，还没毕业。后来我拍《恋恋风尘》就约她，她的家世非常传统，是那种日据时代过来的家庭，拍完她就要嫁到美国去了。

片子拍完，她还是去了美国，但已经有变化了。对她来说，一毕业就拍了这部片子，虽然什么都没有，但我们很认真地在拍。（到了《悲情城市》）她也不必演什么，因为她的气质就是这样，还是跟梁朝伟演对手戏——这对少女还是会有种波动吧。

她最后还是决定回来。车子到了机场，男方的姐姐也一直追到机场，又把她劝回去了，最后还是跟那个男的结了婚，生了几个孩子，应该蛮幸福的吧。这种女孩就是这样，一旦决定，再无挽回。

她在《悲情城市》的角色原本是给伊能静演的，但伊能静那时候要去香港找她那个男朋友。后来，舒淇在《千禧曼波》

里去日本找她男朋友，这段戏也是从伊能静来的。

雷晓宇：你从来没考虑过去好莱坞看看吗？

侯孝贤：以前有人找过我，但我不可能。

好莱坞根本是另外一个系统。他们的电影够大，所有的资金都是从银行来的，所以银行要掌控，要有一个完工保险的契约，就跟贷款一样。比如说，你要拍50个工作天，每一天你要拍多少，都是写好的。如果这个你漏掉了，他不会再让你拍的，拍完以后再找人补就好了。银行的人会来盯着你，不能违规。明明一天要拍完，拍了两天，就不行。

那谁去拍呀？我脑子坏了吗？根本不需要。我在这里随便找一些钱，拍什么都自由。

雷晓宇：这几年看过哪些印象深刻的电影？

侯孝贤：我现在很少看电影。看了就忍不住要说，一说可能就会影响别人。前一阵看了《布达佩斯大饭店》，还不错，黑色幽默，而且它的画面一会儿宽银幕一会儿窄，很像漫画。

雷晓宇：这次拍武侠拍爽了吗？下一部会是什么？

侯孝贤：还没有。毕竟打斗的部分还很简单。下一部可能还想拍武侠，有部古代小说叫《任氏传》，讲一个狐狸精报恩的故事，女主角很有趣。

但也有可能拍一个现代题材。谢海盟在弄一个剧本，已经好几年了。台北市以前都是农田，为了灌溉，修了很多沟渠。

后来城市化的时候，就在沟渠上面修了街道，但是沟渠还在地下流。现在有些街道的名字，就是从那些沟渠来的。比如舒兰街，它地下流的就是舒兰河。在这个背景下面，也许可以讲很多城市的变迁。[1]我还没有想好，但有可能做成《神隐少女》那种感觉的东西。

雷晓宇：你的电影很多人看不懂，票房和观众，这对你是个困扰吗？你怀疑过自己吗？

侯孝贤：怎么可能？那是我唯一的。作者只要纸和笔就可以了，但电影更加复杂，需要资金，所以比较慢。但我从来没放弃过，因为我什么状况都可以拍。我有班底，而且现在是数位（即数码）时代，用数字手段照样可以做到某种效果。我对电影和人永远有兴趣，你看到某种人、某种事，你会有这种心情，想把它做出来，留给人家。

雷晓宇：昆德拉说电影已死，他的意思可能是说作者电影已死。你怎么看作者电影的处境和未来？

侯孝贤：好莱坞太强大了，不只是台湾（地区），全世界的作者电影都在萎缩。现在确实不是一个好的时机，有愿望的年轻人只

1．此剧本已成书出版，书名为《舒兰河上》。谢海盟说，舒兰河本来是一条小河流，后来废掉改盖街道，变成舒兰街；然而，舒兰街却因为都市计划的原因，被废除了。因此她想通过这本书，带出台北的沧海桑田，并让读者了解台北不为人所知的历史。

能练习和等待。

我在学校也教年轻人怎么拍，怎么勘景。现在是数位时代，你拿小小的摄像机也可以拍啊，甚至手机也可以。西门町白天是一个样子，晚上又完全不同，你拿着摄像机和手机，上一辆出租车，就那么拍，根本不会有人理你。不是非要一群人布一堆灯在那里，才叫作拍电影。

2000年的时候，我提过一个千禧计划。《千禧曼波》原本的名字叫《蔷薇的名字》，它是整个千禧计划的第一部。当时我希望做这个事情，帮助年轻导演找到钱，每年拍6部新片，全部关于台北的城市生活，形成一个系列。以后，这个计划还可以推广到香港（地区）和东南亚，甚至全世界。但后来钱出了问题，投资商一听说是年轻导演，就没人愿意投了。

雷晓宇：做了半辈子电影，现在还有什么困惑吗？

侯孝贤：不是困惑，是不平。我现在恨不得变成一个神去告诉相关部门，对年轻人的影像教育应该是怎样的。我说，你们太小看影像了，它是我们每个人每天都在接触的，是宝藏。

上次去“总统府”[1]，我提议说，我们的小朋友在成长阶段，是不是可以从小学开始影像教育，哪怕一个月看一部片子，一学期哪怕看三部，影响多大啊。就给他们直观地去感受，以后拍不拍电影是另外一回事。

---

1. “总统府”：台湾地区领导人办公室。

我去法国拍《红气球的旅行》的时候，需要一幅有红气球的画，就问美术馆有没有。他们果然有，不大，小小的一幅。我叫剧组去找，看看有没有老师能带小朋友来参观。一个老师就带着一群小朋友来了，他问画里面是什么，哇，每个小朋友讲的都不一样。

我就想，我们台湾（地区）的小朋友绝对不会这样，他们绝对不会这么活泼，也不会这么发问。你知道吗，我的外孙女一个三岁，一个五岁，现在在我家过暑假。她们的口头禅是“It's mine”。她们从小在LA（洛杉矶）长大，是不能打小孩的，又经常去一些政府办的免费活动。他们多重视小孩的教育，那就是我们的未来。

后来，我把法国CNC影视资助金的负责人找来，跟当局的人演讲，跟台北电影文化中心的人讨论。我问，你们一年的预算是多少？法国人一算，是5亿多新台币。台湾呢，3000万新台币。差别太大了。

附一

侯孝贤都读什么书

如果你和侯孝贤面对面，试图和他聊聊阅读经验，这种努力多半会是失败的。这倒不是因为他不读书。恰恰相反，从侯孝贤的工作室书架到他的枕头边，从来满满的全是书。

不过，侯导号称“只有三秒钟”的记忆力，哪怕他昨天晚上还在读的书，他也不记得名字，也不记得作者。

于是，这样的谈话就很像是一个猜谜游戏。

他读《沈从文自传》。这是稍微了解侯孝贤电影的人都知道的段子。20世纪80年代初，侯孝贤当了好多年的编剧和副导演，刚刚开始拍自己的作品。杨德昌从美国回台湾岛内，码农转行当导演。二人在一位相熟的剪接师工作室里相遇，一见如故。侯孝贤在剪《风柜来的人》，杨德昌在剪《海滩的一天》。杨德昌把威尔第的《四季》介绍给他，当作一段少年海边嬉闹戏的配乐。朱天文把《沈从文自传》介绍给他，他看了乡人行刑的一段描写，茅塞顿开。那是一种极其冷静和开阔的视角，犹如一个全景的长镜头。

从此，侯孝贤获得了电影创作的文学自觉性。

侯孝贤读大量的翻译小说。他最近正在读的枕边书是冰岛小说家古博格·柏格森的《天鹅之翼》。一个九岁的小女孩因为偷窥而被送到乡下的农场工作。对于海边来的女孩来说，农村生活并非田园牧歌，它意味着陌生、神秘和孤独。这是一部讲述少女的生存困境的小说，侯孝贤也曾经参考这本书来理解少女时代的聂隐娘。和冰岛女孩类似，少女窈七也曾经在幼时面临过成长环境的巨大变化，如此巨变留下的性格创伤，类似阿斯伯格综合征[1]患者。从这个人物设置出发，再加上难以还原唐人的语言方式，直接导致舒淇在《聂隐娘》里只有九句台词。

《天鹅之翼》是米兰·昆德拉最喜欢的冰岛小说。昆德拉也是侯孝贤最喜欢的作家之一。《生命中不可承受之轻》《为了告别的聚会》《生活在别处》，这都是侯孝贤年轻时候一看再看的小说。昆德拉早年作品的主题之一，便是剧变的集权体制下知识分子的选择。他的作品主题，也是侯孝贤青年时代正在经历的人生主题。20世纪80年代，一待台湾管制松动，报禁得以解除，他就拍出了审视历史的《悲情城市》。在过去白色

1. 阿斯伯格综合征：一种类似孤独症，但又不同于孤独症的社交障碍。它有一个广泛的谱系，从轻到重，但有一个共同特征——患者的智商都很高，因此又被称为“天才病”。

恐怖的六七十年代，这都是难以想象的事情。

侯孝贤不只看小说。纯文学是知识分子的一种表达，他也对文学的纵深有兴趣。他喜欢卡尔维诺的《千年文学备忘录》。在这本书里，意大利作家提出，一位真正重要的作家还需具备某种“未来意识”。他说，所谓深度，其实都是隐藏在表面的。

在《刺客聂隐娘》里，隐隐能够看到这种“未来意识”对侯孝贤的影响。在安史之乱后的唐末乱世里，道姑认为杀人可以解决现实的政治问题，所谓“杀一独夫，可以救千万人”，这是墨家刺客的观点。嘉诚公主被派去和藩，她认为杀人不能解决问题，而合纵博弈则是更好的方案，这是儒家的观点。当聂隐娘被道姑派遣到嘉诚公主的世界，从墨家进入儒家，最后她却选择了道家的出路：一走了之，浪迹天涯。

《刺客聂隐娘》获奖之后，侯孝贤回到台湾岛内，接受嘉奖。他反复强调的一件事情是：聂隐娘的现代性。所谓现代性，他说，就是任何情况之下都不能够杀人。另一方面，他到了68岁的年纪，恐怕对于入世这件事也再无兴致。入世充满妥协，毕竟他三四十岁都没妥协过，何苦六十几岁再来妥协？所以，聂隐娘就是侯孝贤，侯孝贤就是聂隐娘，不在性别，也不在经历，而在他们选择的和时代相处的方式：我改变不了这个世界，也不想被这个世界改变，于是我选择独善其身。

这样的人必定是孤独的。侯孝贤未见得打一开始就能接受这孤独。2007年，他在一次讲座里说，自己还有虚荣心。时至2015年，他68岁，对于戛纳获奖这种事，他的反应极其平淡。

在他看来，影史百年，真正懂得电影的又有几个？

孤独者自有其小小坚持。这是他在自己作品里埋下的密码，唯有懂得的人可以懂得，相视一笑，彼此洞悉。这一次，侯孝贤的密码是给米兰·昆德拉的。他说，他的理想观众是昆德拉。因为，早年间昆德拉写过一篇小文叫作《电影已死》。言下之意，在全球化、商业化的时代，作者电影已死。眼下，他用《刺客聂隐娘》跟昆德拉打招呼：它没死，硬硬地还在。

侯孝贤真是个硬骨头。他一把年纪，还是不死心。他喜欢阿西莫夫的那个说法，一个作家的归宿就应该是写着写着倒下来，鼻子戳到打字机的键盘上，戳出最后一个字母。他想，一个导演的归宿就是“拍拍拍拍拍，最后头一勾，死在片场”。

侯孝贤是个知识分子。至于《刺客聂隐娘》，它自有金钱丈量不到之处。

附二

我为什么喜欢《刺客聂隐娘》

这个话题好像有点过时了。这部电影貌似已经以票房成绩一般和冒犯观众载入华语电影史册。

但我还是愿意说说它。原因很简单，经典原本并不趋时。

当然，这部电影并不好懂。

没有完整的人物关系介绍，错综复杂的时代背景一带而过，跳跃性的剪辑，还有虽然少但比起《最好的时光》已经多得不行的台词……这种观影体验好比做一道没有正确答案的完形填空题。

观众们很快失去耐心。他们或睡着，或走人。认真点儿的会看完，然后深感情感投射落空的愤怒：侯孝贤，我今日敬你，但你竟然这么不把我当回事。

因为采访过侯孝贤，而且写了几篇文章，甚至有粉丝会跑来质问我：电影怎么能这么拍！

这个问题叫人哭笑不得，电影又不是我拍的，冒犯你们的也不是我啊。

但是，因为和侯孝贤深聊过，也前后刷过三遍《刺客聂隐娘》，我想说说我对这部电影的理解。我喜欢它，但就像陈丹青说凡·高，你要问我哪里好，我就只能跳楼。

1. 魏博就是台湾

这是一部挑战观众的电影。之所以这么说，因为它像中国传统文人画一样，洗练劲道，有大量留白。这留白是需要观众参与的。这就是说，你要有“解题”的兴致、能力和耐心，缺一不可。

这不是一件舒适的事情，会叫花钱买票图乐的观众不爽。

这种留白和开放性并不新鲜。早在20世纪50年代的意大利新现实主义、法国新浪潮和德国表现主义电影里就呈现过。侯孝贤继承了巴赞、戈达尔、特吕弗、安东尼奥尼的衣钵。

这就是侯孝贤的电影观。在数十年后，他仍然致力把电影当作一种自我表达的艺术手段，而非取悦大众的神器。

我对侯孝贤有敬意和信任。这是我愿意自己花钱进三遍电影院的原因。他不会随随便便拍一个神经质、瞎胡闹的东西出来。

这种敬意和信任大约出自《悲情城市》。《悲情城市》

来自1989年，讲的是1946年的“二二八事件”。

1989年，这是个耐人寻味的时间点，正是台湾岛内“解严”，蒋经国去世一年之时。这就是说，一俟获得表达的机会，导演就要用电影来纪念和解读这个海岛的历史隐痛。“二二八”是一桩屠杀、血案和公案，是台湾最不愿意被触碰的记忆。但是侯孝贤，唯独他有种把它拍出来。

我一直记得，在电影的最后，梁朝伟和妻子儿女站在空荡荡的车站月台上，最后一辆列车已经开走，他们知道，自己的后半生已经无处可去，将永远困在这个海岛上。梁是个哑巴，更是暗喻了知识分子不能表达的困境。

这是个伟大的镜头，既是对过去发生的历史的凝视，也是对即将发生的历史的预言。

在历史上，台湾历经荷兰、日本的殖民统治和清政府、国民党政府的治理，隐隐然总有这么一腔子孤愤和弃儿心态：你们都不要我，都对我不好，那我跟你们拼了吧。这种来自山地民族的烈性（瞧瞧《赛德克巴莱》的血腥），混搭民国军事贵族的幽怨，二者融合，成就了今日台湾又柔糯又刚烈的脾性。这一点，你端看他们甜腻的民谣、安详的街市、全武行的民意代表会议就知道了。

这是一个曾经被遗弃，但是不断在探索自己文化认同的地方。80年代，侯孝贤、杨德昌、吴念真，这批新浪潮导演，用电影探索了这种文化认同的可能性，找到了一个岛屿的文化自信。

说回《刺客聂隐娘》——我不确定，也未跟侯孝贤本人求证过——但我相信，晚唐末年，那个在战与和的暗涌之间摇摆的藩镇，魏博，它可能正是台湾命运和处境的象征。

这好比反服贸，到底要因为经济和现实生存的原因，与大陆协同发展，还是担心被边缘化的历史重演，因此宁可保持一种奇崛的独立姿态？

这个问题，不好回答，也不敢妄言，因此不论在现实中，还是在电影里，都是一番晨昏不明、左右逢源的景象。

这虽然是我的猜测，但也不是乱猜。

当年，朱天文曾经说过，她从来就没打算做艺术家，她想要做“士”，也就是知识分子，因为“士”才能整体性地影响一个社会的文化、经济和历史，而不是安于一室之欢。

侯孝贤也是对政治保持兴趣的人。他跟我说，他也有“士”的追求。当年，他曾经在台北街头因为政见不同，跟出租车司机扭打作一团。

2. 四个青鸾

当然，更表面一些来看，《刺客聂隐娘》是一部深沉的女性电影。侯孝贤喜欢拍女性，后期的作品更全部是女性题材。他说，男性刚强女性烈。

全片一共有四个女性角色：嘉诚公主（和亲那位）、嘉信公主（道姑）、聂隐娘、田元氏（就是周韵）。这四个女人，用一个意象贯穿全片，那就是青鸾。

开篇，导演就让衣着华丽的嘉诚公主在牡丹花丛里抚琴自道：王得一青鸾，三年不鸣，妃子建议，听说青鸾这种鸟啊，只要看见同类就会叫，何不悬镜照之？王从其言，置镜，结果青鸾悲鸣，终日奋舞而绝。

它死了。一个人，没有同类。这四个女人都是这种人。孤独。

嘉诚公主，一个人孤零零从长安嫁到魏博。她性子刚烈，出发的时候嫌弃送亲的车子不好，受了怠慢，就不肯走，直到皇帝给换了金根车才满意。她终身的使命，就是不让魏博跨过河洛一步。她事人，从儒家，相信人际关系的沟通和博弈可以稳定局面，达到目的。

嘉信公主的背景性情并未多做介绍。她也是孤零零的，一个人住在山里。不过，她在应付阮经天扮演的侍卫时说，我事天，不事鬼。所谓事天，即从墨家，主张杀一独夫可以救万千人。

田元氏看起来是个很镇定，也很有办法的女人。她心狠手辣，行事大胆。她可以在君主事先警告的情形下，仍然毫不犹豫地做出安排，谋杀怀孕的妃子。甚至，君主的父亲都有可能是她杀掉的。但君主也奈何她不得，只能挥剑砸了炉子了事。

她有她的势力和代言。当年，她的父亲是叛变中央政府投奔魏博的刺史，为了她父亲手下一万多人的军队，田季安的父亲做出安排，让她嫁给自己的儿子。这是一段政治婚姻，但原本嘉诚公主安排的未婚妻聂隐娘，就被牺牲掉了。

因为田元氏的家族背景，她主战，事鬼。若魏博归顺朝廷，她和她的家族就不过是乱臣贼子的后代，有灭顶之灾。

不过，这个强势的女人也是孤独的。她和嘉诚公主，一个主战，一个主和，都是孤独的执行者，承担巨大的、有危险的使命。但，这些政治主张都来自她们的血统和出身，而不是她们自己的选择。

聂隐娘是魏博贵族的后代。她的妈妈是魏博君主的姑妈，当年嘉诚公主和亲，就是她带队迎接。她的爸爸虽然憨人一个，但也是得到宠信的军事重臣。

隐娘和很多贵族女子一样，有一个被安排的人生。她被各种人、各种势力安排。和她的名字一样，她原本是个“不存在”的人。

还是个小姑娘的时候，她被嘉诚公主安排嫁给义子田季安。并不是因为他们般配相爱，而是公主信任隐娘的妈妈，认为和这股力量结盟更能实现自己的政治诉求。

再大一些之后，因为嘉诚公主计划落空，她被嘉信公主安排上山学艺，做个刺客。她是道姑的凶器，而一个凶器，是没有思想、没有自我的。

但偏偏聂隐娘有。在四个被安排、被继承、被选择的女人里面，她们一样孤独，没有同类，但聂隐娘是唯一一个选择了自己命运的人。她最后归隐山林，这是道家出世的选择。她没和亲，没做刺客，也没杀田元氏派的女刺客，她付出代价，不惜背叛师门，也要做她自己。

朱天文说，这就是聂隐娘的现代性。侯孝贤载誉归来，马英九在台北办欢迎宴会，侯孝贤发表演讲，当头第一句就说，所谓现代性，就是无论什么情况下都不能杀人。

《刺客聂隐娘》的镜头语言，也一直在呈现和电影的道家价值观一致的东西：利落、极简、丰富却毫不啰嗦的纵深景别。

特别值得一提的，还有电影中呈现的大自然的景象。你可能没有注意到，电影里面每个叙事段落，都是用大自然的空镜头来衔接的。隐娘要和女杀手对峙，画面开端就是两片慢慢靠近、最终合为一体的云。等云到。

这些大自然的画面像傅抱石的水墨画，优美含蓄。同样拍大自然，侯孝贤的自然观可能跟张艺谋的大红大绿，以及陈凯歌的苍茫黄土地完全不同。这是中国古代文人的审美情趣。

另外，既然《刺客聂隐娘》有个武侠的壳子，自然也要关注它的武打场面。

当然了，它的动作戏不是《卧虎藏龙》那种好看。因为刺客和侠客有本质的不同，简直天壤之别。

侠之大者，当李慕白出手的时候，他不只是要展示武功，更要显示武学尊严和宗师气派。总之，他要展示。

但刺客是要藏的，不能被人发现。最好一招毙命，一旦拖泥带水，就有性命之忧。

因此，《刺客聂隐娘》的武打戏和文戏一样，极其含蓄克制。

侯孝贤告诉我，他最满意的一场动作戏，是结尾聂隐娘和道姑对打。隐娘如忍者，三两下就收手，消失。道姑也收手，一抖拂尘，白袍破了一道口子。

其实，在剧本里面，道姑最后是死了，胸口白衣的血迹染成一朵牡丹花——但是咱们的侯导全给剪掉了。

有个朋友说，他可能追求李白《侠客行》的意境：十步杀一人，千里不留痕。

意境是顶顶重要的东西，但只能意会，不能言传。如今侯孝贤不仅要传，还要用镜头传，可见野心。

3. 隐娘就是千寻

总的来说，《刺客聂隐娘》可称得上“多情需藏”这四个字。它藏得挥洒肆意，毫不留情，就连编剧朱天文看到成片之后都大惊失色。因为很多当初为了解读剧情而苦心设置的片段，竟然都被导演大刀阔斧地剪掉了。

在电影里，很多看起来莫名其妙的“过场戏”保留下来了：一队人马稀稀拉拉地爬山，女子沉默地穿越麦田。而很多传统叙事里面会大加渲染的“重头戏”，却被剪掉了：画符老道一下子就死了；道姑更绝，连死没死都不告诉你。

这种“藏”，倒是教我想到“神隐少女”。别说我瞎掰。侯孝贤跟我讲，他下一步电影想拍谢海盟的一个新剧本，那是一个关于台北新旧历史交替的故事。他说，他想拍成《神隐少女》那样的东西。

说起神隐少女，聂隐娘就是侯孝贤的神隐少女。在跟舒淇解读剧本的时候，他说，聂隐娘就是一个孤独症少女。少女千寻的父母变成了猪，无法继续保护她，她只能自己孤独成长。少女隐娘的父母把她当作政治工具，失散多年，重逢时不是嘘寒问暖，而是大讲嘉信公主的政治理念。难怪隐娘掩面而哭，她也只能孤独成长，寻找自己的道路。

不过，宫崎骏和侯孝贤毕竟都是温暖的人，对人世的孤独还是心怀不忍。他们为千寻准备了小白龙，也为隐娘准备了磨镜少年。她们奇诡的命运终于找到支点，从此有了希望和勇气，有了同类，不再孤独。得一人心，便可终日奋舞。

所谓磨镜少年，磨镜即是磨心。少女敏感犀利，要当得起如此少女的爱人，少年的心必须是透明的。

最后，聂隐娘回到小茅屋，她从远处朝着磨镜少年走过来。很多人都没有注意到，隐娘露出了整部电影唯一的一个笑容。只有做出自我选择，并且和自己喜欢的人在一起时，她才是放松和快乐的。只不过，侯孝贤又一次极其克制地拍了一个大全景，连个特写都没有。他不提醒你观看，他让你自己去发现。

在侯孝贤看来，电影是发现，而不是观看。

可是，我问过他，隐娘和少年去到山里，从此过上了幸福甜蜜的生活，然后呢？[1]他笑，说，没有续集了。

---

1. 作者注：当时和导演的交流是这样。不过，按照剧本的原意，故事结尾是隐娘送少年回日本，因为他还有个妻在那里。

但我倒是在想：山里的生活究竟会怎样呢？

隐娘失业了。她是不愿意杀人的刺客、无用的高手。为了营生，她可能每天出门打猎，累了一天，一身血腥味回家。

磨镜少年可能找不到工作。毕竟山里人谁有钱买镜子啊？他只能待业在家，玩镜子，睡觉。

日子久了，他觉得隐娘不够温柔。隐娘则心想，当初你给我上药的疼惜劲儿哪里去了？

是的，当他们开始过日子，重新审视彼此的性情和这段关系，生活才算真正开始。哪怕是聂隐娘，也要面对"出走之后怎么办"的娜拉[1]命题。这又是另外一重现代性。

自我，这个宝物，它失而复得，得而复失，循环往复，在每个人的生命里静默如谜。这件事情实在太重要了，别说隐娘和少年，就算羿和嫦娥也要面对呢。

鲁迅在《故事新编》里是这么写的：羿带嫦娥私奔，临了，可怜一身射日的武功，只能每天射乌鸦。至于嫦娥，可惜了她的颜色，只能每天用乌鸦肉做炸酱面吃。最后呢，两人互相抱怨，吵闹不休，她烦了，就奔月了。

说真的，鲁迅真不跟你客气的。

---

1. 娜拉：挪威剧作家易卜生笔下的经典人物。她意味着一种在别无选择的命运里，仍然要为自己做出选择、付出代价的勇气和悲剧性。

2015年夏天，我去台北，在撞球馆的地下室和侯孝贤聊过一次。

在台湾，他已经是“老行尊”级别的人物，但他给我留下的印象，是一个羞怯的细节。

工作结束，他要离开了。他的助理还在跟工作人员沟通最后的细节，他一个人站在门口，等了一会儿。我远远看着他，他好像很想跟大家道别，打个招呼，但又不好意思开口。他就只好站在那里，搓着裤子大腿。

所以，我记得的是他告别的样子。

他的电影，我记得的也是几个告别的画面。聂隐娘在山野的告别，还有《悲情城市》里，梁朝伟在火车站的告别。在《刺客聂隐娘》里，那一段配乐名叫*Rohan*，我放在手机里，经常听，只觉天疏地阔，世事何足挂齿。

Hello，朴树先生

对于每个人而言，真正的职责只有一个：找到自我。然后在心中坚守其一生，全心全意永不停息。所有其他的路都是不完整的，是人的逃避方式，是对大众理想的懦弱回归，是随波逐流，是对内心的恐惧。

——赫尔曼·黑塞《德米安》

1. 朴树先生的来信

2017年3月13日是个晴朗的礼拜一，这天早上9点半，我收到了一封来自朴树先生的邮件。

他在邮件开头解释说，头天晚上看了我朋友圈转发的一篇文章，很喜欢，于是就上了那个公众号，不承想，竟然找到一篇写他的文章，“全是各种挤对”。他试着给这篇文章留言，但是没留上。于是，他把这篇文章和他想说的话都写在邮件里，发给了我。

“没准采访能用上。”他写道。

这篇文章并不长，不过几百字，不到一分钟就能读完。说真的，它并不刻薄，在我看来，也不算“全是各种挤对”。作者虽然“不喜欢他，看见他就烦”，但又表示“他也不容易”。文章评价了他去年底发布的新歌《达尼亚》，似乎既不那么喜欢，也不那么讨厌。

不过，有点刺眼的是这么一句话：“毕竟趣味和能力就那样了。”

这句话像平静海面上高高凸起的一块尖利礁石，划到了朴树的皮肤。他被刺痛了。这句话直戳他14年来心头悬吊的最大恐惧——这个叫作朴树的人，江郎才尽了吗？

夜深了，但他难以入睡，写下了这样一段话——

“我就是朴树。这些年来，我很努力，起码在某些方面。才尽没尽我不知道，至少我还愿意不计代价做这件事。尊重所有观点。接受一小部分。不想争论，只想说一句，居高临下并不是一种高级的态度。那只能看到某一部分。肤浅得很。”

这封邮件来得突然。当时，我认识朴树才刚刚一个月，见过两次面，前后聊过六七个钟头。他是歌手，我是记者，我们并非相知已久的老友，但他还是写了这封邮件，流露的是他的真诚、脆弱、孤独和不服。

这时候，距离他的12场巡回演唱会还有整整一个半月。这是已经一再延期的演出，而且按照原计划，他需要在4月30号演出开始之前做完新唱片，并且在演出中演唱七首新歌。出道21年，这是他的第三张专辑。距离上一张《生如夏花》，已经14年过去了。

14年之后，发令枪高举，选手却仍在黑暗中徘徊。半个月前，他终于完成了所有音乐部分的录制，但歌词迟迟写不出来，所有录唱、后期缩混和封面设计都无法启动。他活活像个死囚，缩在希望的牢笼里，在焦虑中迎接子弹的到来。他压力巨大，一筹莫展，心烦意乱，一点也没有办法保持专注，甚至在如此关键的时刻还花时间回味负面评价给他带来的痛苦。

也许是过去14年的时光流逝让他心有余悸。从30岁到44岁，中间看似一片空白，无所作为，但暗涌、混乱和成长是不足为外人道的。他从一个特别黑暗的地方回来，甚至想过死亡和出家，因此，他需要一再地重新鼓起勇气。

头天晚上，他出门散步，一边走，一边胡思乱想。他是一个习惯沉溺在乱麻一样的思绪里等待灵感出现的人。有那么一刻，他突然想到了《心经》里的句子："空中无色，无受想行识……无无明，亦无无明尽……"

他好像感到舒服了一点。

后来，他在微信里给我留言说："往前走的每一步都是痛的。想起禅宗各种公案，禅师们了悟见性前，都崩溃到极限，所以就这样吧。自觉。要做自己，再笃定些。"

就这样，他又度过了一个夜晚。14年里，有5000多个夜晚，其中绝大多数都不比这一个更轻松。

天终于亮了。这个早晨，北京阳光明媚，刚刚度过了周末和严冬的人们正忙着赶路上班。这时候，窝在顺义郊区某个别墅房间里的朴树先生，抽着烟，发着愁，闷闷不乐。他不会想到，五个礼拜之后，这七首新歌竟然真的全部写完又录完了。

他一直不相信自己能够做到。

《清白之年》。

《空帆船》。

《狗屁青春》。

The Fear in My Heart.

Never Knows Tomorrow.

Forever Young.（1999年*New Boy*的舞曲版）

另外，还有一首目前仍然处于保密状态。

这就是说，演唱会即将顺利开幕。加上之前发布过的《平凡之路》《在木星》《好好地》和《达尼亚》，一共11首歌，折磨他三年之久的新专辑也完工在望。

或者说，他中断了14年之久的音乐生涯，终于出现了重生的一丝曙光。

久别重逢，快了。

我所认识的朴树先生，确实像一棵树。他孤独，执拗，格格不入。他的天性确实是脆弱敏感的，甚至对于自己所经历的痛苦会表现出某种病态的、夸张的依赖。下意识里，他可能期待这种痛感的刺激，能够催生出下一次创作灵感的到来。不过，他毕竟也是一个44岁的中年人了，还有些时刻，会从痛苦的游泳池里爬出来，把身上的水抖干，恢复理性。

就在不久之前，我们第二次见面的时候，聊到新专辑和复出，他说过这样的话——

“我不知道现在这条弯路有多弯，但即使我走再远的弯路，人还是会回来的。我觉得每个人都是这样的，他还是会回归他命中注定的那条路。我就是这么坚信的，毫无道理。”

他的道路，毫无疑问，是音乐。他恨过音乐，他害怕音乐带来的折磨，他失去所有自信，他想要逃到酒吧、球场和青海的深山里去，他以为佛教、灵修和中医就能帮助他解决所有问题——但最终，他得回来。

2017年4月30日，这不是朴树的机会，这是朴树的命运。这是一个拥有天赋者的精神危机和通向自身的旅途。

2. 离开狐獴岛

我和朴树是在印度认识的。2017年春节刚过完，他飞到印度去拍汽车广告，我也在。

“你喜欢印度吗？”

我们第一次见面，是他主动走过来打招呼。他看起来心情很好，也希望身边的陌生人心情是好的。不过，看得出来，这不是他平时习惯和擅长做的事情。因为无论我回答的是什么，我们都很快就笨拙地聊不下去了。他只好摸着鼻子出门抽烟。

我知道，他喜欢印度。前两天，他带着收音器材去了新德里的贫民窟。他和小男孩一起踢球，给老人听他的新歌，还差点动了念头想要收养一个可爱的小女孩。这里的人，无论在婚礼和葬礼上都会大声歌唱，扭动自己的身体。

确实，印度是个非常奇妙的地方。只有身临其境，我才明白为什么李安的少年派只能是印度人。

早晨六点多钟，我们在恒河边看完日出和印度教教徒的早祭，沿着石头台阶往城里走。在售卖布匹和修理摩托车的小店铺中间，藏着一两座佛寺。再走上一百多米，拐角处还有一间简陋的基督教教堂。到了晚上，太阳下山，站在露台上吹风，能够闻到咖喱和辣椒的刺鼻味道，能够看见硕大的飞鸟掠过，还能听到隔壁清真寺传来悠扬的晚祷声。

少年派在印度这片土地上长大，他在这里能够拜伏到几乎所有宗教。但最终，当他在大海上孤独漂流的时候，并没有任何一位神灵对他施以援手，他只能靠自己去到彼岸。

对朴树来说，印度足够丰富。临行前，他新认识的道家老师对他说，你现在过得太干净了，最好多去热闹点儿的地方。于是，他放弃冰岛，挑了印度。

但直到临行前一刻，他还在纠结和懊恼。他的新专辑在经历了旷日持久的拖延之后，已经接近最后一个deadline了。音乐没录完，歌词没写完，录唱要几个声部不知道，缩混后期和美术设计就更没着落了……

他愁眉苦脸，冲着经纪人发脾气，说，只给两天，去北戴河拍得了。

又过了一会儿，在跟拍摄团队开会的时候，他又禁不住好话和笑脸，希望让所有人都高兴，一个不小心，就松了口。

刚答应下来，晚上回家一想到唱片的事儿，他又后悔了，于是到处查机票信息，巴不得早去早回。

最后，刚到印度没两天，他状态一好，又把唱片抛到脑后。“反正……我不管，那是两个月之后的事了。”

有时候，经纪人会偷偷管朴树叫“轴逼”。他就是这样一个爱钻牛角尖又反复无常的人。他的天性想要照着自己的意思来，他的教养又希望让别人舒服，二者一旦发生冲突，他就特别容易走极端。这种

“极端”，放在北京话里就叫作“轴”“拧巴”。

这种劲儿放在生活上，显得他不是一个那么好相处的人。天蝎座，上升处女。从迷信的星座学角度猜测，这基本上是一种绝症，意味着追求极致的控制狂，较真，偏执，爱钻牛角尖，一次只能做一件事。

比如说，经纪人只要问他一句“明天演出穿什么衣服”，他能想一整个晚上，恨不得失眠；只要去外地演出，他必定提前上网查酒店，看看评价好不好；化妆师早上敲门给他化妆，去早了不给开门，去晚了他会说，你迟到了三分钟；他和乐队一起排练，向来是谁迟到一分钟，罚款一百块红包。他从来不知道自己身上有多少钱，但坐个三蹦子也要还五块钱的价。当然了，他绝不是在乎钱的人——这么多年，借给半生不熟的人又收不回来的钱都有好几百万了——但他就是爱较这个劲。

这种劲儿放在创作上，可能就会变成一种完美主义拖延症。2014年录《平凡之路》的时候，当天晚上九点钟进棚，第二天早上六点要交歌，后面还有一百多人的宣传团队在等着，录音师也扛不住了，但朴树就能因为对一轨键盘的音色不够满意，纠结到最后一刻还不肯走。经纪人一看不行，赶紧拔了U盘。

4月8日这天，朴树好不容易弄完了所有的词曲，就等录唱了。他第一时间电话打过去，要求经纪人立刻帮他定录音棚，找录音师，找八个童声合唱，再找两三个和音歌手。经纪人蒙了，手忙脚乱一通安排，好不容易和十几个人确定了二天后晚上九点钟进棚。结果，朴树说不行，他那天有其他的工作安排，必须改天。

经纪人疯了：“还好他是艺术家，要换一般人，早挨揍了。”

以创作为职业的人，都有点自我中心。这听起来或许傲慢，但无论你喜不喜欢，却是不争的事实。创造犹如平地起高楼，需要全神贯注。这种专注如鬼神附身，无法顾及与他人的协调。

不过，自命为艺术家，将自我意识摆在前面，也有可能妨碍正常的社会生活。

在朴树24小时不间断流淌的日常生活里，何止没有正常的社会生活——他根本就不出门，晚上八点半之后也不见人，他甚至连正常的家庭生活都没有。为了追求自己的事业，或者保证丈夫的创作空间，他的妻子吴晓敏大部分时间都在上海生活。有文章说，她曾经做过一个噩梦，大致意思是，老公在家里弄了一个大大的工作室，但是只留下一个小小的门，并且直截了当地告诉她：这里没有你的位置。

从很早的时候起，朴树就开始遭遇这一类的困惑—— 一个艺术家到底应该怎样去生活？是让自己爽更重要，还是让别人舒服更重要？是自由更重要，还是爱和怜悯更重要？是坚持自己的标准更重要，还是显得随和可亲，不给别人添麻烦更重要？

说到底，怎样在超我和本我之间安放一个稳定又平衡的自我？很多艺术家处理不好这件事，要么早早丧失了创造力，陷入平庸，要么加速奔赴死亡和毁灭。

朴树闻得到这种危险的味道。

1999年，他出第一张专辑的时候，不爱接受采访，戴着墨镜、帽子和耳机，往人群里一坐，手放在膝盖中间，身边的艺人谈笑风生，他就这么面无表情旁若无人地待着。

很多年以后，朴树在网上看到一段视频，是当年的某个乐坛颁奖礼。当时，毛宁还是歌坛大哥，领完奖下台，过来和朴树握手，结果他愣是没怎么搭理人家。这一段把他自己都看乐了。“我的反应怎么那样啊。小时候真是去你妈的，我就把自己关起来。”

2003年，他出第二张专辑的时候，又突然变得特别配合采访。他不厌其烦又没完没了地回答重复的问题，就连记者们都觉得“过了”。当年，在《北京青年报》的一个采访里，他提到自己的变化，连珠炮一样说了这么些他自己也许一知半解的词：宽容、尊重、舍弃、配合、行业规律、自我约束……那是一次全国52个城市的巡回宣传旅行，在旅行结束之后不久，他就崩溃了。

导火线是2007年的真人秀《名声大震》。那是一次长达3个多月“完全失控”的演出。其他艺人都是节目组安排曲目，朴树不行，他自己想歌就得想个三四天。到了现场，其他人直接就录了，朴树不行，他觉得鼓的声音得大点儿，键盘的声音得小点儿，这里要多一个DJ，那里要加一个调音师……反反复复，他发烧了两个多礼拜，打着封闭针录完最后一期节目，心跳只剩下一分钟四十几下。

这还只是生理上的崩溃，更可怕的是精神上的迷失。2008年，他的发小、麦田守望者乐队的吉他手刘恩从美国回来探亲，去他家聊天。朴树告诉他，每天睁开眼睛都不想起床。

“又没人找我，我又不缺钱，起床也不知道干什么。”

这次见面让刘恩很久都缓不过来。他和朴树都是北大家属院长大的孩子，小时候一起玩弹弓，长大了一起玩乐队。在他的印象里，朴树虽然有点怪，不爱说话，但是是个特别有主意的人。他特别记得一个画面，高中的时候，朴树有一次来他家楼下喊他，两条腿支着自行车，远远地就说：“哥们这辈子就交给重金属了。”

这么一个人，这么年轻就颓了。

几天之后，刘恩缓过劲儿来了。那天晚上，他去参加了一个音乐圈老人儿的酒局，一个大长桌子，二三十号人，来的人不是老了，就是颓了，还有个哥们，胳膊伸出来豁着老长一个大口子。总之，每个人都恨不能把自己往死里喝。

这一年，刘恩三十出头，拿到技术学位，在美国东海岸定居多年。他已经不理解北京的这个世界了。他不明白，这些老朋友到底都经历了什么。

大概十年前，大家不是这样的。那时候，他们都在上大学，晚上没事就去北大南门的潜水艇酒吧演出，演出完了，也是这么一个大长桌子，大家一起喝酒吃饭。当时，张亚东就穿着军大衣坐在那儿，老狼喜欢侃大山……“朴树就坐着，不说话，但你能感到他也是开心的。”

刘恩很快结束了震惊的假期，回到美国继续他的投行生涯。朴树则在东三环边租了房子，过起了隐居生活。那几年，他不做音乐，也不见做音乐的人；除了买烟和遛狗，他基本不下楼。从2009年中到2011年上半年，他没演出过一次；经纪人不得已改了行，卖二手车，但他每半个月会来看朴树一次。朴树每次也不看他，也不搭理他，把他当空气。

“要跟他说话，得用猜的——还得猜对了才行。猜不对，他也不说话。”

谢天谢地，现在和他说话已经不用猜了。

离开印度的这天早上，我和朴树在他的酒店房间里聊天。他头天晚上失眠了，觉得冷，一边说话，一边把卫衣往身上套。因为愉快的旅行，他暂时忘记了创作上的烦恼。尽管如此，只要回忆起那一段“断片”式的生活，他整个人还是变得很沉重。

总而言之，既然不想死，就得找路活。朴树初中的时候就有青春期抑郁症病史，但他并不信任心理医生，也没再吃药。他下意识地逃避着自己的精神危机，只是简单地把热情的丧失归结为一种生理现象。

他打算从身体入手，“做了一堆傻事”。

他先是找了一个推拿师傅，每天按摩，用最大的劲儿做，希望赶紧好起来，好出去玩。第一次做是八月份，夏天，结果做完之后浑身发冷，他是开着车里的暖风回家的。师傅说，从来没见过什么人的身体比他还硬的。那之前，他平均每周要踢五场球。半年之后，他一场球都踢不动了。

他又找了一个针灸师傅。新师傅说，推拿是泄气的，不能再做了。于是，他又改做针灸。半年之后，身体不见好，更虚了。

有一次，朴树遇到王菲和赵薇，她们正在和一位藏传佛教的上师聊天，让朴树也来提问。

“我当时很困扰，说，我觉得人要解脱，先得作恶，把你心目中的恶都要作掉，你才能是一个百分之百动力的全人。说完以后，大家哄堂大笑，你不就是想耍个流氓吗？可我就是这么想的。老师回答说，人生苦短，你恶还没有作完就挂了。”

其实，朴树在2005年的时候已经皈依了藏传佛教，教名叫作“丹增旺加”。不过，他虽然是个佛教徒，但在这之后的好几年里，一直没有真正理解自己的信仰。“丹增旺加”这个藏语名字，有“自在且自律”的意思，但当时他并没有意识到个中含义，还嫌这个名字太难听。

游魂似的生活，一直过到2009年。这一年，朴树36岁，本命年。这一年，他过去赚的钱基本快花光了，开始感到慌张。他隐约感到，自己可能需要做一个重大的决定——到底要做一个怎样的人？是像过去这几年一样，影子似的模糊飘忽，还是要咬紧牙关，有所坚持？

这一年春节，他和妻子去了一趟西部，见了一位在四川和青海交界的深山里闭关修行的老上师。这位上师已经多年不见生人，也从不下山，但是对朴树一见如故。从此以后，他管这位老人叫作“阿爸”。

对于这次见面的神奇之处，朴树没有多说，我也知之甚少。这其中理应有神秘的因缘。至少，它开启了朴树另外一段生涯的大门。从西部回到北京，朴树开始练习打坐。一开始，他只要打坐就浑身疼得发抖，但是慢慢地，他习惯了，在家里看看书，抄抄经，打打坐，也不怎么想再出门了。他在这种半修行的生活里越待越久，和人群越来越远。

一直到现在，朴树仍然继续着这种清教徒式的生活方式。他正常的一天基本上是这样度过的：早上四五点起床，不开灯，在客厅里静坐。到了六七点钟，开始给经纪人打电话安排各种事儿。接着，他会用一上午的时间上网看新闻。到了中午，吃完午饭要睡上一个小时，睡不睡得着都得睡。下午的时间，他会用来工作，写歌、练琴、排练或者读书。晚饭他吃得更简单，只有一点蔬菜和米糊。饭后他会出门遛狗，或者快走十公里。回来之后，天色已经不早了，再看看书，写写日记，十点出头，就该上床睡觉了。

如此严格的生活习惯，大概七八年来，朴树雷打不动。他用这种方式调养自己的身体，管理自己的欲望，强健自己的意志力。所谓“丹增旺加”，自在和自律，至少，自律这一点他是做到了。

但他并不真的感到自在。

一开始，这种清心寡欲的自律生活让朴树感到安全，产生了强烈的依赖和归属感。他甚至觉得，除了修行，一切其他事情都是浪费时间，只要再做一张唱片，赚一点钱，就找个谁也找不到的地方猫起来专门修行。他甚至真的动过出家的念头。

有一次，一个也皈依了佛教的朋友来找朴树聊天。他以前也是文艺圈中人，但在接触宗教之后，开始怀疑文艺的价值，认为音乐就是把人的情绪放大了，这和宗教的诉求是背道而驰的，算一种“造业”。

“我当时就急了，晚上带着他去后海。那是冬天，后海特安静，我给他放莫扎特，我说你听听，这是造业吗？”

在宗教中，朴树得到了内心的平静，但他开始有了一个新的困惑——虽然足够平静，但是没有热情了。对生活的热情，对音乐的热情，全都没有了。

他带着这个困惑去向阿爸求教。他在心里猜想，阿爸一定会告诉他，只要你关注众生，就永远都会有热情的。没想到，阿爸只对他说了一句话：这就对了。

“这不对。”朴树坐在对面的沙发上，他看着我，眼神像孩子一样，“我隐隐觉得这样是不对的。我观察自己，我发现自己越来越挑剔，越来越自私，目的性越来越强。我那个坏东西没有被我修走，只不过从这儿修到了那儿，埋得更深了。你以为它不在了，其实它在。”

这天早上，朴树还是起了个大早。他下楼到酒店的餐厅吃早饭，遇到一群泰国来的和尚。他发现，每一个和尚都在吃肉，眼神戒备，其中那位老师父坐在最中间，每一样食物都有弟子在伺候着。

朴树心里别扭，没待多久就回房间了。皈依12年之后，他仍然是一位虔诚的佛教徒，但是他开始用一种更加审慎的眼光看待自己的信仰。和当初的溺水者心态相比，现在的他更愿意把宗教看作一个人和他自己、和神的对话。这种关系应该是让人自由的，而不是束缚人的。

“佛法束缚了我好多年。”他说，“如果佛教徒不能够心口相应，那么也不会得到解脱。骗别人容易，骗自己越来越做不到。我不能麻痹自己，我还是愿意自讨苦吃。”

他像少年派一样，一度以为到了那座佛形的狐獴岛，就是上了岸。但不是的，派和朴树都要带着自己的老虎继续前进。

3. 心中的老虎还在

“你心中的那只老虎还在吗？”我问。

“应该在。有时候我觉得我可以驾驭它，它在我的控制之下。有时候又觉得，根本不是这样。我奄奄一息过，它也跟我一起奄奄一息过。”

在那部著名的电影里，那只老虎几乎就和《卧虎藏龙》里的青冥宝剑是一个意思。它是人的欲望的象征，是危险的，有杀机。它带来恐惧，却也带来无穷的戏剧张力，推动人性和故事的展开。如果没有老虎和宝剑，少年派早就死在大海上，玉娇龙也早就嫁给了猪头男人，成了鱼眼珠子。

朴树仍有欲望，他的故事并没有结束。

2011年年初，朴树把家搬到了北京郊外。这是一栋有绿草坪的红房子，在这里，他又能够弹琴了，也试着开始写新歌。过了几个月，经纪人来看他，他说："这几年也歇得差不多了，该工作一下了。"

一开始，经纪人建议他赶紧做一张新专辑出来。但是朴树拒绝了。他的想法是，唱片时代已经过去了，未来是现场音乐的时代，再跟以前一样唱卡拉OK就太没劲了，必须做自己的乐队。

"其实我到现在也不是很理解。"经纪人说，"你在台上唱，台下也听不出来什么差别，一样都是唱完拿钱走人。可他不，他说，喜欢有人在他身边，这样的音乐可以控制快慢，才是活的。"

复出的第一场演出在2012年3月。那是海南的一个现场音乐节，朴树毫无现场乐队经验，根本都没怎么调音，带着三个乐手就上台了，他使劲唱，乐手使劲弹。据说，当时现场观众听着还行，但朴树在自己的耳麦里听着，觉得唱得一塌糊涂，砸锅了。演出结束，他虎着脸，连幕都没谢就走了。

挣钱不再像以前那么容易。当年，朴树出第一张专辑的时候，出场费3万—5万元。到了第二张专辑的时候，一下子涨到20万—25万元，只比当时全国最高的孙楠低一点点。那时候，他全国到处跑，一年挣个一千多万没问题。有时候，还有开发商找他唱，唱一场直接给一套房子。

大概2004年的时候，朴树就唱到了一套通州的房子。他花了一年的时间装修，把屋子刷成黑色的，又装上很多面镜子。搬进去住了两个月，害怕了，又扒掉重新装修。最后，装修来装修去，怎么都不满意，干脆卖掉了。

在朴树复出的年代，房子这件东西的价值已经非比往日，绝无可能再发生唱两首歌就换一套北京房子的事情；更何况，他自己住的房子都还是租来的。2012年，他唱了6场。2013年，更少，就唱了5场。还好，2014年的《平凡之路》突然火了，否则，还真不知道后面会怎么样。

朴树是个对大钱没概念的人。他能随随便便借给初次见面的陌生人二三十万，借条都不要一张。他也能几乎免费把新歌《在木星》交给侯孝贤的《刺客聂隐娘》做宣传曲，得到一本侯导签名的杂志，视为珍藏。他推掉过我们都知道的一部著名的傻×电影，做好的歌直接拿去用，500万。他还推掉过我们都知道的著名的真人秀，那个价钱，够他和他的团队不吃不喝干三年的。

但是，经纪人才是那个真正在算账的人。他太清楚做乐队要付出的代价了。因为朴树要求高，不允许旗下的乐手串场，那么为了保证乐手们的收入，他就要保证相当多的演出场次。再除去差旅和杂项开支，这么算下来，他一年至少需要做30场现场演出。这个工作量的意思就是说，一年一共52个周末，他基本上每两周就要飞去外地演出一次。而这个收入，也不过将将够他排练、买器材、录制新专辑和拍摄MV。

把最初那两年的难关挺过去之后，朴树还是想做新唱片。这个项目，其实从2013年10月的北京演唱会之后，就开始启动了。

那之前的十年，朴树在所有的演出中唱的都是老歌。他一共就只有26首歌，连一场独立的演唱会都撑不起来，只能找其他歌手一起合作。他是骄傲的人，当然不能够忍受自己靠十年前的资本继续行走江湖。

但是，要创作新的歌曲谈何容易。

实事求是地讲，朴树是一位没有受过正规音乐教育的音乐人。他的创作灵感、对和声框架的理解、对乐器色彩的判断，没有匠气和套路，全部出自他的审美本能。通俗一点说，就是靠“感觉”。这个“感觉”，在足够年轻的时候，是他不可多得的天赋，但到了一定阶段，却成了难言之隐。

“在我小的时候，做第一张唱片，那时候我不是一个很好的音乐人，境界也挺低的，但是我还挺容易连接其他东西的。后来，我一度找不到那个东西了，要怎么样才能连接啊？我就不停地试。因为以前我过得很苦，于是很长一段时间里，我以为让自己很苦就能连接到。过了一阵，我连接不到，就觉得好像也不对，我就做各种烂事，去试各种事情。我不知道什么时候能连，什么时候不能连，一直在找那个规律。”

真要命。他就像段誉一样，伸着手指头，指望那个时灵时不灵的六脉神剑快快显灵。有时候，他觉得自己是哈利·波特，无所不能；有时候，他简直怀疑自己就是个麻瓜，对音乐已经无能为力。

“这就是朴树的短板。”李辉，前京文唱片总经理，朴树的老相识，他这样说。他为朴树的天才倾倒，毫不讳言地认为朴树是中国仅有的两个音乐天才之一，不过，他又比其他人更敢讲出这位天才的局限性。

其实说穿了也没什么稀奇。这就好比专业运动员和踢野球的运动员的区别。朴树显然是后者，在他年轻的时候，足够自由，足够放纵，即便专业度不够，但他站在那个高高的、决不接地气的唯美世界里，呕心沥血，拿命在做音乐，出来的东西也尤其动人，独一无二。一直到今天，若论《旅途》的深邃高级，或者《我爱你再见》的细腻优雅，在中国流行音乐史上都是无法复制的存在。

但是，随着年龄的增长和激情的消磨，这样的艺术家如果没有扎实的东西打底子，就会变得“很干”。

我记得很多年前，陈升接受《城市画报》的一个采访，提到，他最欣赏内地的两个音乐人，一个是左小祖咒，一个就是朴树。我还记得他说，朴树的词曲都非常唯美，但他尤其担心一件事情：这个靠感觉来创作的天才，假使有一天感觉没有了，又该靠什么呢？只怕会陷入极大的痛苦和自我怀疑。

在印度的那次聊天，我把陈升的担忧告诉他，他没有讲话。半个月之后，我们在北京又一次见面，他主动跟我提到了这个话题。

“我现在的想法和陈升恰恰相反。”他说，“我们从小就被家长和老师教育说，感受是不靠谱的，不要感受，我们要去思考。但这几年，我接触了一个灵修者的理论，他尤其强调觉知的重要性。在他看来，只有感觉才是真实的，知识分子的形而上反而应该是被摈弃的。他还说，艺术家是没有创造力的，他所做的事情只是把自我剔除掉，让自己成为连接宇宙的管道。”

“那你上一次连接到这个宇宙是什么时候？”

“做音乐的时候，我经常能连接到。我有这个天赋，我知道，它还在。但是，当我抱着目的性去完成一首歌的时候，我就发现这个连接没有了。这些年，我不停地打磨我自己，在能够练习的部分日趋美妙和稳定，但是这个本能的和宇宙连接的信号，好像不太稳定。有时候，我会连接不到，但我觉得，我还是应该去找我自己的信号。”

想象这样一个画面，好像有点滑稽。眼前这个高大瘦削的男人，他有疲惫的神色和单纯的眼睛，可他和自己较着劲，一心想把自己看作一台嗞嗞作响的发报机，去捕捉空气中那一缕据说永不消逝的电波。

这当然是一个艰苦卓绝的过程。但好在，他的天赋仍能支撑他把这种感觉升华成音符，写进他的新歌里。在他曾经最崩溃的时候，他一个音符都写不出来。有朋友来看他，建议说，你为何不把这种痛苦写进歌里呢？朴树说，可是我不爱它，我要怎么写啊。

但是，几年之后，他仍然找到了自己的连接。他有一首新歌，叫作*No Fear in My Heart*，唱法嚣张又粗野，简直就是写给他心中那一只老虎的情歌。

“你在躲避什么，你在挽留什么……坠入厄运深渊，输掉一切……坠入黑暗中，坠入泥土中的海阔天空……只有奄奄一息过，那个真正的我，他才能够诞生……with no fear in my heart，God comes in my mind……”

好一个“当我心无恐惧，神灵便出现了”。

说实话，这之前我一直在想，当一个人既没有了年轻时候的愤怒，又还没有得到真正的解脱，他要如何表达这种过渡阶段的探索呢？这是一种不确定的中间状态，也是很多艺术家在蜕变中会遇到的门槛。你很难抓到准星，表达得太重，会觉得自己的价值观不对劲，有错误导向；不表达吧，又憋着难受。

或者可以这么说吧，20年前，年轻的朴树曾经以自己清白一片的人生阅历写过一首名字极其沧桑的歌，叫作《活着》。那时候，他理解的活着，就是对隔壁老张“吃饱就行了”的鄙夷。他站在原地表达自己对生活的愤怒，却不敢向生活迈开半步。

20年后，朴树44岁了。他终于懂得了活着的滋味，却一度再也写不出一首能够表达“活着”的歌曲。如今，他把自己从黑暗中归来的心路写进了*No Fear in My Heart*。也许，这就是他44岁的《活着》——毫无疑问，它意味着痛苦的挣扎和自我的回归。

在出发去印度之前，我在微信上搜索关于朴树的文章。有趣的是，几乎所有人都对他的“天真做少年”表示羡慕和认同，因之视他为榜样。竟无一人感到丝毫好奇，一个44岁的男人要“天真做少年”，这需要付出怎样的代价。这个代价，可能是虽千万人吾往矣的孤独，可能是“一事能狂便少年”的勇气，还可能是在反复的自我怀疑中接受对自我的拷问和淬炼。

无论如何，相信我，朴树固然还有他的天真和孩子气——这是他天性的一部分，但他确实已经是个饱经沧桑的中年人了。当一个人经历过精神的崩溃和自我的迷失，他不可能彻底完好如初，时光会在他身上雕刻下自己的痕迹。当他再回来的时候，他会看起来又老又小，但绝不再是以前的那个他。若你认为他还是少年，要么是因为你不了解他，要么是因为你在他身上投射了对自己青春的缅怀。

两年前，朴树在深圳参加一个颁奖礼。年近五十的许巍担任颁奖嘉宾，递给42岁的朴树一个滑板形状的黄色奖牌。这个奖项的名字叫作“青春榜样奖”。朴树穿着格子衬衫和皮夹克，留着寸头，拿着滑板，看起来有点尴尬。他说了这么一段话——

“两三年前，我参加一个活动，主持人问我什么是青春，当时我真的不知道该怎么回答，顺嘴就说，对不起，我的青春期还没有结束，我没法回答你。但是到了今天，我的青春已经过完了，我还是没法回答这个问题……哪儿跟哪儿啊，这是……我想起几年前写过一首歌，名字叫《狗屁青春》。我已经不年轻了，我不知道我的心智有没有变得成熟，但是我已经是个大叔了，不是很适合来领这个奖，但我还是感谢你们。”

我听过《狗屁青春》这首歌的demo。虽然歌词讲的是什么，我已经记不清了，但是中间有一段号声响起来，脏脏的，你就知道，这已经是要去送死了，他正在和自己的青春告别。

在印度的时候，从贫民窟出来，朴树和他的朋友，*Lens*杂志主编法满发生了一次类似争执的讨论。他们在贫民窟遇到一个小男孩，热爱踢球和音乐，有阳光灿烂的笑容和明亮的眼睛。于是，他们在猜想，如果男孩未来能够走出贫民窟，他还能不能够保持这种纯粹的笑容和眼神。

法满认为，很难。

朴树认为，为什么不能？

“这张唱片说的就是我丧失了，我迷失了，然后我会找回来，就好像无论我去哪儿，都能找到回家的路一样。”

4. 杀得死老虎，却不知道怎么剥虎皮

前一阵子，朴树睡不踏实，老做梦。要么梦见自己在天上飞，要

么梦见自己在水里游，可水里都是河马拉的屎。

旋律全都写出来了，可他还是焦虑得要命。

他杀得死老虎，却不知道要怎么剥掉老虎的皮。

首先，他对于歌词力不从心。

多年来，在诸多采访中，他都直截了当地表达过这个意思：我讨厌写歌词。原因也很简单：中文发音强调咬字，颗粒度强，很容易影响歌曲的音乐性；在尽量不影响音乐性的前提下，还要兼顾表达的优美和准确，那就更难了。

朴树是常年保持阅读和写作习惯的人。他喜欢陀思妥耶夫斯基、木心和鲁迅。但是，写歌词这件事还是一再带给他困扰和误解。

两年多前，韩寒来找他，两人一起为《平凡之路》填了词，这首歌也成为他复出之后的第一炮。不久之后，一位快20年没见面的朋友约他聊天，张口就质问他，你怎么就觉得“平凡才是唯一的答案”了？

朴树有点委屈，又哭笑不得。

“这首歌我最喜欢的有两句。一句是‘冥冥中这是我唯一要走的路’，这是我想要表达的东西。还有一句是‘易碎的，骄傲着’，这是我的真实的状态。至于‘平凡才是唯一的答案’，这句就是为了押韵，不要看字面意思。”

“再说，我理解的平凡也不是老婆孩子热炕头的那种平凡。当我写这两个字的时候，正好在看《佛陀传》，我心里想到的是佛陀。你说佛陀平凡不平凡？太平凡了，可他那么伟大。”

话是这么说，可中国人对于音乐的欣赏习惯还是经常偏离旋律本身，而带有文人色彩。有一次，我和朋友在一家茶餐厅吃饭，背景音乐先后放了《平凡之路》和《越飞越高》。朋友就开玩笑说，你看，朴树真是个鸡贼的人，他一天到晚自命不凡，却写歌劝别人走平凡之路，结果就丫自己一个人越飞越高。

年轻的时候，朴树写过一些诗歌和小说。在他早年的作品里，也确实注重歌词的唯美表达。不过，随着年纪的增长，他越来越强调歌曲的音乐性了。他甚至承认说，对于鲍勃·迪伦拿了诺贝尔文学奖这件事，他完全没感觉，因为他从来只听旋律和节奏，不听歌词，根本不知道鲍勃·迪伦唱的是啥。

歌词其实还好说，事到临头，只要死磕，总能憋得出来，毕竟是自己天天都在使用的母语。

另外一件事情，可就太难了。它困扰了朴树整整六年，几乎从他决定回归的时候就开始了。

那天下午，我在朴树的录音室里见到老董。他留着胡子，身材壮实，是朴树的贝司手兼录音师。从这张新专辑开始筹备的时候起，他就和朴树合作。在录制后期，他们几乎天天见面。一度，朴树的微信只有六个好友，老董就是其中之一。

“他的听觉非常敏锐。有时候，录音室里有十几个人，他一下子就能听出来哪个声音有什么不对头。像我的耳朵能听出来是正常的，我学过这个，经过专业训练的。但他就是审美很够，知道什么是好声音，什么是不好的声音。不过，他有一个短板，就是，那个声音在他的脑海里，但他形容不出来。”

这不只是语言表达能力不足的问题，还是一个经验和技法的问题。19年前，张亚东帮朴树做《我去2000年》，他对于编曲和制作一无所知，完全是仰望张亚东。14年前，张亚东帮他做《生如夏花》，他已经能够提出自己的想法，和张切磋。现在，当他筹备自己的第三张唱片的时候，环顾国内，除了张亚东还是不作第二人想。

“中国音乐从唱片市场转音乐节市场之后，幕后人才已经断层了。”李宏杰是张北音乐节和MTA天漠音乐节的创始人，和朴树有过多次合作，“别说好的制作人了，经纪人和企划也少，要等这个生态补充上来，至少得十年。”

从2007年到2017年，在朴树淡出的这十年里，中国的音乐行业发生了翻天覆地的变化。实体唱片几乎没有了；新人要出头不是靠做新歌打榜，而是上电视秀；如果歌手自己没有创作能力，也没处买得到新歌，只能不停翻唱20年前的港台老歌。

这是一个荒诞的事实。有人说，朴树从《平凡之路》到《达尼亚》，和十年前相比也没什么进步。但这首先是因为他十年前的起点极高，一出手就站在鹤立鸡群的位置上。其次，就算他进步不大，比起这个时代的音乐从审美到创造力上的大幅萎缩，他还是太出挑了。

已经很难再找到像朴树这样在做音乐的人了。不计时间，三四年死磕一张唱片。不计成本，连买器材、养乐队、录音算在一起，开销不止三四百万。如果再加上MV的成本，直接就奔千万去了。难怪之前他参加真人秀的时候会直接讲：“因为这一阵有点缺钱。”

他在音乐上不计代价，但他自己却过着极其朴素的生活。他住的是租来的房子，这大家都已经知道了。有一次，狗仔在三环上拍到他开车，形容他“驾驶豪车出巡”。狗仔有所不知，这辆黑色的二手跑车已有十几年车龄，如今修车的钱比车价还贵。

刚才说到，朴树的内心已经历沧桑。不过，他的另外一个部分却越过越像个孩子；或者说，从来就是个孩子，没有变过。这天下午，我去他家拜访，他开门第一件事就是带我去厨房，介绍他家的阿姨给我认识。

“这是晓宇，这是秀梅。”

我去过很多朋友家，也去过很多名人家，有人会说，这是我们家阿姨，有人会冲阿姨说，给倒杯水来。但朴树是唯一一个不仅正式介绍，而且介绍阿姨名字的人。

这不过是他的教养和本能而已。更多的时候，他根本不琢磨这些琐碎的生活细节。他会开着秀梅的助动车去咖啡馆开会，会穿着领口耷拉出木耳纹的T恤去录音，也根本不在乎出差是不是头等舱，餐费会不会减半。只有在音乐上，他不能凑合，也绝对没的商量。

作为一个音乐控，他致命的烦恼就是，找不到合适的制作人。

“朴树的短板就是这个。”李辉说，“当他有大量的原创内容想呈现的时候，他面对的第一个问题就是，谁来帮我呈现这些东西。他脑子里有非常多的色彩和审美，但是这些东西跟另外一个人沟通起来就特别颓，因为那个人完全没有这样的色彩和审美。而他自己又做不到，这就是问题。”

这里有必要稍微解释一下制作人的重要性。在一般外行看来，把歌写出来，演奏出来，唱出来，录下来，就齐活了。但事情要是这么简单就好了。

对于一首歌曲来说，最重要的是它讲故事的方法。一个制作人在制作一首歌曲的时候，他首先需要一个非常清楚且有风格的讲述模式。一首歌在三四分钟里，是有很多情绪演变的，你的结构要清楚，起伏要适当，要通过非常巧妙和细腻的和声来铺垫，表达不同的色彩和情绪，让人听了之后跟着你的情绪走。这是非常难做的框架。

其次，除了和声，乐器也是有色彩的。一个吉他的声音，能调出几百种音色，就跟照相用滤镜是一样的道理。为什么你会用这个滤镜？这代表你的品味。别人用那个滤镜，你觉得太欠了，但是他觉得好看，那就说明你俩审美不一致，没的聊了。所以，制作人在乐器音色的使用上，要理解歌手，完全符合他的气质，这也很难。

以朴树的音乐审美和行业积累，他既然已经等了14年，就绝不会在最后一个关头降格以求。他对于制作的水准一定要求极其严格，时长，速度，节奏，过渡，颗粒度，他都要求要有同等标准的人来合作，才能有效沟通。

当外界在谈论朴树严重的拖延症的时候，很容易就因此把他想象成一个懒惰和不负责任的人。但是，考虑到他需要用那么多（自己并不会的）综合性技术手段来把自己内心的色彩和声音外化，这实在是太难了，也只能是慢。而且，他每次都会想，我要是交给别人就不会那么累了，但他每次都会发现，其实根本交不出去。

过去三年，他做过诸多尝试。

一开始，他还是找张亚东。

20年前，朴树就把张亚东当作自己音乐上的老师，而且尤其佩服张的勤奋和毅力。那几年，朴树还在“鬼混”的时候，张亚东无论晚上多晚回家，雷打不动练琴三小时。后来，《平凡之路》也曾经找过张亚东做编曲，但是张觉得这首歌的和声太简单了，合作意愿并不强。虽然合作不成，但朴树说：“他的眼界和辨别力还是在的。”

等到《达尼亚》的时候，张亚东重新回来，和朴树一起完成了这首新歌的编曲和后期。有一天，朴树给张发过一个非常诚恳的微信。他帮张亚东定制了一只可以恒温恒湿保存乐器的箱子，并且表达了这么一个意思——

“我和他都不是特殊的那一个人。没有特殊的那一个人。这不是十年前的北京了，如果人不拼尽全力，他的天赋是会消损的。我觉得他特牛×。在音乐上，眼界很少有人在我之上。但那么多年了，他还是在我上面。我非常珍惜他，而且在我身边有这么一个参照物，岁数比我还大，他还能听新的音乐。我觉得真好。”

有一阵子，朴树认识了一个英国的录音师，他跟朴树建议说：“既然你已经把音乐做到这个地步了，就应该找一个录音师背景的制作人，在声音上提升你的音乐。你的旋律和编曲里面有一种奇妙的化学作用，非常奇妙，这个东西是最容易在录音的过程当中丢失掉的，但是这个东西是最应该保留下来的。”

朴树深以为然，开始寻求外国制作人的帮助。

有朋友牵线了一个美国著名的制作人Mouse Manger。朴树把自己的小样寄了过去，半年之后，对方飞来北京，和朴树一起待了整整一个礼拜。临走的时候，他说，他这辈子做过那么多唱片，但从来没有一张是自己真正喜欢的。他邀请朴树去纽约，想试试能一起走多远。

这名制作人回美国一周之后，有一天晚上，朴树做了个梦。醒来之后，他意识到，去美国录音不会是个正确的选择。他太知道自己心里的那些声音长什么样子了，他希望是粗鲁又开阔的，而这个制作人的风格以黑暗阴冷著称，并不合适。

2015年的时候，朴树终于决定起程去英国。他前后去了两次，录完了新专辑所有的音乐部分。这算得上是一次愉快的合作。这位制作人很红，也很有耐心，在他有限的档期里尽量帮助朴树实现他要的声音。但是，回国之后，朴树发现，因为他对录音一无所知，以及跨文化交流的障碍，这些声音并不是他想要的，基本上，只有20%能用，剩下的80%都得自己重新一点一点改。

朴树有点崩溃了。别说他，连他的翻译也崩溃了。录音的时候，朴树会说，这里要脏一点，那里我要一个大海的声音，翻译就傻眼了。什么叫作脏？什么又是大海的声音？中国人理解的大海是开阔优美的，可是英国人心目中的大海就是阴郁、冷酷的，终年包裹着你的心，透不过气来。

没办法，一回国就赶上要先发布《好好地》。朴树只好和老董商量着，一点一点调整音色。这首歌的过门使用了鼓声，可是英国人的鼓体积感太重了，他们就一个一个去试。最后，朴树发现，原来这件事情在自己家地下室里也能做个八九不离十。

“其实他就是不够自信。”老董说，“他老觉得要找一个比他层次更高的人来帮他，可是老找不到这个人。他就会到处去问，这个你觉得怎么样，这个好不好。最后他发现，其实这个人就应该是他自己。”

“想起来真的好艰难，我太他妈坚韧了。”有一天中午，朴树在微信里对我说，“三年多了，无数次想放弃。找不到合作的人，deadline，歌词，MV。还有一种焦虑是，眼看着自己就快要不再喜欢这些歌，很多情感和观念都在变化，已经感到这张唱片在窒碍我的人生——几次想放弃，但就是做不到。”

在英国的时候，制作人告诉朴树：“我们做音乐是一切都往天上扔，能抓住哪个是哪个；你是扔飞镖，而且每次都剁上。我合作过那么多艺人，你是唯一一个知道自己要去哪而且去了的。”

朴树回答他说：“我是全世界最了解这些歌的人。你们一年做十张唱片，而我两年来一直生活在这些歌里，我做过无数次实验，失败过无数次。”

因为太痛苦了——他好比是一个对镜头、灯光、场面调度一无所知的天才演员，这一次事到临头逼上梁山，不得不从头学习如何做一个优秀的导演——他问过一个英国老炮，这样对不对。结果，对方说，我们70年代时就是这么过来的，虽然看起来一副无所谓的样子，但我们称之为blood on the tracks。

Blood on the tracks. 音轨上的血。

有时候，我想要试着安慰他，说：“不要每天用钢丝撸自己的神经。”但我也知道，此话一出，势必沦为谎言。因为他就生活在这样一个超越现实考虑的世界里，如同猎人必须独自面对旷野。他的孤独，源自他比10年前、20年前还要深刻的自我确信。

他的回复是这样的：“无论形而上下，都看不见前面的路，只能看见自己如何一路走来。鼓足勇气往下走，自讨苦吃，不趋利避害，修行亦如此。佛和灵修，不是寻求安慰，是在寻找契合自己的解脱之路，能够心口相应。

“这他妈才来劲呢，用人生做一次实验。”

4月6日晚上，他发了一张图片给我看，是他窗台上的日历。上面写着：“假如有一天，我碰巧有了一种无忧无虑的生活，我知道我会怀念眼下这种飘摇不定的生活。”

然而，他还是会有痛苦的时刻。

2月27日的时候，刚刚完成所有音乐部分的录音，他对我说：“我发现，这张唱片做得怎么样，已经都无所谓了。我就觉得，我经历了这些，做的这个过程对于我来说更重要。”

4月20日，刚刚完成所有录唱，他又说："没觉得轻松，就觉得有点绝望。每做一张唱片，就像把自己逼上绝境。我知道我还会不停地面对它，就是你说的艺术家的宿命，想往前走，又痛苦又艰难，但没法不这么做。接受了，我不是来这个世界享受的。"

这就是他的宿命——找到了，又没有找到，永远在不妥协的自我和痛苦的探索中间煎熬不休。

那么，他可能的未来在哪里呢？

发小说："无论如何，希望大家都能好好活着。别纠结，脸皮厚点，沉淀一点，脚踏实地，把自己的状态维持住。如果有一天维持不住，彻底枯竭了，就换个地儿，到远方去过另外一种生活。"

朋友说："不用为他担心。他的优势还在，又不拒绝世俗，只要他这股劲儿还在，就一定还会有作品，可能还会有大的飞跃。如果他有一天放弃了，那就是因为他觉得自己再也搞不定音乐这个东西了。当然，也有可能他取得了很高的成就，但并没有实现自己最理想的境界，那他也有可能从别的创造性的事情里寻找到新的乐趣，比如说，做做木匠也挺好的。"

合作伙伴说："他现在在音乐上已经有方向了，一定能够走得更远。我唯一担心的是，他做完这张唱片，三五年之后，新的音乐方向是什么？也许，他应该多出去走走、看看。"

经纪人说："他只是需要扛过眼前的难关。我觉得他人到中年比年轻的时候更有气质，他会越老越值钱。"

他自己说："这是一个剧变的时代，我在完成一个东西。当我完成它，我会变成另一个人，那才是我。"

也许，他会跟《树上的男爵》里的主人公柯希莫一样，因为严酷的规范和父权而感到无所适从，在树上生活了一辈子，然后又在65岁的时候因为攀上了一只路过的热气球而消失得无影无踪。

三年前，就跟朴树开始做新唱片差不多的时间点吧，发小刘恩从美国回来了，在崇文门开了一家做全景声的创业公司，起名叫作“时代拓灵”。这个名字有典故，是一首老歌的名字，*Twirling in Time*。时光流转，他感叹说，上一次联系上朴树已经是去年8月了，能聊的东西已经不多了。

当年，他原本决定给自己的乐队起名“原子弹”，可也巧了，手边正好有本小说，是塞林格的《麦田守望者》，于是就误打误撞起了这个更文艺的名字。

“可是现在看来，真正的麦田守望者不是我们，是朴树啊。”

5. “象，不许叫。”

下午的时候，朴树隔着一张老式的玻璃餐桌，制止他的金毛犬冲我嚷嚷。小象委屈地站起来，耷拉着头颅，跟着秀梅阿姨向小花园走去。它向左扭一扭，又向右扭一扭，肩背再往上一送，艰难地走。它老了，后腿已经没什么力气，需要把每一个步伐分解成好几个动作才能完成。

小象11岁了。朴树每周会请兽医来家里为它看病，听说，每个月要花1万块医药费。他心里隐隐有个迷信的念头，就是，小象千万要撑过这一次的演唱会。

“它很像我。”他解释说，“没有安全感。”

“为什么给它起名字叫小象？”有一天晚上，我在微信上问。

“我也不知道为什么。”他回复说，“高中的时候就喜欢这个名字。”

上一次听说小象这个名字，是看到常玉的一幅油画，叫作《孤独的小象》。这是画家短短一生中最后的一幅作品。一片深沉黄色的背景中，大大的天地，画着小小一只象。那一片深黄，说不好是麦田、森林还是沙漠。象是群居动物，照理说，一只落单的小象是必死无疑的，但是，如果你把小象放大来看就会发现，它的嘴里好像还叼着一条小蛇或者一根稻草。总之，它好像不怕，它还在找吃的。

“我觉得它是快乐的。”朴树看到了这幅画，他说，“我还以为它在飞呢。”

常玉是我最喜欢的那一类艺术家。他有大师的坚韧、慈悲和那一点点必不可少的反讽。后来，我去台北看常玉的画展，叫作“相思巴黎”。展览上虽然没有这幅《孤独的小象》，但是放了一个常玉的纪录片。在这一辈子的艺术生涯里，他说过一句话，被制作者深深地打在漆黑的屏幕上。

他说——

“我这一生一无所有，我只是个画家。”

我站在那里，久久看着这句话，只能流泪，不能动弹。许多人的一生，他们拥有无数的东西，唯独不知道自己到底是什么。

“你真幸运啊。”朴树走进来的时候，我说。

我又说：“至少你已经知道你这辈子是来干吗的。你想要逃，但是逃不掉。现在既然回来了，那眼下的难受，就是你的受活。受活的意思就是，活该受着。”

朴树在下午四点钟的稀薄阳光里站着。他原本对着墙上的某个地方在发呆，找不到跟我讲话的理由。他就这么安静着，也不管我是否尴尬。我说完之后，他还是安静着。但是突然，他扭头，说："晓宇，我不能陪你聊天了。我现在终于鼓起勇气了，我要去工作一会儿。"

几秒钟之后，朴树先生消失在这栋房子的某个角落里。

这时候，北京郊外的天空蓝得响亮，初春的太阳将落未落。他的窗户外头有一排红砖顶的房子，更远处是一排与之平行的光秃秃的白杨树，一，二，三，四，从左到右，树上有四只鸟巢，加上他刚刚消失在内的这一只，一共有五只。

"嘎——"

突然有一只不知道名字的大鸟，猛地从最左边的巢穴里冲出来。它拍着翅膀，落下一片咖啡色的羽毛，很快就在半空中消失得无影无踪。

这真是一个戏剧化的房间，鬼知道它的主人曾经在这里经历了什么。一个多月以前，他在这里招待几位帮他做新专辑美术设计的朋友，放demo给他们听。有人问，能解释一下你这张专辑吗？他想了好半天，憋出一句话——

"我的妈妈。"他说，"我希望她能够活得长久。我希望她能够看到，我正在变成一个更好的人。"

这时候，他亲爱的妈妈已经80岁了，身体出了点问题，正在住院。他不太提这件事，但是每天都惦记着打电话。他个子高大，衣着时髦，又没有一点赘肉，看起来还是一个年轻人的样子，但有些东西是不会骗人的，他确实已经是个44岁的中年人了。他一边不甘心，想要尽量触碰更多的可能，一边又正生活在某种丧失的预感中。这样的生活，注定伴随着不安。

到此刻为止，我认识朴树先生有整整两个月零二十天了。在我试图靠近他和理解他的过程中，我浪费了很多时间，说了很多无意义的话，做了很多无意义的揣度，但有一个问题，我牢牢记得。

那天下午，北京雾霾。在北三环边的一间茶馆里，我曾经问他，此生最早有记忆的一个画面是什么。他想了又想，下定决心要把答案告诉给我。他说，那时候他大概一岁多，看到妈妈独自一人坐在窗边哭泣，而他小小年纪，感到这一切都是自己的错。

他需要一个完美童年，他还需要一个完美母亲。

谁都需要一个完美童年，谁都需要一个完美母亲。

但是即便没有，人还是要长大。什么时候长大，都不晚。长不长得完美，也不重要。最终，一个人只能向自己宿命的纵深走去。

“我现在路走到一半，看山非山。”他说，“好难，但我愿意继续走下去。”

“你在等待破壳而出的那一刻吗？”我问。

“我觉得是。”他说，“但是我不想让别人知道，我觉得挺傻的。”

2017年2月，我在印度认识了朴树。回国之后，我们又见过几次。有时候，我们会在微信上聊几句。

他像一片没有人去的大海，干净，寒冷，兀自起伏着。他当然有他的脆弱和悍勇，但他是一个真得不能再真的人。这个真，有时候也会让人为难。

我最喜欢他的歌，是《旅途》。写这首歌的时候，他像是被上帝摸过了头。

黄觉：父亲以及海胆的柔软

1.

父亲节这天，黄觉熬到凌晨。iPad支在床头，刚和老婆孩子视频完，还发着烫。眼看没几个钟头好睡，他就又得起床上戏了。坐着面包车，在蒙蒙亮的天光里跑外景地，他管这个叫“下矿”。

“演员的生活就是这样。”他说，“你每天就是不停地在江湖里浮沉，坐在车里，运来运去，一条黑路，像漫长的隧道，靠在那儿，真跟从矿里出来是一样的。”

他是个演员。这几天，他完成了几场骑摩托车的戏，搬到了有马桶设备的宾馆里，和女主角汤唯也接上了头。算下来，要拍完这部《地球最后的夜晚》，他还得在这个叫作凯里的贵州小县城里继续待上好几个月。估计这一整个夏天，他都没什么时间和孩子相处了。

他今年43岁，城市中产，儿女双全。他有一个儿子，今年5岁，叫小核桃。他还有一个女儿，今年3岁，叫小枣儿。3月底的时候，他特地趁着还没开机，带全家人去了一趟西班牙。在塞维利亚的大教堂里，一家人去许愿。儿子许愿说，希望所有人都快乐。女儿许愿说，希望有人给我买项链。

儿子像他，温和老成。女儿像他媳妇儿，爱美较真。

前几天，他妈妈给他发微信，说女儿小枣儿已经越来越不得了。小小年纪，非要把一件粉红色的T恤衫穿成斜肩衫，露出一半的锁骨。手臂被蚊子叮了个包，又非要奶奶给她用纱布包扎起来。

至于小核桃，那是他第一个孩子，已经慢慢懂事了，开始有了一些忧伤。在西班牙的时候，有一天下午，小核桃趴在他背后说，爸爸，你有好多白头发呀。他说，是啊，爸爸老了。小核桃听了，好久都没说话。又过了一会儿，他走过来，趴到爸爸耳边，说，可是爸爸，你还有好多黑头发呢。

我第一次见到他们，就是在塞维利亚一间乡间别墅的休息室里。岳母在看孩子，年轻的妻子在梳头发，没有多余的椅子了，于是丈夫独自站在门口抽烟，有一搭没一搭地应着妻子的话。妹妹在撒娇，哥哥在玩手机，女人正在旅行的兴奋中，男人则是充满耐心却又疲惫的。

这大概是一幅典型的中产阶级家庭画面，再搭配桌上精美的食物和家居装饰——情绪比布景更像是真的。

在贵州县城里回忆塞维利亚，这是一件有点魔幻的事情，黄觉很快就打消了这个念头。这会儿，他临睡之前还要再做做功课，得背背台词，想想走位，再翻翻胡安·鲁尔福的小说。到了这个年纪，他经常忘事儿。就像小说里写的那样，一辈子太长了，能记住的东西实在不多，往往记住的，也不知道哪个真，哪个假。

回想起来，西班牙之行大概是他给妻子的一个礼物，给孩子的一个补偿，也是一个男人要扛的家计。因为接演毕赣的这部文艺片，他主动降了片酬，所以，抽空接一个广告，也算是补贴大半年的家用。

黄觉继续抽着烟。

“你焦虑吗？”我问他。

“基本上家里人感觉不到。”他说。这会儿，他的妻子麦子正在楼上哄孩子睡觉。麦子比他小14岁，也像他的另外一个孩子。“但肯定有：这么大一个家，你要怎么维系下去？”

“你还会焦虑这个？你肯定赚够了呀。”

“没有一个很精准的计算，我不确定够不够，能不能给我的小孩一个稳定的生活。”

“多少算够？一个亿？”

“差不多吧。万一将来我出什么事呢……”

这时候，麦子轻轻地推门进来，我们的话头儿断了。她把头发扎起来，准备上床睡觉。虽然已经是两个孩子的母亲，但她看起来还是像个年轻的芭蕾舞女演员一样轻盈。她有细长的脖子和腿，说话声音也细，笑起来会脸红。可是她不会畏缩，她会很坚决地表达自己的意愿。

于是，我和黄觉去门外的大厅里继续聊天。

接到《地球最后的夜晚》，这大概是黄觉最近最开心的一件事情了。他打开手机，给我看导演毕赣发给他的书单，我记不全了，大概有马尔克斯、胡安·鲁尔福、福克纳的早期作品。毕赣是一个不到30岁的会写诗的年轻人，2016年，他有过一部打动人心的作品叫《路边野餐》。

在那部电影里，有一个镜头曾经同时感动过我和我面前的黄觉。一个不知自己是生是死、是死是活的中年男人，他对着自己往世的妻子唱起一首荒腔走板的《小茉莉》。黄觉说，那个镜头让他想坐在电影院里号啕大哭，可是看看四周都是认识的同行，终于还是没哭。

比起年轻的时候，黄觉胖了。以前，周迅和他一起演《恋爱中的宝贝》，会老远就冲他招手，喊，帅哥，过来。他是广西壮族人，有非常突出的眉骨和深邃的眼窝。人的外表是随着内心起变化的。他如今仍然是好看的，可是那些多余的体重，还是多少象征了他所承担的责任，以及经历的沧桑。

大概三年前，2014年初，他经历了最深刻的一次命运检验。当时，他的小女儿还有两个月就要出生了，妻子挺着肚子陪他坐在和睦家的诊室里，等候医生的判决。在一次常规的肠镜胃镜检查中，他被怀疑身患肠癌。

“当时的第一反应，就是和医生确认手术方案。如果来得及的话，我下面还接了一个戏，是不是能赶上给拍了，把钱挣了，也算有个交代。接下来，这辈子就算到这了，剩下来的时间，我就自由了。”

大约一个礼拜之后，这次检查结果被证明是误诊，黄觉全家虚惊一场。不过，他不敢大意。因为他妈妈有十几年的肠癌病史，再加上这次事故，他从此养成了每三个月定期做肠镜检查的习惯。做肠镜需要全麻，有时候，他才刚醒过来，人还迷糊着，就得赶飞机去补拍镜头。拍完戏份，又迷糊着赶飞机回北京。

这件事情就这么稀里糊涂过去了。就连麦子，他的妻子，再提这件事都可以当作玩笑来讲。她还不到三十岁，而且二十出头就嫁给他了，还完全没有办法设想一种失去了他的生活，只好把这当作一种完全没有根据的假设。大多数时候，黄觉能够和她一起调侃这件事，但电影乃是神奇造化，仍然会在一间熄了灯的电影院里，用一个从未真实存在过的场景，唤醒他以为自己已经深埋和遗忘的记忆。

算一算，从2001年开始，黄觉已经做了16年演员。很难说，演戏给他带来的安全感更多，还是乐趣更多。

有时候，他对这种生涯充满感激。因为要不是有戏可演，他恐怕还是一个跑歌厅的混子，一个二流舞蹈演员，一个没有作品的电子音乐玩家。当年和他一块混的朋友们，死的死，疯的疯，崩溃的崩溃，他没有和他们一样原地爆炸，也算是劫后余生。

有时候，他对这种生涯充满厌倦。他经常从一个片场到另外一个片场，长达几个月的时间里，和现实生活完全割裂，大量的时间被浪费在片场的等待里。后来，廖凡劝他，做演员挣的就是这份"等钱"，上场演戏则是免费的。

有时候，他对这种生涯充满敬意。他在微博认证自己是"摄影艺术家、舞蹈艺术家、画家、春秋大梦董事、音乐人"，但就是没有"演员"二字。

他说："我不自信，但是又爱面子，要看起来体态轻盈。我觉得我还做不到的事情，自动就会把姿态调得特别低，不要让自己挣扎。其实，我是太在意演员这个称呼了，我不是个专业出身的演员，很羞于提起这个。我完全是中六合彩做的演员，然后你一上来就要我说怎么享受或者是对这个职业有欲望，我说不出口。我可以调侃任何东西，但我没拿演员这个职业来调侃。"

有时候，他对这种生涯又感到满足。出道以来，他演的尽是民国戏或者硬汉戏。可他从各种重复当中竟然得到了一定的乐趣——"人不一定总要创新或者颠覆自己，有时候重复也有美感，就像你重复嗑瓜子也有乐趣一样"。

“我好早前看一本书，形容一个人其实什么样的时候都能够获得愉悦或者快感，就算有一天你把他扔到树洞里头，他看着天，也会数每天飞过多少只鸟，他会获得喜悦。”

这话里面有禅意。

即便是现在，黄觉出道十几年，终于接下来这么一部正儿八经的文艺电影，和汤唯合作，他心里虽然高兴，因为这几乎是最靠近他个人精神世界的一部作品了，可他也还是觉得，这不过是去了一趟风景更加开阔的地方——就跟去了一趟塞维利亚郊外的农场一样，但可能过了几年之后发现，还是得回来。

黄觉今年43岁，随着时间的流逝，他丧失了很多的幻想。这和年轻时候的“颓”还不一样。基本上，这好像是一种接受残缺，在不完美中流动，继续生活的“侘寂”状态，日本人管它叫wabi-sabi。

“我觉得所有人可能都像我一样，到了这个年龄了，把日子过得安稳一点，住得舒服一点，有个稳定的工作，不会太窘迫，然后有点尊严。一辈子老血脉偾张也不太对。我觉得挺满足的。我的灵魂是你带我去哪我就去哪，到这也行，到那也行。”

和我见过的很多中年男人不同，黄觉既没有表现出那种摇摆和不服，也没有变得无聊琐碎。就跟他那一阵子的微信名字一样，他管自己叫mood killer boy，杀死气氛的男孩。在社交媒体上，他调侃，他嬉闹，他玩世不恭，他不屑一顾。除了演戏，他还摄影、画画、收藏。他由此获得了一种应付生活的“局外人”姿态，既体面，又疏离，一面生活，一面旁观自己的生活。

毕赣最终选择黄觉来主演自己的第二部长片，据说，是因为看了黄觉拍的一个金融产品广告。在这个广告里，他没在意自己帅不帅，是不是有范儿，而是有一种自我调侃的“认㞞”。

这段广告词听起来还真是挺逼真的：

“我是个loser吗？有时候我会问自己。一个演员，没得过奖，也不红，出门不用戴墨镜。有人请我做代言，我的第一反应是，找我？别再把客户给耽误了。我今年40岁，有一个老婆，俩孩子，一个三岁，一个一岁，还有一条狗。我当然焦虑……一个平凡的演员，撑着一个还算合格的男人，和一个挺安全的家庭，我觉得我还行。”

毕赣需要这样的感觉，粗糙的，生动的，无可奈何的，不能掌控自己命运的。他为这种感觉起了一个诗歌一样的名字——地球最后的夜晚。

在塞维利亚的街头，我问黄觉：“如果地球只剩最后一个夜晚，你会怎么过？”

“我其实问过自己这个问题。”他说，“最后想，肯定还是跟什么都没发生、什么都不知道一样，跟每一天一样地过。”

“你会希望怎样被记住吗？”

“我不想被记住。我甚至不想被我儿子记住。因为我和他的相处都是真实感受到的一个个瞬间，就好像昨天夜里我起来给他把夜尿，那一下触碰，就是最真实的，不用特别去记。”

“如果没有了麦子，你可以吗？”

“我想应该可以。”

第二天中午，我们又遇到。我和朋友们在聊话剧，黄觉在旁边抽烟。他突然插话，说，孟京辉找过他演《柔软》，可他不敢接话剧，拒绝了。又过了一会儿，他偷偷跟我说，哎，昨天我跟你说的那个答案，你帮我改成“我没了麦子不行”吧。

“其实我还是觉得我行。”他说，“但还是说我不行吧。否则，她会难过，我得花好多时间去安抚她。”

两三句话，他讲得吞吞吐吐。这真是海胆的柔软，你把带刺的硬壳打开，他根本没有他想的那么酷。

2.

一开始，黄觉压根儿不想和麦子结婚。

此前，他刚刚结束了一段三五年的恋情。

有一天，女朋友对他说，我好像爱上了一个人，但我们还没发生什么。黄觉说，那我来做决定吧。他的决定是，自己先搬出去，给女方一年的时间。如果一年之后，她和喜欢的人在一起了，他就开始自己的生活；如果没有，他再回来。

他对当时的女朋友说：“人到了这个年纪，如果还能有心动的感觉，那你一定要去抓住它。”

那位女朋友，是个聪明、独立、有控制力的女人。后来，她得偿所愿，黄觉也有机会遇到了法国回来的舞蹈演员麦子。

不过，一件有趣的事情是，他有不止一任女朋友，都是呈现这种特质的女性。他曾经有过一位美国未婚妻，犹太裔，哈佛毕业，非常能干。最后，黄觉认为自己人生所有的路都被她安排好了，自己好比找了一根拐杖，再没什么可做的，于是提出分手。

有一天下午，我在丽都的咖啡馆里和麦子聊天。没多久你就能发现，黄觉最后娶回家的女人，实际上也是这种类型：聪明，充满欲望，渴望控制，想要抵达某个更高更远的地方。

麦子她是哪种人呢？她在怀着第二个孩子的时候，大着肚子还参加了中戏导演系的研究生考试。除了政治，所有其他课程都拿了最高分。她不是那种嫁给富有的年长男人就甘心在家做家庭主妇的女人。她和我讲了她正在写的几个剧本。这些故事都有强烈的女性自我意识，想要塑造一些在迷茫中自我探索的年轻女性形象。她很敏感，有表达欲，也能感受到她内心的焦虑。

她今年28岁半。所有人在这个年纪都会是焦虑的。然而这是女人最美的年纪。

遇到黄觉的那一年，麦子20岁，刚刚回国，还没来得及经历自己的初恋。她对于一个老浪子怀着浪漫的想象，想要在那里“饱受伤害”，开启神秘的爱情之旅。她认为黄觉是那种能够给她上爱情第一课的人，会狠狠伤害她，然后她就可以带着这些伤痕成为一个有成熟魅力的女人。

那一年，黄觉已经34岁了。他虽花名在外，但和几乎所有前女友都能成为朋友，谈不上“狠狠伤害”。后来他才意识到，其实在他的女性观里，控制一直都是一种性感。

1974年，黄觉出生在广西南宁的一个文艺家庭。广西是壮族聚居地，当地人打架彪悍，能歌善舞，但自古以来的民风大约就是女人工作，男人“负责输出精子和文艺”。

他的妈妈是位女强人，结婚生子之后就从剧团转业到地方，在一家医药公司做高管。“属于几千个货品能够不用写，全记在心里面，这样的一个摩羯座——就是一个特别让我无力反驳、永远很理智的女人。”

他的爸爸则是家里的不稳定因子。帅哥，性格倔强，不拘小节，好打抱不平。他爸爸是个孤儿，从小没有爸爸，因此也不太知道怎么做一个父亲。他对于子女的教育要么就是暴力，要么就是缺席。

你大概能够猜到，黄觉受母亲的影响相当深。她抚育他，爱他，训练他，也控制他。

应该说，黄觉是在一种爱和塑造的氛围里长大的。小学的时候，他从路边捡回来几根树枝，说要做弹弓。换了别的父母，可能早就开骂了，可他妈妈就陪他在院子里削树枝，最后给做了一个很神气的弹弓。他路过菜市场，说要学斗鸡，他妈妈也不阻止，只是说再找机会。不过，因为妈妈从商，一直对他寄予厚望，希望他学做生意。可惜，他没有这个天赋，还是被剧团的氛围影响，学了舞蹈。

“我和我妈老吵架，但其实内心会觉得，她说的真理把我占得满满的。我小时候特别善良，我觉得我妈为什么对我有那么强的干预——就是看到我性格的这一点，不适合生存的一些地方，就是说，你要心肠硬一些。但是我觉得这跟我的本性，形成了一个冲突。”

长大以后，甚至一直到现在，黄觉都老生活在这种“软”和“硬”的反差和冲突当中。他明明是个非常柔软的人，但他总是出于某种不安全感和自我保护意识，让自己呈现出坚硬或者冷酷的第一印象。这或许来自妈妈的训练，也或许成了他不自觉的习惯，也可能是因为，在中国传统文化里，男人要表现出这个满不在乎的样子，才是魅力的体现。

在感情上，黄觉成了一个不婚主义者。有一次，妈妈问他：你怎么还不结婚啊？他反问：你的婚姻快乐吗？你看到的身边的婚姻快乐吗？妈妈沉默，于是不再问起。

但有时生命和感情一样，会有倒计时。他妈妈被确诊患了肠癌。

“我妈是癌症，我就觉得，可能单单我的存在已经不足以撑起她活下去的信念。

“还没结婚的时候，我总是会把所有的事情全部堆着。比如说，早上叫我起床，这些事情助理都可以做，但我会留给她做，让她感觉：我得活下去，我儿子需要我。我能做的就是这些。

“其实，我没有想象中的那么酷，是一个特别心软的人。”

这位不婚主义者最终是这样走进婚姻的。

“一开始，我跟麦子说，我不结婚，要代孕。她说，好啊。

“相处了一阵，我觉得她的欲望和年轻的躁动，我这个年纪也能够容忍下来，还能够在一起待着，就说，要不，你帮我生吧，但我还是不结婚。她说，好啊。

“后来又想，不行吧，要不有了小孩我们就结婚。她说，好，无所谓，你想怎么样就怎么样。

“但能不能写婚前协议？她说，我没打算要你什么，想写就写吧。

“那好，也别写婚前协议，这个时代太孙子了，算了，我们先结婚吧。”

这是一个老司机和聪明人的爱情故事。他固然老练，可她也没那么幼稚。她是山东人，可是在上海求学长大，她似乎一开始就知道相处之道的奥秘，不去控制他。他阅人无数，但面对无招胜有招，最后也放松了警惕。

其实，在麦子之前，黄觉还拒绝过一个女人。

“她也不是女朋友，就是没事一起待几天那种。她说，家里人也想要小孩，要不我们俩生一个？我说行。她又说，那生了就留在上海，我来带吧，有空带小孩去剧组看你，你每个月按时付生活费就行了。我想这什么情况，我生了一个小孩不能跟我在一起？突然间觉得这是她的设计——噢，已经想那么多了，她就会把你给排挤出去。”

麦子打开了他带刺的壳，终于看到他所有的柔软。他把自己过去所有的感情经历都告诉她，把几乎所有前女友都介绍给她认识。她很快进入了他的生活圈，把他所有的异性朋友都处成了自己的闺蜜。后来，她生了两个孩子，孩子的小名都是从她老家山东的特产而来的。

“其实，在有第一个孩子之前，我就知道，我渴望全部地给。”黄觉说，“我觉得爱就是不计得失地往外掏。可能因为我是在爱里面长大的，所以我也渴望这样去付出。这就是人的价值的循环。”

“你以这样的标准，爱过多少人？”

“不到十个。”他竟然没有想很久。

妈妈、爸爸、麦子、小核桃、小枣儿……他彻底释放了。这可能是因为，他彻底觉得安全了。

现在，我们已经很少能够看到黄觉带刺的那一面了。那些刺，跟着他在歌厅、酒吧和片场里的荒唐青春一起，像屁一样消散了。他度过了婚后的第一个七年之痒，终于成了一个“那样的”中年人，保守，尽责，谨慎，宽裕，懒散。

他已经有16年没有换过公司了——应该说，是从来就没换过。这么多年，荣信达的演员来了又走，只有“他这位老伯，任劳任怨”（李小婉语）。这是他对李少红知遇之恩的感激，也是他的惰性。他其实挺享受除了拍戏再也不用费劲社交的日子。

他在大理、美国和澳大利亚都买了房子。每到一个新鲜地方，但凡他喜欢，就忍不住想要买个房子。他开始憧憬真正老掉之后的退休生活。

他最羡慕的人，从那种摇滚热血青年，变成了过着无目的美好生活的大闲人。他有两个朋友，已经提前过上了他梦想的生活，一个叫黄晓茂，一个叫曾小俊。黄晓茂我们都知道，李静的老公，著名音乐人，十几年前就过上了“每天除了玩就是混的生活”。曾小俊是一位收藏家，据黄觉说，他的有钱程度、清闲程度和品味之好，都是他在身边所认知的极限。

“我好像就是一个胸无大志的人。生活给我的已经远远超出我的预期，我已经很满足了。”

“你还打算干多久？”

“到45岁吧，算一算，我已经快解放了。”

“可是麦子还很年轻，她还远没到终点站呢。”

“我们讨论过这个。我会陪她一起去经历。”

“那45岁之后呢？”

“就学钱锺书所说的，做一些无用之学，画画，摄影，收藏，也不为了什么。”

我总疑心，黄觉，一个广西南宁的舞蹈演员，一个小镇青年，今天过成这副模样，这种懒散、疏阔和无所谓，该不会他前世是个八旗子弟吧。他笑，说开心网算命说他前世是个喇嘛。

结婚之后，黄觉已经很少说谎了。他不再需要用谎言在女人之间周旋。他唯一需要晃点一下的，是和老朋友在牌桌上。也不为了赢钱，就为了惯性地和这帮人待在一起。

说起来，这帮老友大多数还是老北京爷们。好比老狼，和他一样，都是懒散、疏阔和无所谓的主儿，什么都不着急，就好个体面，再上火的事儿，也不过就是心上的一个小划痕。老狼跟他说，其实出名挣钱那都是扯淡的事儿，还是以前年轻的时候骑着自行车修电脑最开心。

19岁那一年，黄觉不耐烦父母吵架，离家出走。当年来北京，投奔的就是老狼他们这一批文艺青年。20多年过去了，他和其中好好活下来的人一起，又安稳过到了中年。有时候想想，万一当年没狠下心离家出走，他可能就成了一个和他爸爸一样的人，一个在小城格格不入、被碾压的人。

我想起来很多年前看过的一个段子，讲葛优真是个北京大爷。他出门买包子，拎着一袋包子回家。半路上，袋子破了个小洞，包子颠着颠着就掉了出去。一个两个的，等他发现的时候，也没剩几个了。葛大爷也不去捡包子，也不捂紧了袋子，他就晃悠着这么一直走回了家，到家门口，把空荡荡的破袋子一扔。

没准儿再过一些年，黄觉和老狼他们，再老一些，就是这样。生活里很多东西都跟那些包子一样，也是可以不要的。

但现在还不行。我问他，最大的恐惧是什么。答案是："我不能想象孩子不在我身边。"

"这可能会导致我的婚姻相对更牢固一些。"他说，"我不能想象离了婚，你通过视频，或者一个星期去看一天，慢慢看着他们的生活独立起来，慢慢你就成了一个被边缘化的生父的符号。我不能那样。"

已经半夜00：25了，最后和麦子打过招呼，又看了小核桃和小枣儿一眼，黄觉准备关灯睡觉了。

2017年3月，我在西班牙塞维利亚第一次见到黄觉，还有他的妻子麦子，他的孩子小核桃、小枣儿。

“海胆的柔软”，这是麦子的说法。但是几个月后，我在布拉格见到汤唯，当时，她正和黄觉一起主演毕赣的新片《地球最后的夜晚》。她说，他没有壳，只有柔软，他就是一个软体动物。

再后来，我基本上就只是从朋友圈里继续了解他了。有天晚上失眠，偶然打开他的朋友圈，一看就看到了天亮，爱不释手，乐不可支。

汤唯说得不对。他有壳，幽默就是他的壳，保护了自己，滋养了他人，消解了一切的不解和不快。

他给我看过毕赣给他推荐的书单。那是一些书写神秘的小说，也很期待看他如何塑造一个神秘故事里的男人。毕竟，你在朋友圈里看到的任何一个人，都只是不知道几分之一的他。

Author's Notes

阮经天：我的多情和卑劣

“我一定有我的卑劣，但我非常清楚爱是什么——那是世间一切问题的答案。但到头来，你生命里真正在爱的那一个人，他一定是会有委屈的。”

1. “金马影帝，哈”

2011年9月，山西，《血滴子》片场。

乍寒还暖的一天，北方空气干燥，阮经天坐在化妆间里发呆。他穿一身带铠甲的黑衣，留着清人的辫子，脸上有用油彩画出来的血污。这一身扮相，加上他的神情，让他看起来像个假人。不过，再过一会儿，这个假人死活也得走到水银灯下面，去演一个被命运愚弄的杀手头子。

光还没布好，他在等。等得越久，胡思乱想得越多。

不知道过了多久，房间里好像起了一阵细风。风从他耳朵旁边飘过，蹦出来一句话：“金马影帝，哈。”

他像真的被什么暗器刺到一样，猛一下醒了。

没错，说他呢。10个月前，阮经天刚拿到新鲜出炉的金马影帝。上台的时候，他慌里慌张，都忘了感谢《艋舺》的导演钮承泽。他说：“从来没想过会是自己，原本希望做演员20年之内拿到这个奖。”

结果，入行第六年，他就做到了。这一年，他28岁。在此之前，他做过救生员、酒吧招待和模特，也在台湾的偶像剧里有过演出，其中，担任男一号的机会只有两次。

被热馅饼砸到头的感觉，是蒙的。

现在，他坐在化妆镜前面，还是动不了。“金马影帝，哈。”这句话像根针，把他像个木偶一样扎在了滑稽的布景上面。这时候，如果再去回忆拿奖之后的那两三天，只有显得更加荒诞可笑。

当天夜里，他拎着那只金色的马，和同事们去夜店庆祝。因为上台忘了感谢导演，暴脾气的豆导生气了，怎么请也不肯来。但年轻的影帝并不真的担心，他还有的是机会让他人对自己感到满意。他紧紧抱着那只马，打定主意要一醉方休。

第二天一早，他不知在什么地方醒过来，发现三件事：第一，那只金马的马头不知道什么时候被撞到了，落了漆，凹进去一小块；第二，金马奖的奖金十万元新台币，扣掉15%的税金，还剩八万五千元，前一天的酒钱是十四万五千元，所以，他还需要另外支付六万块；第三，到了晚上，报纸的新闻出来，他发现自己和女友以及徐若瑄在一起吃牛肉面。“我又不认识徐若瑄，怎么会和她一起吃面？”他很纳闷，因为他什么都不记得了。

接下来的两三天，基本上都是在这种恍惚的状态下度过的。

以前，阮经天签约做模特，人称“凯渥三剑客”之一。但向来，他都是那三个帅哥里面最不起眼、最不被看好的那一个。可眼下，他扬眉吐气，乐不可支，忍不住得意扬扬。他的手机响个不停，祝贺短信一来就是上百条。他出门去吃饭，也开始有陌生人在旁边指指点点："哎，影帝耶。"

不过，第二天中午，当他忍着宿醉还要赶到另外一个城市去参加商业活动的时候，好像有一点清醒了——工作还是要继续，一切好像并没有什么改变。

又过了几天，他去影棚录节目，开始觉得有些不对劲了。

"以前在片场，我就是最嫩的那个人，每个人看到我都想教我，怎么现在每个人都夸奖我？有点怪……怎么没什么人敢指导我了？这是很恐怖的。喂，你们不要这样，拜托你们，我没有什么不一样。"

他张了张嘴，讲不出话来。也没有人要听他讲话。他觉得所有人都在等着看他笑话。

"大家都觉得金马奖是一个非常大的助力，后面做什么都会很顺利，但对我来说，完完全全不是这样子的。我产生了非常强烈的自我怀疑，我甚至觉得，你们是不是集体看错人了？"

"当你说我好的时候，如果我不认为我自己好的话，我是不会相信的。在金马奖之前，《命中注定我爱你》和《败犬女王》，它们就是偶像剧，刚好符合那时候的趋势，让我起来了，但并不算是表演上的一个突破。"

"一直到了《艋舺》，它让大家认为，这个家伙会演戏。但是事实上，我非常清楚这个'会'，并不是我自己把自己提炼出来的。这个'会'有很大一部分，是因为存在豆导这个人，因为他了解你，知道怎么刺激你，所以把你push出去，让你在那个瞬间得到忘我的状态，让你能够做到这样的表演。”

“当这些东西排除掉的时候，我自己还能不能再来一次？我在心里打了一个大大的叉。”

2017年3月的一个夜晚，阮经天坐在对面的沙发上，一边喝啤酒，一边跟我回忆往事。他有一双非常非常黑的眼睛，和一只非常非常挺的鼻子，你盯着他的脸看久了，这眼睛和鼻子就从一片混沌的背景里面跳将出来，成了某种代表年轻、英俊和精致的符号。可是又有一些时候，他说累了，会用一只手把额头上的卷发一股脑儿地往后拢。有一个瞬间，一片宽阔的额头露了出来，不知为什么，这张英俊的脸在深夜里看起来竟然就有了几分狰狞的样子。

不管怎么说，五年过去了。如今，阮经天在一个陌生的记者面前，已经不惮于袒露自己的脆弱。但五年前的他可不是这样的。

“那段时间，我压力很大，我很在乎别人对我的看法。我从小就是个挺敏感的人，我甚至敏感到，走在街上，我会想谁对我有敌意，谁对我是善意的。当我去了另一个剧组，我慌了。”

在那一刻，他无疑感受到了来自同行的敌意。

那是《血滴子》剧组的一位男演员，虽然不是大红大紫，但仍能得到片场的普遍尊敬。开机一个多礼拜，他和阮经天还没演上什么对手戏，可场外的挑衅和较量已经开始了。

这是阮经天来内地演的第一部戏。人生地不熟，他本能地保持沉默。但他很快意识到，自己在戏里的角色是个狠头目，如果一开始镇不住场子，一切就会成为灾难。

几天之后，他约这位男演员一起去游泳。这是他煞费苦心挑选的场景。从五年级开始，他就学习游泳，拿过奖牌，还差点成为中华台北奥运代表队成员。这是一个会让他有自信的场合。他也隐隐约约相信，两个人穿泳裤的时候会比穿戏服的时候更容易沟通。

“你觉得我哪里有问题？”

“你就是一个绷紧的拳头。你绷得很紧，你一点都不放松。你不放松，你怎么打人？你打人根本就不会痛，你就是硬邦邦的。”

从泳池里爬上来，阮经天若有所动。他还谈不上豁然开朗，但却能够感受到那一瞬间的真挚。在那之前，他就像一只紧闭的牡蛎，看到片场来来去去每一个演员，不是北影的，就是中戏的，每一个似乎都那么有范儿，可自己根本就是个麻瓜。他走到浴室里去冲凉，一边淋水，一边想：“哦，原来是这样啊。”

“对当时的我来讲，就像是碰到了什么一样。我一边洗澡，一边尝试让自己放松，把前面演过的几场戏，在心里面像默背一样，再顺一遍，好像变舒服了。然后从那开始，慢慢地舒服一点，又舒服一点。那是我第一次在没有痛苦的情况下，感受到了表演是什么。”

以前可不是这样的。

和大多数偶像出身的演员一样，阮经天经历过一个非常分裂和懵懂的时期。他们有点像李安镜头下的比利·林恩，一方面被迷妹们视为英雄和偶像，巴不得与之接吻上床；一方面又被老姜们看不起，觉得不过是又一个捣乱混事儿的绣花枕头。

他一直在寻找自己的“蘑菇”班长。一开始，这个人是钮承泽。在他执导的偶像剧《我在垦丁天气晴》里，阮经天饰演男二号，一位生活于单亲家庭的插画家。有一场戏，他看着镜子里的自己，陷入一种自我厌恶当中。那场戏演完，钮承泽在旁边哭得稀里哗啦。

“我不知道你知不知道那个感觉，那个状态就像是时间都变慢了，你可以看得到空气中细的灰尘，你全身起鸡皮疙瘩，从手臂一路麻到肩膀，到你的头顶。那个时候你做什么、说什么都是对的。就像你写文章的时候，其实不是用脑子在写，有时候就是那个手，那个笔，跟着那个感觉一路写出来的。”

这是阮经天第一次在表演上开窍。此前，他不过是又一个凭着姣好外形来演戏谋生的小生罢了。他迷恋上了这种感觉，想要一来再来。钮承泽也开始信任他，几年之后，在筹拍半自传处女作电影《艋舺》的时候，他又找到了阮经天。

这一次，阮经天得到了一个更加有爆发力的角色。有一幕重场戏，他需要抱着另外一位男演员痛哭，但他始终找不到感觉，入不了戏。这时候，钮承泽把他叫到一边，耳语几句。

“你，出道八年，靠挖瓦罐里面的钱过日子撑下来的，现在我们有机会拍戏，难道我们要在这时放弃吗？你现在这个时候打算要回家卖鞋子吗？还是你打算继续沉沦下去？你想想你以前过的是什么狗日子？你以前被别人怎样对待？你想想你以前跟那些明星站在一起，粉丝都在尖叫，可是没有人看见你的存在……”

那一场戏，阮经天一条过。导演喊停之后，他还一直哭得停不下来。钮承泽走过来抱他，他一把推开。

“我伤已经好了，你又把它揭开来，只是为了一场戏！当演员一定要把自己搞得这么痛苦吗？”

“对，我们划开自己的旧伤口，让它流血，又再流脓，可是，当观众看到你的表演，他们的伤痛会被你的表演治愈，他们会给你掌声和鼓励，等这个力量回到你的身上，就会变成你的药。”

多年以前，钮承泽也做过演员。他是侯孝贤的弟子。现在，他把从侯导那里习得的方法传授给阮经天。这是一种残忍又有效的表演启蒙，它意味着，演员得把角色的状态和自己的生命体验做深度的连接。这种连接，往往需要演员撕扯自己的记忆，放大自己的感受，把最隐蔽的痛苦敞开来给人看。

久而久之，消耗心力。

阮经天成也《艋舺》，他因此成为电影史上最年轻的金马影帝之一。

阮经天败也《艋舺》，他因此形成了一种投入却不自信的工作状态，随时需要他人的催化和认可。

“每次要进去《艋舺》现场的时候，都很紧张，很期待导演给你的评价。当这个评价是正面的时候，你就放松了一点。然后又紧张起来，继续按照这个路子往下走。”

“坦白讲，你每天做人，免不得会有些狡诈。我知道，我在那个阶段能够从豆导那里得到什么。但我没有说出来的是，他和我的父亲一样，是非常暴戾的，他只能接受你是他希望的那个样子。在我还没有强大过他的时候，只能臣服于他。但我心里真实的感受是，我不要超越他，也不要离开他，而是，我未来一定不要成为他那个样子。”

比利·林恩早早失去“蘑菇”，阮经天也会有自己的路。他会和钮承泽渐行渐远，就像他生于其父，又终将成为其父的另一面一样。

2　“28岁之前，我活在一个壳子里”

不知道你们有没有发现一件事情，当一个人在抱怨自己的父母的时候，他一定会看起来有点傻。

阮经天今年35岁了，但他正是在以这样的方式谈论自己的父亲。

有时候，他流露出一个成年人应有的理性和耐心。他说："他只是怀才不遇，所以不知道要怎么去爱一个人。"

有时候，他又余怒未消，忧伤地注视着灰烬里的点点火光。他说："他还是很操蛋，只是不再那么操蛋了而已。"

当然，他有许多叫人心碎的童年往事。

他是隔代抚养的小孩，在祖父母身边生活到10岁。五年级的时候，才和自己的父母一起过日子。爷爷是医学院的教务长，家境小康。父母却恰逢生意失败，正在经历破产的危机。在他的童年记忆里，爸爸永远在睡觉和发脾气，妈妈永远在为生活费和学费焦虑。家里的厨房和卫生间之间没有墙，只有一道布帘子。在一个房间和另外一个房间之间，永远有好几个洞。

他崇拜爷爷，心疼妈妈，但是他的爸爸，那是一位正在被生活节节击退的中年男人。有时候，妈妈不在家，他一个人和爸爸待在一起，那是他最寂寞的时候。

小时候第一次出境，是去普吉岛。他不知道几岁，心情正好，抢导游的麦克风唱歌，被爸爸当众劈头就是一巴掌。他落下一个心病，一直到现在，都非常讨厌别人"吓"他。

妈妈开泡沫红茶店养家，有时候，家里会开小货车运货。他坐在司机和副驾驶中间的凳子上，什么也没有做，也会挨打。后来，妈妈总是提醒他："今天天气不好，你皮要绷紧一点。"

小学快毕业的时候，他开始学游泳。穿着泳裤跳下水，从肩膀到脚背，都是被爸爸的皮带扣打过的伤痕。

第一次还手发生在初中三年级。

“我回头一看，发现我爸鼻血流下来了。天哪，我已经长大了，我不再是毫无还手之力的小孩，躲在角落的那个人，一直逃窜的那个人。很恐慌，一点喜悦也没有，突然不知道要怎么面对他。我爸抓狂了，开始追打我，我就跑走了，离家出走了一个多礼拜。”

大概是从那个时候起，阮经天隐隐意识到，有种力量要驱使着他走自己的路。

说起来，阮家是浙江温岭的商业大家族。1949年，爷爷和四个兄弟一起来到台湾，家道渐渐中落。爸爸出生于1958年，是长子。爷爷总是跟爸爸讲老家的故事，一边讲一边掉眼泪，掉完眼泪就会说，你一定要成为一个更好的人。爸爸没有能够做到的事情，现在轮到他阮经天去做。

每个人都有机会在自己的成长中赎还家族的情感债务。也许阮经天从没有明确地意识到这一点，但他一直凭借自己的本能左冲右突。那种力量在他体内吱吱生长，叫他苦痛，叫他不安，若找不到某处安放，他就难以真正深刻地接受自己，也没有办法真正去爱别人。

在相当长一段时间里——甚至一直持续至今——阮经天和自己内部世界（尤其是父亲）之间的疏离，在某种程度上被夸张变形为他和外部世界（尤其是媒体）之间的对抗。

刚出道的时候，阮经天是模特和偶像剧演员。那时候，他曾经有个外号，叫“场面王”。

“28岁以前，我在一个壳子里面。我希望大家都笑，大家都开心，我不会说什么，而是听别人怎么说，这样我觉得工作状态比较快乐，会比较顺利地完成。我不见得自在，但是我可以忍耐。但是，当这样子的我，工作结束回到家的时候，其实我是非常疲倦的。在得金马奖之前，它其实是不断不断，每天都在发生的。”

不过，阮经天还有另外一个戏谑色彩的外号，叫“种马”。这和他的年轻、风流以及真真假假的各种绯闻有关。对于偶像来说，这个外号并不坏，甚至是性魅力的表现。但对于一个严肃的演员，它可能只会造成困扰。后来，阮经天慢慢意识到了这一点。

现在，用互联网搜索关于阮经天的新闻，我们几乎找不到几篇关于他的严肃访谈。大量的碎片新闻对于他的绯闻、和记者的互怼津津乐道。曾经有个报道说，有记者在台湾跟拍他和弟弟一起买车，他发现之后，就对记者“黑面”，并且出言不逊。

说实在的，在明星成为消费品的今天，这实在不算是什么了不得的大事。同样的情形，如果换了是黄渤，或者林志玲，可能笑一笑，打个招呼就过去了，记者能够交差，明星得到曝光率。

但阮经天不。

他上一次发生冲突，就在两个月前。春节的时候，他带着弟弟阮经民在高雄吃热炒。有个自称是记者的人跟拍被他拒绝之后，又悄悄去拍他的弟弟，于是，阮经天怒不可遏，冲上去差点要揍人。

“小时候，我纵使对狗仔很讨厌，也还是会卖微笑给他们。后来我发现，我这样太辛苦了。我这个人脾气是蛮呛的，很多事情看不顺眼，不可能不发脾气。我觉得他们不尊重我。我要别人尊重我，我要我爸尊重我。我这么爱面子，原因之一，就是小时候我爸曾经那么不给我面子。场面王，我不干了。”

关于阮经天的新闻，有另外一则叫人印象深刻。金马奖之后，他服了大半年的兵役。退役那天，台湾岛内媒体派出大队狗仔跟拍。怎料，阮经天开车带着自己的同侪左弯右绕，最后终于下车。他的方式是，带着大家齐声喊口号，列队，再率领众人犹如兄弟连一般离开。有记者形容，他那个样子真的是“和尚”上身，就是说，他又成了《艋舺》里那个有兄弟追随的领袖。

或许这就是阮经天需要的东西。他想要成为爷爷那样温和又不可抗拒的担当者，千方百计避免成为爸爸那样的情绪暴力者。但最终，在他还不足够成熟的时候，他却一定会同时成为这样完全相反的两个人。

这一次，阮经天带着他的弟弟、经纪人、摩托车老师和摄影师来到日本的屋久岛，拍摄广告。这是宫崎骏拍摄《幽灵公主》的原画外景地，一座有海龟产卵和遍地苔藓的小海岛。

即便是在如此风景秀丽的地方，阮经天也没有办法彻底地放松下来。他的身体里面，始终还有另外一个没有办法完全被驾驭的人在不时支配着他。就在我们见面的前一天晚上，他发了脾气。这倒不是全无道理。他以相当克制的方式表示，希望这次的拍摄能够更加真实细腻。

“我是三十几岁的人，我弟二十几岁，这样两个人相处，不会总是打闹。明天，我们也许可以在篝火边坐下来聊一聊。”

阮经天会就自己的工作提出非常务实的建议。这恰好也是他状态和心境的折射。他的摄影师江仕民，和他相识已有十年之久，但他以一双摄影师的眼睛，仍能捕捉到他偶尔灵魂出窍的那一刻。

头天下午，他们结束了当天所有的拍摄，坐着一列小火车返回住地。老江和弟弟在一边说笑，唯独阮经天一个人坐在窗边，不知道看着窗外的什么风景。

“那一刻，我看到他的眼神。那个眼神是蛮可怕的。我知道，他把自己当作一家之主，会隐藏自己的压力。但哪怕一个带头的人，他也会需要有一个肩膀来放放头。有时候我会觉得，小天他其实不是一个‘聪明的人’。我不知道他什么时候会真的原谅自己的父亲，但一个人的成长，总归会有些遗憾的。”

老江他提醒我，和阮经天聊天的时候，一旦发现他说话开始卷舌头，就说明他开始戒备了。他在启动他的保护层，叫人难以刺探。

他说他28岁之前都在壳子里，现在他又何尝不是呢？

3. “爱是世间一切问题的答案”

那位挤对过他的男演员，后来，和他成了不错的朋友。

游泳池会过一面之后，很长一段时间，只要片场有那位男演员的戏份，阮经天都会小心翼翼在旁边观察。他发现，这位演员如他自己所言，表演确实非常放松，但却总觉得少了点什么。

“琢磨了很久，我发觉，这反倒是有些演员会发生的问题。经过系统化教学之后，他们的方法都超厉害，每个人都很会演，但是都不是真的。他们都不是真心喜欢那个人，也不是真心讨厌那个人，更不是真心想要杀人——都不是真的。他痛苦的时候，他不伤心，我也感觉不到他在伤心。”

这个发现让阮经天逐渐放松下来。他终于意识到，虽然自己没演过几部电影，也没正经学过表演，但有自己的优势。

“我是一个非常敏感的人。我很容易被感动，很容易生气，也很容易原谅别人。因为这些对我来说很容易，所以我很方便就能进入我想要进入的那个情绪里面，我能够想象角色现在的心情是什么。”

“我得利用他跟我讲的这个放松，再加上我本身的东西，把它们慢慢地融合。当然它不是一天两天可以完成的，但最后我发现，原来你们也没有特别厉害，我知道你们在干吗。”

现在来看，《血滴子》对于阮经天来说，作为拿到影帝之后的第一部作品，它从票房到演技，都是一次失败的尝试。不过，他在片场的这一次较量和发现，倒可以算是一个意外的收获。在那以后，也说不清是哪个时刻，他下了一个决心——要做最好的演员。

这是一个相当要强的年轻人，他不会轻易对什么东西服气。或者说，他内心本来就满满盛装着各种不服，那是一个被他自己内化了的严厉的父亲，他一腔孤愤，把所有求而不得的东西都当作了某种自我实现的象征。

小时候，他拿了第一次游泳比赛冠军，报纸上夸他是“黑马”。可他的反应是不屑：“你知不知道我每天练上万米，然后你叫我黑马？人对于自己不了解的东西，总是一厢情愿地去理解。”

长大后，他拿了金马奖，报纸还是叫他“黑马”——毕竟他赢了王学圻和倪大红这样的老戏骨。这一次，他倒是不好意思像小时候那样不忿，可他暗暗攒着劲，要证明自己不是“黑马”，是货真价实的“金马”。

说真的，如此立志者，他一定得知道，这是一个漫长的历程。他即将经历旷日持久的等待、一无所获的努力、无人可以诉说的孤独，以及现实的无情嘲弄。而最终，他在穷尽所有努力之后，将不得不接受命运的安排——因为，他是一个演员，很多时候，他会丧失一些自由，更多的时候，他并不能掌控自己的命运。

弟弟阮经民比他小12岁，和他长得很像，却更加单纯和有朝气。爸爸管阮经天叫“天天”，管阮经民叫“娃娃”，因为他生来就是没有经历过任何苦难和怀疑的娃娃。

几年前，阮经民上高中，看着哥哥一天天走红，觉得做演员“很好赚”，也想出道。有一次，他去片场探班。那天很冷，哥哥穿着单薄的衣服，要在泥巴地里打滚，哭号，一遍又一遍，一连好几个钟头。一见之下，弟弟犹豫了。

从小到大，只要是哥哥做过的事，无论是收藏球鞋、冲浪、溜滑板、赛车，还是玩摩托，看起来总是那么梦幻、那么酷，弟弟总忍不住要跟着学，哥哥也乐得带弟弟出去炫耀。

可是这一次，阮经天非常严肃地告诉他：“你不该选择我的道路。这个工作是我的包袱，我是被囚禁住的。”

在他通往自由的路上，他仍在寻找他的“蘑菇”班长。

在拍《纽约纽约》的时候，监制关锦鹏告诉他：“你就做你该做的事情吧。这个时代会辜负一些好的演员、好的导演、好的电影人。但是我们不能因为这样，就不去做我们觉得对的事情，我们还是得做。也许你等不到，也许有一天你会等到这个时代发生变化，它不再辜负你。”

关锦鹏是个极度温暖的人，但他有他自己的困惑。

因为拍《军中乐园》，阮经天遇到了陈建斌。他发现，陈对于表演非常有自信，甚至会让导演钮承泽“吃瘪”。他还会在每天拍摄结束后回到房间，继续写自己的剧本，而且两年之后，那个剧本就真拍了出来，还拿了金马奖最佳导演。这还不算，他还非常疼爱自己的妻儿。

这一切特质，都和他崇拜的爷爷非常相像。但是，当阮经天直截了当地表达自己的崇拜的时候，他发现，自己其实没有办法真正走近他。

“我很喜欢他，他有我羡慕的一切，但他是有距离感的。他绝对不是一个父亲，他其实有一点鄙视你们，但是他又会跟你多说一些，多施舍你一点，也许你们之间有一些连接。”

2016年，阮经天认识了管虎，主演了他监制的网剧《鬼吹灯》。在他心目中，这就是他真正需要的那种相遇：有一个能够全面覆盖他、接纳他、给予他的人，可以走近，并且不想离开。

众所周知的大IP并不好拍。一旦要改编成电视剧，阮经天和导演发现，原著会有一些叙事缺陷。比如说，刚刚才死了一个同伴，但为了迅速推进剧情，所有人都跟没事儿人似的，又开始了下一次探险。每天晚上，拍完当天的戏份，阮经天会和导演坐在一起，商量着怎么修改第二天的剧本，怎么让剧情更合理，让人物更丰满。

“我们能够共同创作，这是以前和豆导在一起从来没有过的体验。那时候，我只能照着他的意思来，但现在，我觉得被尊重了。”

在剧组里待了好几个月，阮经天发现，无论导演还是其他剧组成员，都已追随管虎多年。其实，管虎并非如他想象般富裕，他所能够给予团队的也并非巨大的经济利益，但这些人能够常年在他身边工作，一定是有原因的。

有一次，阮经天和管虎一起聊天，掏了心窝子。

管虎跟他说了一句话：“我要的不是钱，是话语权。”

这句话让阮经天和他心心相印。

他说："我最想要的也不是钱。到目前为止，我的钱已经够我一辈子生活了。我要的是尊重，比别人多一些的尊重。你要尊重我身为演员这个职业，我对演员这个职业是有敬畏的。我并不认为每一个表演可以随随便便完成，我煞费苦心也好，我必须不耻下问也好，我必须去收集资料也好，我必须努力去做人物小传也好，这些东西对我来讲都不简单。"

他对管虎说："我真的很想跟在你身边，多向你学一些东西。"

管虎给他的建议是，你光凭兴趣去看书，去看电影，是不行的，你得有系统，得看你不喜欢的书，看你不喜欢的电影，得把一个导演的作品从年轻看到老。你慢慢积累，才能领悟到更深的东西。

《鬼吹灯》杀青之后，阮经天回台湾休假。有一阵子，他没有接新戏，就宅在家里看书看电影。他开始拉侯孝贤、蔡明亮和北野武的片子，读缓慢的夏目漱石。这样的小说，换了以前，他是读不进去的。

"第一次看的时候，完全看不下去。一个不知道哪里来的老师，每天过着他十分厌倦的生活。一个不知道哪里来的学生，追问这个老师，这个老师也不愿意说。好灰暗，好烦，但还是忍不住想把它看完。慢慢地，你大概可以在里面感受到这个人的情绪。我们习惯看电影，因为电影通常是一连串事件加在一起的结果。但后来你发觉，你的生活里面根本没有办法承载这么一连串的事件。有时候，生活就像一页一页的小说，他没有办法解决他眼前的困境，一直到他死前，他都没有办法解决。他只能把最后的遗愿，最后想要解释的话，全部写成书，告诉他那个学生。这就是一个很悲惨的事情。其实某种程度上，这个就是人生。"

这大概可以算是阮经天在低潮当中对于人生和表演的顿悟：不只要表演出意外，更重要的是，要表演出状态。以前，他喜欢崔岷植在《老男孩》里的表演，尤其男主角发现自己竟然和女儿做爱的那一刻，人物内心的孤独简直无以复加。但现在，他也能够欣赏《少年时代》这样的电影——在不断重复的时光流逝中，人的状态是如何慢慢发生变化的。

阮经天正在发生这样的变化。不久前，他和邓超合作了电影《心理罪之城市之光》，这是他在有此顿悟之后第一次进组。他几乎都能感受到，自己身体里面噼里啪啦作响，正在发生微妙的深刻变化。

这部电影里，邓超扮演警察，阮经天扮演一个连环杀人犯。事先，他做了很多功课，看了研究连环杀人犯的纪录片、犯罪心理学的书，也写了人物小传。他知道，自己必须动用理性，而以前从豆导处习得的方法论已经不管用了——这一次，要把人物状态和自己的生命体验相连接，那已经距离太遥远了。说到底，他从未经历过一个连环杀人犯那么多的不幸。

但最终，一旦抵达片场，他还是得放松下来。

有一场双男主对峙的戏。开拍之前，邓超和导演在一旁说戏，阮经天独自坐在废弃工厂的台子上，一边踢着椅子，一边候场。

“我本来只是在等着，踢着。可是踢着踢着，越看他们越生气，越看他们越生气，越来越愤怒，越来越愤怒。因为我觉得他们一点都不尊重我：你们到底在聊什么？我等那么久了。然后踢着踢着，不知道什么时候，愤怒已经取代了本来自己的情绪，那个脚踢得已经不再规律了，它变得有点像是急躁的动作。那个动作已经不是你自己脑子可以控制的——它就来了。你再也不是那个人了。等到他们过来，我走过去，那已经不再是我。那之后所发生的事情，都不再是我。”

几年前，阮经天曾经因为金马奖之后的瓶颈而深感受挫。他把自己的表演形容为钓鱼。有一个懂自己的导演在旁边，知道怎么激发他，这条鱼就钓得起来。如果没有这个人，就算在河边待得够久，也一无所获。

他曾因此灰心沮丧，甚至在最低落的时候，动过念头要退出演艺圈——哪怕只是一瞬间。但这一次，他和邓超眼神交会，瞬间他明白，他已经神秘地获得了独自钓鱼的能力。

那天晚上，所有戏份结束，阮经天独自一人从片场走出来。他发现，所有工作人员自动散开，好像在为他让路。他从他们的眼睛里看到了恐惧，而他自己心里也感到恐惧。他找了一个没有人的地方，大哭了一场。

“那个哭，我是真的忍受不住了。后来我回想，为什么那个时候会哭？因为我感觉不到我自己了，我感觉不到我到底在哪里，我感觉好恐怖。”

这个时候，他脑子里有希斯·莱杰的样子一瞬间闪过。那是一个沉迷在癫狂角色里不能自拔，最终结束了自己生命的演员。他真的害怕了，哪怕他自己的沉迷还是第一次发生。杀青之后，他回台湾休息了好一阵子。

“这部戏结束以后，我才发现，人一定是需要爱的。因为没有爱的话，你会变成另外一个怪物。像希斯·莱杰，他把自己困在小丑的面具里面，他会死，不是没有原因的。他的表演很疯狂，但是似乎在那个时候，没有人对他伸出援手。”

“你觉得爱是什么？”我问。我是真的想要问他，因为我也不清楚答案到底是什么。

“很俗滥，我只想到一句台词：爱是世间一切问题的答案。在你最难受、最空虚、最寂寞、最孤独的时候，我弟他进来拍拍你。我妈突然上来台北，一打开家门，看到你在一个可能很黑暗的地方，然后突然整间屋子都变得亮起来了。”

这个已经过去的春天，阮经天大部分时间都在台湾待着。每个礼拜，他总要花好几天的时间，约上朋友，一起去户外骑摩托车。他还是有那种直愣愣的冲劲，好胜心强，能吃苦。其他人要花一两年时间慢慢练的技术，他自己咬着牙加练，非要用最快的速度学会。有一次，他带着老江一起出去，眼看着他的车就要撞到墙，老江在一边大叫，可他拐着车把，膝盖贴着地，轻轻一弯，又回来了。

他还是喜欢耍帅。他的摩托师父“乱搞”给他起了个外号，叫“花蝴蝶”。

骑摩托车时的阮经天，和片场那个叫人害怕的阮经天，又像又不像。这时候的他，还是那个不达目的不罢休的人，受不了被人看不起。但这个他，是比较快活的。他的朋友，有卖菜的小店主，有做房地产开发的工作人员，有自由职业者，在这些普通人中间，阮经天可以自在地吹牛说笑。

前年的时候，他骑车摔断了锁骨。两天以后，他出了院，开车载妈妈上阳明山喝茶。十天以后，他照样骑着摩托车出来练习，准备参加比赛。又过了两三天，他去了一趟大陆，在真人秀里跟孙杨PK游泳。节目录完以后，他飞回台湾，继续看医生。

“我只知道，我不能倒下。我不是那种优渥家境出身的小孩，我没有权利倒下。再痛苦，我也只能站着往前走。不管怎么样，先不能输。”

“喂。”他坐在篝火边，扭头跟阮经民说，“我们这种家庭的小孩，真的要争气，不能被人家看不起。如果我们被人家看不起，自己又看不起自己的话，就什么都没了。”

阮经民今年23岁，他带着一脸没受过折磨的神情，笑呵呵地点点头。我不知道他听进去没有，也许有，也许没有，但也有可能，他打心眼里就觉得哥哥讲话的严肃劲儿和爸爸是越来越像了。

突然，不知聊到了哪里，阮经天又提到了李安的《制造伍德斯托克》。他说，这是他最喜欢的一部李安作品。因为，这是一个关于失控的人生如何重归平静的故事。

“我的人生一直都在失控。”他说，“你看电影最后的结局，虽然他把一切都搞定了，可是他妈妈还是把钱藏在了地板下面。有些事情是永远不会改变的。”

这个人，他出生于1982年11月8日。真是不可救药的悲观的天蝎座啊。原来，他和朴树同一天生日，比朴树小九岁。当年，在他这个年纪，那位歌手正要开始进入探索未知的茫茫之旅呢。

最后，啤酒喝掉六罐，凌晨三点半，他大概就这个酒量了。我放他回去睡觉。我自己想了一会儿问他的问题，爱到底是什么呢？很多年前，看过一句诗，是一位老诗人在“文革”结束之后写给自己的老妻的——

“我什么都给你，只要你要，只要我有。”

我觉得这个不错。只要有爱，就不害怕那些摧残。

对话阮经天：当你从另外一个角度思考的时候，性就是另外一件事情。

雷晓宇：“金马五十”的时候，我看你接受过一个视频采访，说，得奖当天，你不小心把奖座的马头给摔坏了，就说，能不能换一个，不能换的话，那就再拿一个。你现在还这么想吗？

阮经天：当然要。但这绝对不是做这行的目标。我应该要这样讲：如果有一天，我能够再拿到一个金马的话，我觉得一定是很满足的事情。

你一直持续做下去的原因，只是因为你对好角色的饥饿感，希望诠释一个好故事。但是这种饥饿感绝不是来自假象，如果那样的话，你每一年都会很沮丧。你会觉得，你做那么多累的事情，一点意义都没有，因为你都没有中。不能这样，你会做不下去的。反而是把目标放在好角色上面，每次都觉得完成了一些什么的时候，是可以得到暂时满足的。

雷晓宇：你最理想的那个角色到来了吗？

阮经天：还在等。有时候我没好，人家好了；有时候我好了，人家没好。大家都在这个锅子里面等。

雷晓宇：看这个大IP时代什么时候过完吧。

阮经天：希望它赶快恢复正常。一定会的，因为观众很聪明，他们肯定要受不了的。如果事情一直都这么简单的话，它就会毁坏大家好不容易建立的一个行业。

雷晓宇：人家把你跟小鲜肉摆在一块，你会生气吗？

阮经天：不会，我觉得蛮好的。坦白说，那真的是便宜我了。

雷晓宇：说一件你最近最开心的事。

阮经天：骑摩托车进步了，速度快了蛮多。每3.5公里的赛道，我从2分整，一路到1分55秒。日本最好的车手是1分45秒。我觉得蛮厉害的。骑摩托车是目前为止我做到的最危险的事。我大概45岁以后可以去开飞机吧。

雷晓宇：你做过最不能原谅自己的事情是什么？

阮经天：没有好好珍惜该珍惜的人。

雷晓宇：你有想把她追回来吗？

阮经天：那肯定的，但是没有那么简单。

雷晓宇：但人生就是这样，你要带着伤口和遗憾走下去。而且错过真爱，不是很正常的事情吗？

阮经天：不，一点都不正常，不是这样的。真爱之所以会错过，就是因为没有丢下一切、抛开一切的勇气啊。

雷晓宇：这个事情还在折磨你吗？都过了这么久了。

阮经天：当然会，怎么不会呢？无时无刻不在。这么简单就过了，它就不是你自以为的那份爱呀。

雷晓宇：最难过的时候，你做什么能让自己觉得好受一点？

阮经天：就一个人待在家里哭吧。

雷晓宇：这种状况会持续多久？

阮经天：大概两天。低潮不会过去，会反复，但是过一两天就好一点。当时释放完，然后再等到下一次，又不行了。我心情不好的时候，连喝酒都会吞不下去。

雷晓宇：失恋这件事，对你演戏会有帮助吗？

阮经天：会有影响，但没有帮助。我曾经觉得是帮助，早期在当模特的时候，自己的情绪很不好，对我演戏是有帮助的。但现在这个阶段，它是有害的。我觉得，我的身体状态越平稳，我就越容易感受到所有的东西，角色也越自由。我反而不觉得它应该被我自己的情绪所影响。

雷晓宇：你目前最大的困惑是什么？

阮经天：爱情。现在对我来讲，爱情是最大的东西。没有它，我就是空的，像个无主的游魂。这是我自始至终的弱点，到目前为止，我还没找到克服的方式。我也只能试着跟寂寞相处，让自己在这样的环境里面也能够维持平静。

困惑也好，心痛也好，它现在没有那么痛了。当然我自己也会问，两个人为什么会走到这一步？为什么过了那么久，我们还是在想这件事情？对公众来讲，这只是一个娱乐。对我来讲，这是真真实实在我生命中发生的一件事情，而不只是一个男演员跟一个女演员交往完之后，就分了，就这么简单，然后再找下一个目标。没有那么肤浅的。我坦白说，就算再见还是百分之百喜欢，也不见得会百分之百在一起，感情也不能刻舟求剑。如果两个人的事情，单纯只是在两个人之间，就好了。

当然对于表演，等到哪一天我把这个情感的部分也克服的时候，我才会真正地无敌。现在我只是很厉害而已，但是我还能更厉害——只有在那个时候。所以这是我的挑战。

雷晓宇：你最近一次哭是什么时候？

阮经天：好像是上个月。回到家一个人好孤单，有时候就会掉眼泪。有时候就是莫名其妙、不明就里的孤单。也可能就是跟小时候被爸爸揍的原因一样，就觉得今天心情不好。气氛这件事情会影响我，回家的时候，就喜欢自己家里的灯是开着的，不想要一个人待在家里。就算有两只猫在，也是蛮孤单的。

雷晓宇：你现在35岁，有年龄感吗？

阮经天：我以前一直都不觉得有。但我跟你讲，这五天跟我弟在一起，开始觉得有。我不年轻了。我体力其实比他好很多。但我发现，他回答问题好直接、好单纯。对他来讲，有些答案是那么绝对。我就在想，他怎么能这么肯定呢？这些问题，有时候我都想不清楚。

雷晓宇：那有没有什么是你早年间非常相信，但是现在怀疑的东西？

阮经天：我以前非常在意别人对我的评价——无论是朋友也好，陌生人也好，我是非常在意的。当然我现在还是多多少少会在意，但我倒是并不那么介意别人不喜欢我。我大概也比较理解，自己性格当中的确有一些别人不喜欢的点。但我不会再一味在意地说，你怎么不喜欢我？

雷晓宇：你得到过最好的建议是什么？

阮经天：梦。

雷晓宇：梦？

阮经天：我看过一个汽车厂商的介绍，它本来是做两轮机械脚踏车的，谁知道后来连飞机都做了。它现在是全世界拿最多锦标赛冠军的车厂，无论是两轮还是四轮的比赛，它都是第一。

所以，做梦很屌。我觉得每个人都不应该放弃做梦的勇气，这个东西听起来很空，可是它的确会让你做到你原本想象不到的事情。就像当演员这件事情，我从来没有想过，我能得金马奖。以前窦哥说，你得金马奖，那是不可能的，我说，那我得给你看。有时候开玩笑也会说一下，我希望再拿一个金马，这也是某种程度上的做梦。我希望再跟我自己最爱的人在一起，这也是做梦。我希望我有一个很完整的家，这也是做梦。但是，做梦很重要。

雷晓宇：你最近的一次生日是怎么过的？

阮经天：我通常很讨厌过生日，尤其讨厌在剧组过生日。我都已经过生日了，我还得做出符合你期待的表情，这件事情让我觉得劳累。生日的时候，我还是希望有一些独处的时间。台湾会玩Facebook嘛，我生日的时候会故意关版一两天。

我去年生日在《鬼吹灯》剧组里面，那是我这辈子在剧组里面过生日过得数一数二开心的。因为这些人还是很真诚的，导致我很快就喝醉了。我跟导演抱在一起，敬来敬去，还蛮好笑的，很开心。

雷晓宇：你演戏到现在，有心目中的理想观众吗？

阮经天：我的另外一半。我给你讲，我妈不管我怎么样，她都觉得屌。我爷爷也是觉得我很屌。我爸呢，不要指望他看得懂我。现在讲小孩，那太远了，另外一半也许会近一点。

雷晓宇：你不会还在期待复合这件事情吧？

阮经天：这个不聊了……男人到了一个年纪，知道什么对你更重要。

雷晓宇：如果你现在能穿越时空，回到刚入行那会儿，就是那个傻小子，如果你见到她，你会跟她讲什么？

阮经天：跟她讲什么？还是会紧张，还是讲跟以前一模一样的话吧。我记得第一次跟她讲话，说，那个谁谁谁跟我说，你的脚很臭。哎，聊错天，开错口，很紧张。当时她应该蛮讨厌我的，觉得这个人是来工作的吗，还是来看我不爽的？

当然，我知道很多记者对我的印象就是很花心，很爱玩。但是她对我的印象可能是更花心，更爱玩。很多时候，我自己是什么样，我自己清楚，但是这也都不是理由。

雷晓宇：你也付出代价了。

阮经天：对。但是以前，你会觉得性跟爱是两件事情。我年轻的时候也爱玩，一个男孩子，就算你不爱，你也不见得不能打炮。

雷晓宇：男生和女生不一样。

阮经天：真的不一样。你越来越成熟之后，你就知道怎么样克制自己身体的冲动。你还是需要，只是你能够压抑它。

虽然我35岁了，但是我对女性还是很感兴趣。以前，也许这个东西会让我很昏头。到现在为止，也许我还是没有办法改变，但是我知道，有一个东西是让我安定的力量，我更需要这个东西。

2017年3月，在日本屋久岛的一个度假村里，我一直等阮经天结束拍摄回来聊天。10点多，有人敲门，他站在门外，拎着一提六罐啤酒。

他挺让我意外的。

一个是，他的表达能力非常好。看得出来，他是长期保持独立思考习惯的人。他留了一块地方给自己。

再一个是，他不戒备。当他准备好要信任一个人，他不戒备。很多生命里最沉痛之处，他愿意娓娓道来。

我觉得他被低估了。他自己应该也是这样认为，所以他不稳定，又诚恳，又易怒，表里经常互换。

好在他还年轻。

刘晓庆：强大的、僵硬的、脆弱的、令人肃然起敬的

有一年秋天，我和刘晓庆喝过一次下午茶，地点就在北五环边的紫玉山庄。

刘晓庆给我的第一印象倒不是她的脸。这张脸并不夸张，既不是小姑娘，也不是老太婆。它恰如其分，比同龄人年轻些，但仍然是这个岁数的人应该有的样子。

但她的衣服就不是这样了。生平我第一次见到有人在真实生活中做此打扮。她穿了一件黑色紧身皮衣、黑色紧身皮裤、黑色紧身系带长靴。一般来说，穿成这样子要么是要拯救地球，要么是玩SM，但刘晓庆不过是出门喝个下午茶而已。穿成这个样子，无疑是在跟所有人打招呼：来，看我吧。可是，她很快又叮嘱她的助理："你把门关上，免得服务员跑来看。"

刘晓庆深谙做女明星的秘密，她知道怎样欲拒还迎。这样的世故，是花30年练就的。

刘晓庆是从大时代走过来的人。20世纪80年代，她是饱受争议的女明星。90年代，她是风口浪尖的亿万富姐。21世纪头十年，她又成了阶下囚。如今，磨难成为勋章，她摇身一变成了女性励志偶像：任凭世界风云变幻，女人一样要把自己的日子过好，并且过好给人看。

刘晓庆如鱼得水，她喜欢扮演强大的角色。几年前，她曾经筹备一个电影剧本，讲的是秦始皇一生最爱的女人清寡妇的故事。这位女性拥有自己的矿山和军队，人称“丹砂夫人”，在嬴政想要统一六国却四面楚歌的时候，是她把自己的全副身家赞助给他，帮助他实现自己的梦想。据说，刘晓庆原计划邀请姜文扮演秦始皇，她扮演清寡妇，但计划流产。

“因为剧本改来改去，最后秦始皇成主角了，那就没意思了。”她说。

她乐于成就一段关系，但她更要控制一段关系，占据上风。她讨厌弱者。她说：“像阮玲玉那样，谈个恋爱就要自杀，简直可笑，就算让我演我都不要演。”

说到这里，我倒是有备而来。刘晓庆争强好胜，但绝不是打一开始就百毒不侵。在一篇名为《1983年，风华正茂的刘晓庆》的文章中，刘晓庆承认说，此前一年，自己因为离婚风波心情不佳，几次想到自杀。还有一篇《刘晓庆就是刘晓庆》里，她对影评人徐如中说：“我这个人，性格还是懦弱为主，坚强的东西很少，只不过不愿意被人发现罢了。”

当时，刘晓庆还不到30岁，因为发表《我的路》遭遇重挫。在80年代的语境里，她强调自我奋斗，被卷入巨大的风波。当时的局面很夸张，“刘晓庆”三个字一度引起高层的关注，有“外批邓丽君，内批刘晓庆”的说法。

往事让女明星有点尴尬，但她打定主意要一笑而过。“嗨，那都是过去的事了。”

赴约之前，我搜索了关于刘晓庆的几乎所有访谈。我发现，出狱之后，刘晓庆的采访基本千篇一律。80年代，她流露心声；90年代，她信口开河；但现在，无论记者问什么，怎么问，她学了乖，极谨慎，只说自己愿意说的话。她看起来宝相庄严，一丝不苟，简直像个人形立牌。

至少在公众层面，刘晓庆有变化和收敛。一个人吃过亏，学会了自我保护。她更强大了，也更僵硬了。她宁可矫枉过正，也不愿重蹈覆辙。

但在私人领域，刘晓庆还是刘晓庆，刘晓庆毕竟是刘晓庆。出狱之后，她的第一部电影是《春花开》，演一个风韵犹存的厂花，要跟比自己年轻得多的男孩谈恋爱。她曾经跟人讨论角色，说：“一个女人要吸引年轻的男人，单单演她的媚是不够的，她一定要有刚的一面，才有持久的吸引力。”

当时，刘晓庆新婚，第三位丈夫小她8岁。对于这样的关系，刘晓庆理解得很到位，但处理得又过于简单。有一次，她带着丈夫跟一群圈内朋友吃饭。席间，有人逗她，说：他比你小这么多，该不会是图你什么吧？刘晓庆不含糊，立刻对丈夫说：跪下，说你爱我。在场者都很震惊，因为不仅妻子这么说了，而且年轻的丈夫竟然真的这么做了。

这样的画面已经不太像是缠绵的情感表达，反倒有些指天画地的喜感，又让人有些莫名心酸。这个女人，一辈子好强，一辈子嘴硬，一辈子不服输。她的外表千娇百媚，但骨子里像那种表面上桀骜不驯的女强人，永远拿着鞭子，要驯服，要证明，斗志昂扬，并且心怀恐惧。

一位朋友说："晓庆的性格其实有这一代50后女性的共性。她们在不爱红妆爱武装、与天斗与地斗与人斗的环境下长大。性格比较强势，控制欲强，很少看到她们对男人撒娇。"

我想到我的妈妈。她比刘晓庆大4岁。真的，我这辈子从来没见过她对我爸撒娇，从未听她说过"对不起"，也从未听她说过"我爱你"。这一代人，可能因为童年经历了匮乏年代，内心有很多不安全感，正向表达情感对他们来说是一件很难的事。

不过，这么比较也不对。你要知道，当同龄人都在跳广场舞的时候，刘晓庆可是穿成希瑞[1]的样子在喝下午茶。此情此景，今夕何夕，简直叫人肃然起敬。

楔子

1986年12月6日，刘晓庆去夏衍家中拜访。她向病中的老人倾诉衷肠："中国女演员很少能善始善终，并不是她们本身素质不行，而大多是因为社会的动荡不安。我是'文革'后的第一拨。我想当一名能演到60岁的演技派演员，而不仅仅依赖自己的青春和美貌。"

2013年10月30日，刘晓庆度过了自己58岁的生日。她的愿望就快要实现了。

---

1. 希瑞：动画片《非凡的公主希瑞》中的主人公，金发、细腰，身着白色抹胸短裙，配金色长靴，一个善良而强大的女侠。

就好像光是新婚还不够引人瞩目似的，刚刚过完58岁生日的刘晓庆又宣布了一条新消息：她主演的话剧被鉴定为“主角无B角出演，一年内巡演场次最多”，因此拿到了一份世界纪录证书。

站上新闻发布会的红地毯，她又一次成为焦点。她穿着露肩碎花长礼服，明艳照人，看起来比实际年龄年轻得多。她被记者们簇拥着，从整容话题到第四任丈夫，无所不谈。比起衰老，她似乎更害怕被时代遗忘。不过，她心里清楚得很，这样的趋时行为不过是必要的公关，而刘晓庆的存在则无须证明。换句话说，“赛金花”不过是她最新近的角色，至于她最好的角色，毫无疑问是“刘晓庆”。

出于一个演员的自尊心，她绝不会公开承认这一点。但她的确喜爱这个角色。早在上世纪80年代，她就兴冲冲地为这个角色写好了墓志铭：“这里埋葬了中国传闻最多的女明星。她是个对自己真实，而从来未让人理解的传奇人物。”

当时的刘晓庆还不到30岁，从商入狱的起落还无从谈起。但显然，她早早意识到了自己“奇女子”的身份。现在，刘晓庆常跟年轻的助理开玩笑：“要记住，你们在跟一个传奇一起工作！”

刘晓庆知道自己为何重要。“为什么现在很多人想要拍我的传记？”她说，“因为任何一个以女性为主角的传记，都是和时代政治联系在一起的。我的历史，就是新中国成立以来的历史，就是中国改革开放的历史。”

刘晓庆拒绝了这些邀请。出道38年，她至少明白了一个道理：对于一个名人来说，真实并不重要，因为唯有误读才能成就传奇。

“我要的是盖棺论定。”她说。

第一幕

让我们还是回到紫玉山庄的那个下午。

“如果在80年代，我绝没可能跟你坐在这里喝茶聊天。”她端起茶杯，太烫，又放下，“外头一定全是人，出都出不去。”

那是真正的“刘晓庆时代”。为了让年轻的记者迅速了解自己当年的辉煌，刘晓庆往往愿意在采访中历数若干个“第一个”：主演内地第一部武打片，第一个和港台导演合作的内地女演员，第一届春晚的第一个女主持人……她回忆当年的受欢迎程度，说：“每次一知道又要跟我出去，我的手下马上把皮鞋换成布鞋，不然肯定被踩烂。”

光凭演艺成就，绝不足以让刘晓庆独领风骚。虽然她的绯闻和明星派头一样引人瞩目，但刘晓庆之所以成为一个时代象征，来自她在个人表达上的争议性。现在回想起来，这简直是一次误打误撞的偶像制造。

1983年，刘晓庆拍完李翰祥导演的《火烧圆明园》，成为家喻户晓的女明星。同时，作为一名离异单身女性，她和已婚男演员陈国军的绯闻传得沸沸扬扬，令她感到委屈和难堪。出于“辩诬”的愿望，她在《文汇》月刊上发表了三万多字的自传《我的路》，不仅剖析了私人感情生活，更不乏“我是中国最好的女演员”这样的言论。文章被形容为“一颗氢弹”，引起轩然大波。

多年以后，作者和菜头对此记忆犹新：“我很奇怪，她为什么没有被当时报纸上的板砖拍死，因为她的有些话在当时确属大逆不道。”

“我特别超前，和当时的时代是格格不入的。用他们的话说，离经叛道。”刘晓庆回忆说，“《我的路》里面彻头彻尾地宣扬个人主义。毛泽东说，中国要为世界革命做贡献。我说，中国如果要为世界革命做贡献，每一个人要做好自己。做好自己以后，中国才可以对世界革命做贡献。”

刘晓庆只是一个女演员，但“刘晓庆”这个形象则不受控制地在80年代的时代氛围下应运而生。80年代初，正是中国社会思想寻求大突围的时期。当时，和刘晓庆齐名的另外一个女性偶像是张海迪，另外一个得到广泛关注的社会话题则是《中国青年》杂志发起的“人生的意义到底是什么”大讨论。基于自我的需要，刘晓庆写了《我的路》。

在今天看来，它不啻一个雪球，还卷起了新的风暴，滚成了一个更大的球。有人如此评价：“解放后的中国，只有两个典型：一个是雷锋，集体主义的典型；一个是刘晓庆，个人主义的典型。”

当时，刘晓庆出访香港，和潘虹一起上节目。刘晓庆衣着鲜艳侃侃而谈，潘虹则素净且保持沉默，不时抬眼看她。对于正在经历中英谈判的香港民众而言，潘的形象无疑更符合他们对内地的想象，而刘则令他们感到新鲜。这样的画面，就连亦舒也忍不住啧啧称奇：“在共产主义底下，伊人尚能如此突出个人作风及性格，真正了不起。”

新影联总经理高军在那个年代入行，并且和刘潘二人都有交情。他解释说：“刘晓庆的性格有这一代中国女性共性的东西。五六十岁的这代女性，或多或少受到‘文革’氛围的洗礼，与天斗与地斗与人斗其乐无穷，叛逆的东西挺多的。那种叛逆是文化的叛逆，在男人面前很强势，不太会温柔，控制欲比较强，这都是受‘文革’的影响。”

“当然，她身上也有个性的东西。”他又说，“像潘虹，她个性里面圆润的东西比较多，她善于把棱角包裹在柔软的外壳里面。晓庆棱角的东西多，她也根本不包裹。她是只有一张脸的人。包括她一些不被大家所理解的举动，比如写《我的路》，就是因为她敢于表露心声，不太在乎外界的评价。”

在巨大的压力之下，刘晓庆成了一个在自我上有突破的标志性人物。一直到今天，这种离经叛道的胜利仍然让她扬扬得意。到了后来，《我的路》干脆成了她绝佳的名片，而且保送她从后毛泽东时代进入了下一个波谲云诡的商业消费时代。

第二幕

1955年，刘晓庆出生于毛泽东时代的一个革命家庭。她的母亲、养父和舅舅都是川东地下党出身，并且相当资深。

她的家庭有许多来自革命阶层的礼仪和习惯，再加上后来短暂的军队生涯，使得她一生都脱离不了严格的纪律。她记得，不论在哪个时期，但凡早晨需要打背包在操场集合，她永远是头一个报到。现在演话剧，她也从不迟到。她把剧本看了14遍，一旦抵达现场，永远保持昂扬状态。

这话不假。去年，刘晓庆在《寻龙诀》里出演角色。就我所知，刘晓庆是所有演员里面，唯一一个到了现场会先去跟导演打招呼的人。

上世纪80年代，有记者在刘晓庆家做客，曾经和她的家人同桌吃饭。这位记者形容说，这是一个典型的“严母慈父”家庭。当年，刘晓庆的母亲独自一人在办公室里生下了她，她也继承了母亲坚毅的性格。家庭教会了刘晓庆如何生活，某种程度上，也造就了她的激情、固执和傲气。她对自己认识得很清楚。她的自我评价是这样的："我小时候就不服管。在我们家，我就是一只混进鸭子窝的鸟。后来，这只鸟不但飞出去了，还把全家人都带得很好。"

多年以后，在剧组和公司里，刘晓庆也大体复制了她在原生家庭里的角色和生活方式。她是长女，也是老大，她乐于助人，也喜欢发号施令。多年前的助理需要一笔汽车订单，她会拜托自己的人脉，真心帮忙。话剧巡回演出的时候，曾有工作人员担心，不知道能撑到几时，但刘晓庆把手一挥，说，有我在，演到100场没问题。现在，这出话剧都签约到160场了。她打羽毛球的时候嘻嘻哈哈，不是非赢不可的人，但在影视领域，她一度绝不容许旁人怀疑她的权威。即便在422天的监狱生活里，她也能结交追随者。出狱之后，有"狱友"生病住院，刘晓庆还帮助支付了一笔医药费。

刘晓庆成长在一个大家庭，她喜欢热闹的集体生活。不过，她所表现出来的自我成就的性情和努力，又绝非集体主义所能容忍。早在川音附中学习扬琴的时候，她就对同学说出"我要在全中国走红"这样的话来。事实上，她完全不知道要如何才能红遍全中国。她只是有一种超乎常人的自信。后来，正是这种自信，使她发展出洞悉市场的天赋。这种天赋，又往往在时代的真相和谎言之间流动。

除了"走红全中国"，刘晓庆还曾有另外一个理想，那就是"把自己贡献给伟大领袖的神圣事业"。早在青春期，刘晓庆就看过毛泽东诗词和三大哲学论文，毛是她的青春偶像。1968年8月18日，刘晓庆刚上初中一年级，她把红小兵的袖章藏在胳膊下面，在天安门广场参加了毛泽东第一次接见全国红卫兵的庞大仪式。

刘晓庆曾经是狂热懵懂的追随者。她坦白承认，自己曾经打过人。

“那是我最要好的同学的爷爷，是个地主。那时候我才知道，原来，打人完全不像电影里那样——鞭子打在人身上，竟像棉花一样。”

但是不久以后，她自己的家庭经历了严重得多的动荡。“江青说川东地下党是叛徒，于是我们全家都被批斗了。”她的养父被打断了腿，她母亲把养父背回家，但从此落下终生残疾。“我马上再也不打人了。”她说，“说我家人是叛徒，我简直不能相信。”

1976年，毛泽东去世。这个时候，刘晓庆已经在电影《南海长城》的外景地拍戏，担任女一号。拍摄结束，剧组写了一份评语，让她带回成都军区文工团。“大意是说，要坚持毛泽东思想之类的（意为刘晓庆在思想上不够进步）。后来我把它打回去了……这个如果拿回去，我怎么在部队混啊。”几年之后，刘晓庆调入北京电影制片厂，正式开始了自己的电影生涯。当时的文化界领袖夏衍评价她说：一代名伶，但思想上有点乱七八糟，只专不红。

90年代初期，刘晓庆在美国旅行，曾经和一位著名的作家打过一个“不能说的赌”。关于中国的强大和未来道路，刘晓庆和作家观点相左，他极悲观，她则极乐观。他们约定，以她拍摄台湾电视剧《风华绝代》的片酬为赌注。事实上，这是刘晓庆生平第一笔片酬，此前，她拿的都是北影的死工资，低的时候48块，多的时候100多块。她既已尝到市场化的甜头，就打定主意要顺着这条路走下去。几年以后，刘晓庆成为媒体口中的“中国第一老板”，作家则去世了。

第三幕

幕布缓缓升起，灯光暗了下来。一束强烈的追光从中央打下，正正好映在女主角的脸颊上。随着锣鼓声，她甩起袖子，沿着舞台边缘好一番流走，这才定下。一个亮相，只等台下观众齐声喝彩。

每每这个时候，导演田沁鑫站在重重幕布后面窥探，心中暗暗叫好。有那么一个刹那，她也觉得恍惚。眼前这张浓妆的女性脸庞，虽然是民国女子的装扮，却隐隐有难以察觉的中性魅力。多看几眼，她却想到《小花》里头那个爬山的女孩。

“我看她演的赛金花，却老想到小花。”她说，“那个膝盖跪出血渍，还回头一笑的样子，很艳，又很媚。”

《小花》是刘晓庆的成名作，也是她从地方部队文艺系统进入主流审美体系的开始。上世纪80年代，那是一个蠢蠢欲动又不时气氛紧张的时期。有的时候，电影也像是一场革命，“演好了一步登天，演不好立刻回家”。

尽管身为80年代的标志之一，但刘晓庆说，当时的朦胧诗、星星画派、哲学启蒙和王朔小说对她全无影响可言，因为她的绝大部分时间都在片场度过。

她越是努力，经历的尴尬就越刺眼。在当时的体制下，成为最著名的女明星并未给她带来什么实惠。她是北影的职工，没有片酬，领死工资。主演合拍片的时候，香港演员的饭票可以吃肉，内地演员则只能吃素菜和馒头。有时候，国外的电影代表团来访，她和其他的女明星不得不去道具部门借衣服撑场面。有一次，在露天宴会上下起雨来，她的旗袍下摆是纸做的，五颜六色的颜料顺着大腿往下淌。后来，她和同场的李秀明抱怨说，以后再也不出国了，简直丢人。

不过，要想改善局面，那也容易。刘晓庆很快开始了自己的走穴生涯。从两块钱一场到10块钱一场，再到100块钱，影后的身价扶摇直上。拍摄《垂帘听政》的时候，她已经在片场和演出场地之间来回奔走。因为演出场次最多、身价最高，刘晓庆得到一个“大猫”的外号。这就是说，跟打扑克一样，她是最大个儿的。

1986年，刘晓庆赴美国举办个人影展。一到洛杉矶，她收到的第一份影迷礼物竟然是一束美元折成的玫瑰花。在华人记者的采访中，有人问她：“刘晓庆小姐，你有经纪人吗？”她回答说：“什么叫经纪人？如果我没有理解错的话，全中国十亿人民都是我的经纪人。”

此时的刘晓庆对严肃的商业运作仍然一无所知，但充满活力的财富世界已经对她构成了巨大的吸引力。她开始对电影感到厌倦。在这个领域，她确实遭遇瓶颈。能拿的表演奖项她全都拿到了，还不止一次。同时代的女演员，不是结婚生子就是出国深造，唯独她，两次结婚，又两次离异，尽管事业顺遂，但也有“无敌最寂寞”之感。她的确有出国深造的机会，但眼看同侪在美国的失落，她也不禁望而却步。到1987年，《红高粱》获奖公映，以张艺谋为代表的第五代导演已经崛起，而巩俐的泳装照片和新鲜绯闻也登上电影杂志的封面，大有取而代之的势头。

此时的刘晓庆，意兴阑珊。表达自由的方式有这么多种，近乎疯狂的支持者又有这么多，这都令她感到震撼。她没有理由不进行新的尝试。

1989年是个重要的转折。这一年夏天，她在和台湾女明星林青霞的通话中说："不明白我为什么总在拍戏。"晚些时候，她在百花奖最佳女主角的获奖感言中公开说："我恨电影。"同年，刘晓庆下海从商。

虽然说初衷是追求自由表达和改善经济环境，但刘晓庆并不鲁莽。几年前，在男友陈国军导演的《无情的情人》中，她已有转型经验。她不只是女主角，还身兼制片人。她的任务不只是要把戏演好，还要寻求资金、控制预算和协调剧组的各种关系。这部电影命运多舛，因为涉及敏感的少数民族题材，迄今未能公映，但对于刘晓庆来说，她却得以初尝创业滋味。

1985年，刘晓庆奔赴深圳蛇口，求见黄宗英和袁庚。见了黄宗英，她开口第一句话就是："大姐，我有麻烦了！"当时，《无情的情人》搁浅，她不得已找到早已南下的黄宗英。那时候，在深圳的圈子里曾经流传着"三大美女南下"一说，头一个就是黄宗英。她的丈夫赵丹虽然已经去世，但一句"管得太细，文艺没希望"却得到了广泛的认同。身为中国最有名望的文艺遗孀，黄宗英很早就来到了深圳，并且在太子路上开设了自己的影视公司。当时的深圳正被打造为全中国的明星城市，她和这个城市的塑造者之一、蛇口区领导袁庚也建立了交情。

另外一个"南下美女"是章含之。据说，在乔冠华去世之后，章含之不甘寂寞，也曾经有过南下创业的想法，但最终，受外交部长夫人身份影响，她的计划并未得到组织的批准。

第三个美女最年轻，也是后来最为成功的。虽然刘晓庆正式前往深圳还要再等上几年，但此行的确为她做了一定程度上的商业启蒙。她开始意识到，自己的明星身份就是一笔巨大的无形资产，竟然有如此惊人的融资能力。

“我有八代粉丝，有一大群文艺界的精英朋友，和政界人士也都很熟。”

通过黄宗英，刘晓庆拿到了蛇口区招商局的50万人民币投资。一位当时在场的人士回忆说：“电影是讲藏族青年恋爱故事的，和特区开发毫无关系，很多人都劝袁庚不要管了。不过，当年的袁庚就是这样，兼容并包，只要是市场化，大笔一挥，也就支持了。”

不过，让这位人士惊讶的是，当年奔走的刘晓庆才刚刚从争议里走出来，隔年就在蛇口的碧榆路上拥有了一栋小别墅。那是一栋有游泳池的大型住宅，院子里有黄紫相间的紫荆花，附近的海面上还停泊着中国第一家海上游轮餐厅。

那是1986年。

“真不低调。”他说，“这样的人，有的时代可以飞黄腾达，有的时代恐怕就要成阶下囚。”

一语成谶。16年后，刘晓庆入狱，她的商人生涯也就此停滞。

第四幕

每一次重回亚运村，刘晓庆都多少有恍如隔世之感。下午的时候，阳光正好，她望着窗外的湖水和野鸭，说：“这个紫玉山庄，当年在我最红的时候，总宣传说是我做的，其实根本不是。”

出了昂贵的别墅区，沿着安立路再走两站地，就是五洲皇冠大酒店。2002年5月底，刘晓庆曾经在这里接受记者群访，回答税务争议问题。当时，她确实心情糟糕，不耐烦地表示，这将是她人生最后一次接受记者访问。半个月之后，她就进了秦城监狱。

那当然不是她最后一次接受采访，除非现在坐我对面的是个幽灵。面对失去自由的危险，刘晓庆当然害怕，但恐怕她只打了一会儿哆嗦，随即就恢复了冷静。至少在下属和记者面前，她没有眼泪和吵闹，而是平静接受这个打击。

在被警方带走的前一天，她叫来男友阿峰和助理，做了周全安排。她喜爱珠宝，把所有的钻石和翡翠拢到一起，装在一只大塑料袋里，交给助理保管。她还有两张银行卡，一张有40多万，另外一张有200万。她把银行卡也交给助理，并且嘱咐二人，这就是她离开后为公司善后和延请律师的费用。

多年之后，要想说明白刘晓庆的买卖，这很难。我们只知道，最高峰的时候，她有二十六七家公司，涉及房地产、化妆品、广告、影视等多个领域。《福布斯》杂志曾经推测，她的身家在7000万—9000万美元之间。后来，她自己说，当年是“什么赚钱做什么”。她的前任助理则说，她做的都是短线生意，一赚钱就赶紧卖掉。到涉嫌税务问题被抓之前，她的生意已经收缩到3家公司。

刘晓庆自认是个成功的商人，但她的朋友郑明明说：“我宁可晓庆做个好演员。”在她看来，刘晓庆至少是个不够严肃的商人。“晓庆是演员，非常感性，太容易相信别人，最后被别人利用，损害了自己的品牌。”

这是好朋友的实在话。当年，刘晓庆以创业先驱的姿态起家，做的是多元化的生意，但她既没有完整的投资规划，也缺乏专业的管理能力。到了后来，她的集团到底有多少员工，她既不知道，也不认识。她甚至感叹说，入狱其实帮她摆脱了某种尴尬。

“自己要花的钱早就赚够了，很累，但又不能停，手下那么多人要吃饭。”她说，“被抓其实帮助我卸掉了沉重的包袱。”

从2002年6月到2003年8月，刘晓庆在秦城监狱里度过了422天。关于这422天，她曾在后来的许多次采访中屡屡提及。即便失去了20多处房产和多年奋斗所得，她仍坚持每天6点起床，散步8000步，洗冷水澡，背英文单词，看小说。这一年，刘晓庆48岁，早已历经沧桑。在她看来，就和早年《我的路》所引发的麻烦一样，这不过是命运又一次给了她证明自己有多坚强的机会，而她必将有不让自己灰暗的能力。

“只要不判我死刑，就很高兴。最坏的，大不了出去开个面馆。就算搓玉米、打谷子，找个山清水秀的地方，我也能过得很好。”

从很小的时候起，刘晓庆就是个嘴巴硬、爱逞能的小女孩。调皮的时候，妈妈打她，一直打到流鼻血她也不肯服软。就连一位与她一度相当接近的朋友，也从未见过她哭：“在情感表达上，她是个粗线条的人。她很少流露细腻温柔的一面，好像那样就显得她内心不够强大了。她也很少把脆弱的一面暴露给别人。一般人只是觉得，她倒霉的那两年，憔悴的神色有点耐人寻味。”

如今，受天赋、阅历和命运的影响，刘晓庆的强人崇拜越发深刻了。在她的言谈中，被反复提及的人有巴顿、丘吉尔、邓小平、撒切尔夫人。她甚至说：“我觉得我很像巴顿将军。他为战争而生，我为创造而生。”这种敬仰之情如滔滔江水，导致刘晓庆绝不愿意只扮演一个强人崇拜者，她同样以一个强人的标准要求自己。

另一方面，不是说她缺少同情心，但她的确对弱者缺乏耐心。有一次，她在采访中又一次强调自己的坚强不屈，面对命运嘲弄如何保持活力，她提到了阮玲玉。她说："像阮玲玉这种，谈个恋爱都要自杀，简直可笑。这样的人，就是拍电影我都不演，没意思。"

不记得从何时开始，刘晓庆就不再以怯懦、脆弱的小女人形象示人。在一篇名为《1983年，风华正茂的刘晓庆》的文章里，她承认说，一年前，自己因为离婚和流言，心情很不好，一度想到过自杀。三年之后，她因为《无情的情人》送审问题，又曾经自我怀疑，对影评人徐如中表示："我这个人，性格还是以懦弱为主，坚强还是少。"

30年过去，这些话，连刘晓庆自己都记不清了。但她说："如果不是坐牢这件事，我也不知道自己原来可以这么坚强乐观。"

刘晓庆不是女性主义者，也不是思想家，但她又一次扮演了自己的角色。在一个开放的市场化年代，羸弱的、寻求保护的女性形象过时了，无论是时代、男性和女性自己，都更需要强大的女性角色。刘晓庆在起落之间的表现，无疑为她赢得了更大的尊敬。她不再只是一个努力的女演员，歪打正着的时代象征，挣了大钱的成功者。这一次，她成了一个闪闪发光的励志偶像。

2003年出狱当天，汽车从秦城开到玫瑰园住宅，据说刘晓庆全程一言未发。几小时之后，朋友们在海淀的一家餐厅里为她接风洗尘。在场者注意到，她清减了一点，但已重新上妆，打扮时尚，话多，声音大，就跟没事人一样。十天之后，她和郑明明一起吃饭，吃得不多。她对郑明明说："我今天吃不下，明天就多吃一点，后天再多吃一点。我一定会慢慢好起来。"

第五幕

刘晓庆出狱整整10年了。

这10年里，她并未继续当年的生意，而是回到横店，重操旧业。她有了人生第二个外号：横店第一漂。她什么都演，只要给钱——演老妈子也愿意。她又演了好几遍武则天，还演了更多的传奇女性。这都是一些超长的电视连续剧。和早年相比，她变得低调了，也很少接受采访。

“出狱这些年，晓庆的变化还是很大的。”高军说，“说成熟有点勉强，应该是练达了不少。她现在也还有锋芒，只是不像年轻时那么无遮无拦。人不碰壁就没有感觉，这是有顾忌了。”

一次饭局上，有朋友问她，为何还要回来辛苦拍戏。她回答说，人生还有这么长，如果什么也不干，岂不是无聊死了。她的前任助理则说：“其实，搞影视公司挣的都是辛苦钱。《火凤凰》做得那么辛苦，一年也就挣个1000多万。这还不如她自己做呢。一来，挣得不少，一集税后15万—20万，代言200万，活动35万—40万。二来，她也不愿意再弄个公司，妹妹妹夫是掺和好还是不掺和好呢。”

逐渐从生存危机里缓过来之后，刘晓庆不得不开始面对另外一种尴尬。时代变了，观众早已改朝换代。30年前，记者们和她讨论演技和剧情；30年后，记者的问题永远围着整容、年纪和绯闻。用她自己的话说，“电影时代结束了，现在是小品时代。”

有时候，她很烦躁。当记者问：刘晓庆小姐，请问你是如何开始自己的电影生涯的，她简直无言以对。

有时候，她又随波逐流。这10年里，她确不见老，反而看起来越来越年轻。她甚至主动在微博上贴自己的照片，挑逗着公众的好奇心。

还有的时候，她又不无遗憾，说："前几天我看周迅说，她希望成为一个受人尊敬的女演员，有志气……唉，这个时代的女演员真的很可怜，没人关注作品了，都是炒作，这哪行啊？"

刘晓庆仍有那个年代女演员的质朴和尊严。她对电影仍有野心。她梦想着有一个量身打造的伟大角色，在她真正衰老之前，为她的演员生涯画龙点睛，为她的公众身份赋予最后的灵魂。

2011年，为了扮演电影《37》里的一个蒙古族老妇人，她提前两个礼拜进组，和当地牧民一起劳动，学唱当地的长调。她眯起眼睛，把皮肤晒得黢黑，还在腮帮子里塞牙套，让脸形凸出，显得更加粗糙。她不可谓不努力。"现在已经没有这样的演员啦。"她说。不过，这一次的结果又一次证实，女演员是世界上最被动的职业，不仅受制于金钱，更受制于导演的才华和剪刀。

她也曾经重新燃烧激情，想要塑造一个不朽的女人。有那么一两年的工夫，她在一个叫作"清寡妇"的角色上花费了很多心血。清寡妇是秦始皇一生最爱的女人，当嬴政四面楚歌、需要统一六国而缺乏支持的时候，是她尽遣财力，帮助他完成自己的梦想。这一次，她差一点就成了。剧本已经讨论得差不多，她甚至已经动心，准备为了这个项目出面邀请姜文合作的时候，事情却又一次搁浅。

"这个角色很有趣。一个强大男人的背后一定有一个伟大的女人。这样的女人，就是男人的学校。必定要经历这样的女人，一个男人才能成熟。"她说，"但是后来，剧本改来改去，秦始皇成了主角，那就没意思了。"

一次又一次地，她的角色成为她自我诠释的一部分。从这个意义上来说，她的确是不可多得的好演员。在过去的很多年里，她的情感经历一直扑朔迷离。有时候，她承认说：“我是个给予主义者，我什么都有了，就希望投资《无情的情人》能够成就陈国军，就像我后来投资《阳光灿烂的日子》，希望能够成全姜文的才华一样。”可是，又有的时候，起码在谈起姜文的时候，她要么不置可否，要么表现出不耐烦和欲言又止。

“你总是给予别人，谁来给予你呢？”

“我自己给予自己。”

“这样不辛苦吗？”

“我的人生告诉我，只有自己双手挣来的，才是真正可靠的。”

“有孤独感吗？”

“孤独？什么是孤独？坐牢算不算孤独？我坐牢的时候，同室有一个妓女、一个杀人犯、一个私刻公章团伙。可我不孤独，我反而觉得好奇。如果我早知道是422天，我一定把每一天都当作最后一场演出，好好享受。”

“如果你有女儿，会不会希望她走一条更轻松的路？”

“她的生活，她自己选择。”

10年过去了，刘晓庆和她塑造的传奇命运并未终止。57岁的时候，她结了第四次婚。这个丈夫大她13岁，相识30年，并且是她嫁过的头一个有钱男人。婚礼之前，丈夫在美国的家人为她起了一个英文名字Livia。这是罗马帝国第一个皇后的名字，未来帝国所有的皇帝，都将是她繁衍的子孙。以前，一直是她照顾别人，这一次，据说，新婚丈夫把她照顾得极周到：“衣来伸手饭来张口，就像掉进福窝里一样。”

“这种幸福，跟自我奋斗的幸福相比，哪一个更幸福？”

“他什么都好，就是有点黏人，我宁可自己来。”她笑，“我昨天晚上还问他：你到底喜欢我什么啊？我又不年轻。他说，是你让我起死回生。什么叫起死回生？我也不懂……我认为女人一定要把性和爱分开，我也从不相信世上有永恒的爱情……如果真有，那他就是一个。”

和她一样，他也是一个历经坎坷的人，这让这段婚姻有强烈的归宿感。他们最近一起公开亮相，是在9月初。刘晓庆在尖沙咀的剧场里演出，丈夫送来茂盛的花篮。演出结束，她不记得数花篮有几多个。她像个留恋舞台不走的女神，还在回味已经过去的时刻。

“没有人说话，没有人走动，没有人咳嗽，没有人用手机。好安静啊，掉一根针都能听得见。你会觉得，台下其实没有人。但是当掌声响起来的时候，你就知道，原来是有观众的。”

掌声中，林青霞走上舞台，站到刘晓庆身边。闪光灯明灭，两人微笑，是职业习惯，也是真情流露。时光流逝，林早已退出江湖，她淡扫蛾眉，神情和蔼，有佛相。旁边的刘晓庆呢，比林青霞小一岁，还是穿着戏服，绣着牡丹和飞燕，颜色像烟花一般浓艳。她始终站在那里，汗水浸湿了额头，但她仍未打算卸妆。

田沁鑫说刘晓庆：不黏稠的性感和女演员的尊严

刚开始排《风华绝代》的时候，她可能觉得我比她年纪小很多，肯定不了解她。但其实小时候她的电影我都看过，《火烧圆明园》《垂帘听政》，那真是罕见的大片，印象非常深刻。当年，她是中国电影复兴的一个里程碑，她的电影全部卖座，无一失手。一个这么大牌的明星，有过那么曲折的经历，怎么还能够这么美？我对她有好奇心。

等到戏排了一半，我才觉得：呀，怎么还是个四川姑娘啊。四川姑娘不但泼辣大胆，也比较澄澈，敢说话，不会见官立跪。不管你什么身份地位，她想说的话，就直接说出来，而且语言也是火辣有味道的。她的嗓音条件不是特别好，但是有一种属于自己的独特味道。还有她的笑容和大奔头，很艳，也很媚。

这种女孩子是很带劲儿的。你要跟她分手了，她不会哭天抢地黏着你，她会把自己照顾得很好。虽然她很痛苦，但她不会让别人有后顾之忧，不会给男人惹没必要的麻烦。男孩子会很喜欢这种性感。这种性感不是肉身上的，而是一种劲儿，一种不黏稠的性感。她有不让自己灰暗的能力。不管是经历上，还是情感上，她总能走出灰暗，走向光明。

我在排练场很近距离地观察过她。她也不太施脂粉，挺年轻的。她的心理年龄只有二十六七岁，非常健康。我对她的美也很好奇，为什么她总是很年轻的样子？可能有人会低估她对于美的在意。就是说，会站在比她低的角度看问题，于是非议她对美的维护。她是一个女演员，她自身就是一个艺术品。她对于自己的美，是像宗教一样维护的，带有精神性，让人肃然起敬。

在这个普遍尊严感丧失的时代，她是有职业尊严的。她是少见的刻苦的演员。她剧本要看14遍，永远不迟到，导演一喊停，词不离口，本不离手。有时候，为了让她休息，我说排练的时候也不用老真哭，等真上场的时候再来，也不能老这么用力吧？她说：什么意思啊导演？我不会。她就每一次都来真的，都真哭。现在的女演员可能娇气一些，不想那么吃苦耐劳，就想找个好老公过上好日子。但晓庆姐真是那一代女演员的代表，持久，耐劳，坚持自己，遇到困难打而不倒，这是有时代特点的。

我对她有一种怯怯的欣赏。如果我是个男人的话，像她这样的女人我是懂得的。男人会被她的那个劲儿吸引，但不可持续，送她一程之后，往往就有第二个，像接力棒一样。男人不见得真能接得住她，也就是送她一程。当然我不该这么想，但是，如果说颠倒梦想，我是个男人的话，我起码可以送她一程。

她是一种存在。这种存在代表着中国改革开放30年的烙印，也代表着中国传统女性坚韧不拔的自愈能力。在旧时代，女性可能遇到童养媳问题、男性家庭暴力问题、三妻四妾问题，总之，很多封建阴影。而她遇到的是进监狱的事情。在新的时代，女性的苦难会变化不同的姿态出现，但都需要担待和承受。像刘晓庆这样不愿意灰暗，永远昂扬地面对生活，是很不容易做到的。

像刘晓庆这样的演员，应该有人为她量身打造有风采的女性电影。在法国，伊莎贝尔·于佩尔和她同龄，从少女演到老，一直有女性题材在演绎。法国人比较能够欣赏女性不同时期的美。中国电影才刚刚热起来，题材趋同，也更关注成本回收，就文化投资而言，不够多元。对刘晓庆来说，可惜了。

这应该是2013年中秋前后做的访谈，在北京紫玉山庄的会所餐厅里。

现在回想起来，我印象最深刻的还是她的“亮相”。她从头到脚一身黑，黑皮衣，黑皮裤，黑靴子，靴子过了膝盖，而且是绑腿的款式。

后来我又重看《芙蓉镇》。那是非常好的剧本、非常好的表演。“你脖子没洗啊”“都过去了”，这两句台词真是神来之笔，把隐藏在常态下的癫狂给悄无声息地大卸八块。

在这样好的剧本里，刘晓庆奉献了自己最好的表演。

演员，尤其女演员，真是看命，要碰。碰到好的，棋逢对手，针尖麦芒，才能把自己交出去，彻底释放。

写她，采访这么一次真不够。她是值得用笔跟踪一辈子，一直写到老的那种女人。

秦怡的纸枷锁

有一次和鹦鹉史航吃饭，提到秦怡。他是这么说的——

如果说刘晓庆是个像水龙头一样的女人，无穷无尽，那么秦怡这辈子更像是一块白色的海绵，吸收精华，但也吸纳苦水。她就像《水浒传》里的扈三娘，命运沉浮，成为一名沉默的女杰。

秦怡出生于1922年，比玛丽莲·梦露还要大4岁。梦露去世51年了，她还活着，今年（指2013年）91岁。她的一生，简直是个女性版本的《活着》。

1.

20世纪80年代，中国最走红的女明星是刘晓庆。有一次，她穿一袭露肩绣亮片的长裙参加官方的颁奖晚会，明明风姿绰约，但临出场又怯生生地觉得，老艺术家们都在场，要不要换一件更加稳妥保守的衣裳。

她的朋友劝她说："几十年媳妇才能熬成婆，等你成了婆，就能公开宣称自己为著名艺术家了。至于有没有成就，够不够格，都是次要的。”

最近，刘晓庆在深圳出席一场颁奖典礼，接受黄秋生的恭维：“刘晓庆是我的女神，我还在上学的时候她就已经走红了。”

30年过去，她果然熬成了“婆”——不过现在不兴说“著名艺术家”，要说“女神”。

这一年有点忧伤。2012年，陈强和张瑞芳相继去世。当年的老艺术家还健在且不时露面的，只剩下秦怡一个。

这天晚上，“女神”刘晓庆没能压轴，最后一个出场的是91岁的秦怡。她穿着蓝白相间的裙子和赵本山牵手走红毯，还被法国男演员Jeremy Irons亲吻了脸颊。这是一场堪与好莱坞媲美的盛宴，觥筹交错，灯光闪烁，女明星们也一个比一个大胆，远非当年刘晓庆的诚惶诚恐可及。

时代变了。老艺术家显然不太能够融入这种场面，她身处其中，遥遥相望。谈到献吻的Jeremy Irons，她问：“听说是个外国导演？”她又说：“有的同志非要请我去，推不掉。”事实上，无论“老艺术家”还是“同志”，它们和“秦怡”一样，都是一个已经过去的时代的象征物。

然而，无论是老人自己还是新时代的弄潮儿们，他们都需要秦怡的在场。商人们需要她来烘托气氛、制造话题。她仍然能够满足公众对遥远旧上海的“镀金时代”的想象。她的出现，将被解读为某种复兴的雄心壮志。

91岁的老人则需要证明自己仍然骄傲和有尊严地活着。她的丈夫、儿子和姐妹们都去世了，她独自住在衡山路空荡荡的公寓里，需要有事情来打发寂寞的时光，也需要某种“被需要”的感觉。

实际上，秦怡一生都在“被需要”，被男人需要，被家人需要，被儿子需要，被剧社需要，被党需要。临了，她并不介意再被公关公司和记者们需要。尽管有时抱怨“太忙，太累，我都不想干了”，但秦怡仍然表现出罕见的热忱和生命力。她乐此不疲地飞来飞去，甚至一个月里去三个城市参加活动，中间还穿插各种座谈、采访和会面。空闲下来，她还要看书看报。“最近刚刚学习了习近平同志的讲话，收获很大呀。”她说。

一个礼拜之前，她刚刚飞到北京，客串田壮壮参与导演的电影《王朝的女人·杨贵妃》，扮演虚谷道长。她却不过情面，田壮壮是她的故交于蓝的儿子。但其实，她对田壮壮和他代表的某种新鲜文化感到陌生。“他总是胡子拉碴的。他的电影我也不爱看，看得我想睡觉。”她提到的田壮壮的电影，其实已经是20多年前的事了。

秦怡和她身处的时代是有距离的，但她做出各种努力，想要自己和别人都忘记这一点。她甚至还在写剧本、拉投资，希望有生之年还能再塑造一个经典角色。“我必须工作，要不是工作，我活不到现在。”她说，“我现在还在努力，当然，还能努力多久，也是说不好的事情。但只要还活着，就要努力。”

就在采访快要结束的时候，门铃响了，走进来一位男士。他来自青海，是一位退休的气象局长。他将遵守自己的承诺，帮助秦怡完成她的剧本《青海湖畔》。这是一个“文革”期间的爱情故事，既是时代悲剧，也是爱情悲剧。回望秦怡一生，不知道她的剧本有多少自我诠释的成分，但她无疑把自己所有的人生阅历和技术储备都投注其中，整整捣鼓了30年。

可以说，1983年她的丈夫金焰去世之后，剧本和身患精神病的儿子就是她仅有的寄托。2007年，她的儿子又去世了，剧本的进展对她无疑更加重要了。早些年，秦怡曾说，希望自己来演女主角。现在，其实人人都清楚，这简直不可能。人们会发现，秦怡远非照片和镜头里那么精神饱满，她毕竟是个很老的老人了。有时候，她会听不清沙发对面的客人说话，但她的自尊心很强，也不追问。她会假装自己听懂了，然后开始讲一些完全无关的话，顺便开始下一个话题。

多少年前，夏衍说秦怡，“糊涂又大胆”。当年，她不过16岁，是重庆华艺剧社里最年轻的女演员。如今，年届九十，她竟还如此倔强。不为别的，她确实喜欢这样的自己：历经不堪的命运，遭受欺骗、伤害和挫折，但永远在不屈地奋斗。

时光荏苒，其实已经没有多少年轻人真正记得秦怡扮演过的银幕角色。大半个世纪过去，时代几经更迭，连她的后辈田壮壮都已快要淡出，她曾经扮演的林红、芳林嫂、女篮五号，那更是时代的文物。

但“秦怡”这个名字已经被牢牢记住。作为一名仍在世的女演员，竟然在上海市郊已经有了一座名为“秦怡纪念馆”的建筑。离纪念馆并不太远的地方，有她的“寿穴”。旁边是一座黑色的碑石，那是她的丈夫金焰。墓园周围，还有沈浮、郑正秋、郑小秋、魏鹤龄、张骏祥、桑弧、刘琼，以及阮玲玉和上官云珠的衣冠冢。

百年未至，秦怡却已走上佛龛。她还活着，但这个世界非要像对待一个描金塑像一样对待她。人们同情她的命运，又佩服她的顽强，就像发现了河对岸闪烁的绿灯一样惊奇。

2.

秦怡住在衡山路附近的一栋高层公寓里。这是个老式小区，没有门禁，但是种了很多梧桐和桂花，很安静。

对于“安静”这个东西，91岁的秦怡时常流露出又爱又恨的复杂情绪。每天早上，保姆上门把一天的饭菜准备好，她要么用微波炉热来吃，要么自己下点馄饨，再忙一些的时候，随便啃几块饼干也算一顿。其实，她很少成天待在家里，光是各种社会活动就够她忙的。或者说，在家的时候，其实她哪个角落也不愿意多待。

“我在这个屋子生活了快20年，这个地方没有一块是我爱待的。我儿子死以前，我怕他这样过日子太可怜了，所以就给他买了一个房子。我当时想，我老了，伺候不动了。如果找个人伺候他，那么要有好的条件。钱付好了，房子也交了，儿子没看到就去世了。”

到了秦怡晚年的时候，不劳她动用演技，单凭自己身上的命运感便足以征服观众。她一生有过两段婚姻，但都不幸福。17岁的时候，她嫁给演员陈天国，但对方有严重的酗酒和暴力问题。25岁的时候，她嫁给电影皇帝金焰，但短短7年后便分居。不久以后，金焰常年卧病在床，婚姻有名无实。43岁的时候，她的儿子被检查出精神分裂症，此后，她花了整整42年的时间照料生病的儿子。她曾经在接受一位作家采访时说过，自己一辈子有三大遗憾：没有领略过甜蜜的爱情，儿子生病，以及，没有塑造过一个真正的角色。

秦怡是从大时代走过来的人，吊诡的女性命运并不少见。她在上海长大，从小迷恋电影，奉阮玲玉为偶像。阮玲玉自杀那一年，她才13岁，也跟着在街头掉眼泪。20岁那年，在重庆和她同住的女演员英茵自杀。

“后来想起来，她是在为爱情痛苦。”秦怡回忆说，“她爱上了一个有家庭的男人，又不想伤害别人。她给我看他们的信，都被泪水染得模糊了。她每天晚上不睡，一直抽烟。我问她，她就说，我所经历的痛苦，你一个小姑娘是不会明白的。”

那时候，秦怡刚刚开始自己的前程。她尚未料到，自己未来也会面临类似的感情抉择，并走上和她们完全不同的道路。

秦怡很美，而且她知道自己美。这一点，从她小时候的照片里倒看不大出来，但一旦来到重庆，这一点就得到了所有男性的公认。

有一次，秦怡和剧社的一群朋友去逛公园，所有人站在孔雀面前它都不开屏，只有秦怡站过去，啪，孔雀就开屏了。秦怡从此落下一个外号“孔兄”。后来，吴祖光给她写信，起头总这么叫她。大家还给她起了个英文名字叫Helen，这个名字有宿命感，甚至足以引发战争。

一直到现在，秦怡仍然珍惜自己的美。她家的客厅不大，但两面墙上除了各种奖杯和证书，就是两张大幅的油画，分别是20岁和70岁的秦怡。20岁的时候，她束起卷发，穿着一条宝蓝色的连衣裙，端坐在画家的目光下，双手垂放在膝盖上，显得文静内向。70岁的时候，她的头发剪短了，变黄了，但睨视着观众，仍有她的风采。

在通俗审美中，似乎只有美女才配得上跌宕的命运，如果只是相貌平平，则不值得大惊小怪。40年代的重庆，蒋介石和宋美龄正在发起新生活运动，日本人不时在轰炸，共产党的活动则是一个心照不宣的秘密。在这里，秦怡认识了很多人，后来都成了一代名流：夏衍、阳翰笙、吴祖光、丁聪、金山、翦伯赞、郭沫若……当时的左翼名流经常去一座名为“碧庐”的别墅聚会。别墅主人名叫唐瑜，是个缅甸华侨，家境富裕，喜爱交际。传说，他家里有个金梳子，只要缺钱，掰一根齿子就够用了。这里的聚会，又叫“二流堂”（取“二流子”的反讽之意），所有人在后来“文革”的调查中都将因此蒙难。

秦怡很少去二流堂，但她显然相当受欢迎。多年之后，回忆皆成逸事。

“金山给我写过信，但我发现他还在追求别人，就没理他。后来，他老了以后，还来跟我道歉。”金山，著名演员，后娶张瑞芳，复娶周恩来的义女孙维世，最后又娶了孙维世的妹妹孙维新。

“为了躲避陈天国，我从重庆逃到西康，是唐瑜凌晨接的我。前几年，他快不行了，我去医院看他，他拉着我的手，亲了一口。”

“刚出发的时候，丁聪是跟我一起的。我知道他对我有意思，但我没感觉。”

“到了西康，运送物资的大队长对我也很好。我也对他很好，但是我还有婚姻，所以不可能。”

据吴祖光的前妻、女演员吕恩后来回忆，当年就连赵丹也曾经试着追求过秦怡。当时，赵丹刚刚跟叶露茜分手，和秦怡合拍电影《遥远的爱》。“不过，他每次看见又有小汽车来接秦怡，就很沮丧，觉得自己没希望了。后来，他和黄宗英结婚，我还问他，还想着秦怡吗？他就只是笑。”

因为美貌，秦怡固然一生都受到男性的追逐。在一个连国家命运都不知往何处去的年代，两性关系恰如《倾城之恋》所说，既是迁就，也是成就，你中有我，我中有你。但是，不能因此误解说，秦怡的青春都虚掷在异性中间。恰恰相反，她对于婚姻、爱情和男性的态度既强势，又软弱，极具时代特色。

童年时代，秦怡在上海南市区一个大家庭里长大。秦氏家族是城隍庙老爷的后代，但到了30年代，已经没落。秦怡的父亲是个会计，排行老二，个性软弱；她的母亲则是大户人家出身，相当能干，但在那个年代，她并没有机会通过自己的能力改变命运。后来，秦怡回忆说，自己的性格既像父亲，又像母亲。

“我有我爸爸心软懦弱的一面，要不然，也不会人家说什么我都答应，陈天国逼我结婚，我也答应。其实那时候，我脑子里还是有很多封建思想的。但我又有我妈妈勇敢坚强的一面，遇到什么事情，我都会去面对。我有一点胆子，不然也不会三次出走。”

第一次出走在16岁。秦怡和职业学校的女同学一起离家出走，先到武汉，再到重庆。1938年，抗战已经爆发一年，秦怡的想法和大多数时代青年一样懵懂和坚定：不做亡国奴，要抗战。在少女时期，她经常借大姐的书看。她看过胡愈之的《莫斯科纪事》，知道共产主义大概是怎么回事。她也喜欢《安娜·卡列尼娜》。“我跟大姐说，我们家的大伯父不就跟卡列宁一样，看起来平静，其实很冷酷。这个家待不下去了。”

后来，秦怡一定看过易卜生的话剧《玩偶之家》。在不确定的年代，女性出走之后，往往是下一次出走。她要追求的是事业和能够配合自己的伴侣，而不是一个禁锢人的家庭。在重庆只待了不到两年，她刚刚机缘巧合成为一个小有名声的女演员，还没来得及开窍，就怀孕生女。1940年，为了躲避丈夫的暴力纠缠，秦怡逃往西康。耐人寻味的是，在出发之前，秦怡找了一个人商量，就是夏衍。

“那时候，虽然没有明确说，谁是地下党，也不可能公开谈论这件事情，但我大概知道谁应该是。阳翰老是，夏衍是，金山也是。我去问夏衍，因为他老在报纸上写文章，知道是个领导。他告诉我，如果你能承受后果，就去做。”

一开始，秦怡不喜欢她的原生家庭，于是逃走。后来，她不能接受完全没有感情的婚姻，又一次逃走。如果说第一次逃是受文学的影响，那么第二次出逃的时候，秦怡已经有了朦胧的启蒙意识：党比任何男性都可靠。

几年前，秦怡参加了上海一个名为“克勒门”的沙龙活动。她被引领着，逐一辨认老上海王开照相馆的一些明星照片。她很快认出来，那个穿着飞行员夹克的英俊男人就是她的第二任丈夫金焰，另外一张穿着绣花旗袍的浓妆美女则是周璇。

“老上海的明星，他们比现在的明星时髦多了。”她说，“但我不是。我是在重庆开始演戏的，抗战的时候，饭都吃不饱。我不像他们，没过过什么好日子。”

事实上，秦怡恰如夏衍所说，是个“糊涂胆大”的人。她从东走到西，又从西走到更西边的边陲之地，她并未利用自己的美貌牟利，尽管这看起来应该很容易。出发去西康的时候，她甚至连一件完好的棉衣都没有。身上一件棉袄穿了多年，棉花越来越薄，不足以御寒，最后还是唐瑜送了她一件。

第三次逃亡是胜利大逃亡。1946年，抗战胜利之后，秦怡坐上军需卡车，不眠不休，回到八年未归的上海老家。当时，一群重庆文艺界人士组队前行，作家张恨水是领队。不过，秦怡说，张恨水是个不管事的人，遇到关卡有士兵拦截找麻烦，竟然都是她一个女人上。

“有一次，当兵的倒了一碗酒，说你要是能喝完，我就放行，要是喝不完，你们就别想走了。我一想，不走不行啊。我举起来就干，后来上车一整天都晕乎乎的。”

秦怡性子烈。到了1946年，有这碗酒垫底，她的性情已经呼之欲出。不过，虽然她前半辈子都在逃，可她并不明确知道自己到底要去追求什么。就像很多女明星终生所为一般，是男人和婚姻吗？不是的。

她的原话是：“那时候我刚刚经历过陈天国，什么男人啊，统统不要。我一辈子也不想再结婚了，只想好好演戏。”

一年以后，秦怡嫁给了金焰。

3.

实事求是地说，在重庆时期，秦怡虽然已经和白杨、舒绣文、张瑞芳齐名，有了话剧“四大名旦”的声望，但她要有全国性的知名度，以及开启更独到的演员生涯，还是1949年以后的事。在此之前，她只是上海众多女明星中的一个，到了1959年，她则一人主演了两部国庆十周年献礼片：《林则徐》《青春之歌》。

如果要观察1949年前后中国银幕上女性形象的巨大变化，不妨去秦怡纪念馆转转。在反光的玻璃橱窗里，人们可以看到秦怡在1947年和丈夫金焰共同主演的唯一一部电影《失去的爱情》的剧照。多年以后，导演陈鲤庭曾经打趣说，这个电影名字没起好，男女主角果然失去了他们的爱情。在照片里，秦怡梳着两根马尾辫子，系了蝴蝶结。她的服装则是一件泡泡袖的衬衫，搭配一条束腰伞裙。要到几年以后，这个造型才被奥黛丽·赫本穿红呢。显然，秦怡扮演的是个为情所困的少女。

但到了1950年，在上影厂的第一部电影《农家乐》里，秦怡仍然作为第一女主角出现。这时候，她的外表和气质都有了巨大的变化。她剪了齐刘海的短发，穿着碎花夹袄，扮演一名会拉车运石头的农村妇女。

另外一个标志性的例子是女演员蒋天流。1947年，蒋天流在张爱玲编剧、桑弧导演的《太太万岁》里扮演一位“小资产阶级女性”，她烫头发，穿旗袍，别胸针，既能够照顾好家庭，也能够原谅丈夫的出轨。这就是那个年代女性的典型形象和处境。不过，仅仅在两年多以后，蒋天流的经典形象几乎被焚毁。她在《我们夫妇之间》里的形象完全判若两人，扮演一个梳大辫子、穿罩衫的女劳模。

时代政治的变化不仅影响女演员们的银幕表现，也深刻影响她们的个人生活。对于秦怡来说，一个显而易见的变化是，她和丈夫之间开始疏远。一些以前不曾注意到的差异，随着环境的变化开始浮出水面，并且几乎是不可逆地影响到这段婚姻的质量。

一开始，秦怡对金焰多少抱着偶像崇拜的感情。金焰比她大12岁，早在她还是上学的黄毛丫头的时候，他就已经红遍上海滩。这还不算，当年，她的偶像阮玲玉的几部代表作《野草闲花》《恋爱与义务》《一剪梅》，男主角全都是金焰。另外，金焰是抗战爆发之前的电影明星，他身上有镀金时代的做派，会养花、打猎、养狗、做模型，还会开飞机。他能够满足秦怡对于另外一种生活情调的想象。

1949年以后，这种情调很快成了批判的对象。当秦怡在全国的农村外景地奔波，忙着扮演自己原本并不了解的劳动妇女时，她的丈夫正在为一个过去的时代哀悼。秦怡无法拒绝这些机会，也并不能够理解自己的丈夫。

“人家批判他养花养狗是资产阶级情调。我就劝他，那就不要养了嘛。他说，想不通，为什么不能养？”

夫妻二人在时代洪流和性情差异中渐行渐远。在关于秦金二人的不少传记里，都提到说，在50年代初期，金焰曾经和一位女演员有过婚外恋情。这段感情最后不了了之。秦怡并未像当年那位英茵一样选择自毁，也未像英茵的情敌一样煞费苦心多有寄托。最后，她和丈夫选择不离婚，但是分居。这时候，他们结婚正好七年。

“我提过离婚。”秦怡说，“但他不同意。他说没有爱情还有亲情，而且还有儿子。再说，还要考虑到组织上的影响。”

现在回头来看，秦怡在这段婚姻里始终是压抑的。在她的回忆文章《金焰与我二三事》里，她提到过，早在二人约会的时候，就连秦怡看电影迟到了五分钟，金焰都要大发雷霆。交往一阵之后，金焰迟迟没有求婚，后来秦怡才知道，当时金焰正在等待好莱坞的一个片约，如果能成，他就去美国，最后没成，于是他俩才结的婚。

这是金焰第二次婚姻，这时候，他才刚离婚一年。即便在婚后，他们的生活里仍然能够看到金焰前妻王人美的影子。新婚第三天，夫妇二人去朋友家做客，金焰就因为有人提到了王人美拂袖而去，一夜未归。秦怡在饭店的阳台上等了他一夜，天亮的时候，丈夫回来了，抚着她的肩膀，跟她道歉。

“他深情地看看我，这以前和这以后都没有再这样看过我。跟我说他错了，错了，他痛恨自己会这样伤害我。也许就因为他这一次认错，才使我们以后共同生活了37年。”

37年后，1983年12月27日，金焰在上海去世。秦怡从《雷雨》的片场赶回医院，在病床边站了整整31个小时。她记得，金焰临死前眼眶充满泪水，眼睛一直没有离开过她。

30多年过去了，丧夫之痛已经变得麻木。现在谈起自己的丈夫，秦怡觉得是很遥远的事情，倒不如谈儿子来得话多。如果说，秦怡在婚姻生活里还说不清楚是因为爱在包容，还是因为责任在隐忍，那么在亲子关系上，她更像是在赎罪。很多年以后，秦怡曾经对媒体说，她近年最喜欢的外国电影是《赎罪》，这同样是一个大时代下悲欢离合、得而复失的故事。

1960年到1963年，这是秦怡最苗条、最意气风发的时期。这几年里，她拍了《摩雅傣》和《北国江南》，从西双版纳一直到张北，她把自己的大部分时间都花在外景地里。身为上影厂职工，她的每一部电影都是政治任务，但这可能也是她对婚姻生活的一种逃避。历经沧桑，很难说她对丈夫还有多少男女之爱。即便在刚结婚那几年，她回忆说，只要是王人美来他们家，金焰就和前妻去小房间谈心，她则自觉出门办事（注：王人美和金焰离异之后嫁给了叶浅予）。

“你不嫉妒吗？”

“一点也不。”

“你对他没有强烈的爱吗？”

“我这一辈子，好像从来没有对哪个男人有过多么强烈的感情。我儿子说我，两句话，总是工作啊工作啊，总是算了啊算了啊。”

如果一直这样下去，虽然没有完美的爱情，但秦怡至少有机会成为她梦寐以求的人物。

小时候，秦怡最崇拜的就是中学的女校长。“我觉得她们真厉害，又会外文，又会办事，人人都服气，走出去没一个不尊重她们的。”她说，“我呢，幸好我去了重庆，如果不离家出走，留在上海也不见得能找到工作。你看我二姐，她后来不还是靠我养吗？”

多年来，秦怡亦算功成名就。她拥有被组织承认的响亮名声，也时常在各种场合以高亢的语气对这种力量深表赞同。不过，除了老艺术家秦怡（这个身份）之外，作为一个娜拉时代走出来的女性，她的命运似乎带有某种懵懂和摇摆的女权色彩。在家庭和事业、责任和个人之间的自我压抑和互相撕扯，使得秦怡这个人物拥有了美貌和性情之外的一种并不彻底的现代性。

母亲的悲剧往往也是时代的悲剧。1964年，秦怡因为《北国江南》被批判。第二年，儿子被检查出患有精神分裂症。秦怡还记得，发病之前，儿子有一次拿着《资本论》问她：社会主义按劳分配，共产主义按需分配，那到底还有没有剩余价值啊？事实上，儿子金捷从小就内向敏感，现在看来，应该是有一些青春期抑郁症的症状。不过，金焰长期卧病，秦怡常年在外拍戏，夫妻关系又降至冰点，很难说对儿子有多么细致的关怀。

对于儿子，哪怕在半个世纪之后，秦怡仍然有强烈的负罪感。

“从此，我熄灭了自己所有的欲望。”她说。

听一个90多岁的老人坐在你面前讲这样的话，老实说，叫人很恍惚。

在接下来的40多年里，秦怡一直以一个忍辱负重的母亲形象出现。儿子发起病来要打人，她只能蜷缩着挨打，并哀告说，不要打妈妈的脸，妈妈明天还要拍戏。儿子年纪渐长，她为他的将来担心，又机缘巧合地被人拉去开了个影视公司，挂了个董事长的名，不过想要多攒下一些钱。她为儿子新买了一间公寓，希望他将来老了能去住。还没等到住进去，儿子就去世了。这一年，秦怡85岁。老年丧子，她手头还剩20万现金，全部捐给了汶川地震灾区。后来，她自己也承认：“儿子去世后，我几乎不能活下去。”

儿子是她的美，也是她的罪；是她的负担，也是她的寄托。现在，秦怡仍然住在和儿子一起生活过的房子里。在当眼的地方，供着儿子的大幅遗像，被鲜花簇拥，成为一个小小祭坛。

这个91岁的老人就生活在这个祭坛里。她变得很情绪化。有时候，晚上和老朋友吃完饭回家，她心情很好，又度过了充实的一天。有时候，想到隔天一堆事情要忙，她又深感烦躁。还有时候，她坐在客厅的沙发上，隐约觉得，儿子是不是来过了，要跟她说话。

有记者问她：“这房子有哪个地方是你特别愿意待的？”

她回答说：“这房子住了20多年，没有一个地方是我愿意待的……我现在老了，有时也会想：我这一生要死了，爱情什么都没有，人家还羡慕死我了，好像我多不得了似的，我却什么感觉都没有，忙忙叨叨就老了，没想到这么快就90多岁了，竟然没什么好的回忆。”

秦怡伤感的时刻不多见。大部分时候，她对于自己的处境心知肚明。就算心里再波涛翻滚，她也要敬业地走上供台，扮演那个完美的角色。不过，这种伤感仍然会被诗化，这跟女主角40多年来被神化几乎是种互文。去年，好友白桦在她90岁大寿时送给她一首诗，有一句让秦怡反复回味：“你的那些曾经的爱都到哪儿去了……是啊，我也不知道哪儿去了，我糊里糊涂就活到90岁了。”

我问秦怡，这辈子最幸福的是什么时候。她说，当然是现在，永远是现在。但她又说，当年为了躲前夫逃到西康那几个月，也很幸福。

“那儿有一大片一大片的鸦片花，颜色鲜艳，特别好看。我洗完头发，就跑到花田里唱歌跳舞，像疯子一样。你知道当一个人完全解放了，是什么感觉？就是这种感觉。那才是我，那才是秦怡。”

当一个人活到91岁的年纪，免不了就会经常被问到这样的问题。秦怡也习惯了。不久以前，她去电视台录一个访谈节目。女主持人又这么问她：你幸福吗？她只好说：幸福谈不上，但是值得。其实，下了节目，她一直在想一个问题：为什么摄影棚最好的光都打在女主持人身上，我的灯光就恨不得都到摄影棚外头了？

真是沧海横流，方显女演员本色。顺便说一句，上海城隍庙因秦怡先祖而起，然而沧海横流，如今供奉的却另有其人。这就是说，城隍庙里并没有那么一个原装的城隍老爷。

一个女人，到了90岁之后，是怎样生活的？

2013年春天，我开始联系她。在电话里，我能感受到她的起伏。

有时候，她会非常详细地告诉我，今天出门了，和哪个老朋友的女儿吃了饭，聊了什么，然后很愉快地答应见面。

有时候，她的语气充满厌倦，甚至隐隐有怒意。这一丝怒意，不是对我，而是对这漫长的生活的空白。

总之，我们还是见面了。那是衡山路的一处老式小区，客厅里有儿子的遗像，还有周恩来的照片。临走的时候，摄影师找了一把扫帚，帮她里里外外地扫了一遍。

也许可以把她的故事当做另一个版本的《每个女人心里都卧虎藏龙》来看。一个女人要蹚过这样悠长历史的河流，要么无情，要么情窦未开——她是后面一种。

李娜：盔甲和软肋

1. 她有盔甲，没必要哭

在拿到人生的第二个大满贯冠军之后，李娜为自己购买了一件昂贵的礼物：一只大象灰色的BIRKIN 35。

如今，这只皮包成为她随身行李的一部分。她拎着它回到家乡武汉过春节，然后去美国加州打了两站巡回赛，又在德国慕尼黑检查过膝盖旧患。最后，她暂时结束漫长的旅行，回到了北京。

“我争取要在这两周里再瘦上两三斤。”她坐在镜子前面，对自己说。

皮包放在客厅的单人沙发上，它不过是个沉默的象征物。这一次，李娜不但有好心情，也打算更加克制地面对成功——尽管有时克制不住——她笑了：“我打好以后，多少人得激动呀。”

这话耐人寻味，但李娜有理由感到得意。她在罗德·拉沃尔球场以7–6/6–0的比分力克捷克选手齐布尔科娃，成为2014年澳网女单冠军。这是她四年中第三次打入这项赛事的决赛，也是她收获的第二个大满贯头衔。

李娜又一次创造了历史。

和2011年法网夺冠的狂喜相比，这一次，李娜显得更加镇定。她甚至有点儿过于冷静了。站在场地中央接受观众欢呼的时候，李娜有一个快哭出来的表情，但很快被她控制住了。

颁奖仪式开始之前，有那么几分钟，她一个人坐在球场边的椅子上，看着脚下的硬地，面无表情，一言不发。

那一刻，李娜坐着，汗水，43摄氏度高温，她比任何时候都更加体会到网球带来的孤独。

她说："真的，在网前和对手握完手以后，其实夺冠的喜悦就已经结束了。"

两年半以前，当她在巴黎首次夺得大满贯的时候，55岁的纳芙拉蒂诺娃去球员休息室找她，对她说："我是过来人，我现在告诉你，此刻起你要学会说不。因为现在所有人都想要你，你要选择适合你自己的，你要给自己营造一个保护圈。"

成功来得如此迅速，李娜根本没有做好准备。

"拿完法网以后，我整个人是茫然的。没有人告诉我应该怎么做。当纳芙拉蒂诺娃告诉我要学会说不的时候，我也根本理解不了——我为什么要说呀。如果你没有经历过一些事情，你永远也理解不了。"

2011年法网夺冠之后，李娜一度在名利、非议和挫折中陷入了混沌的内心世界。这是一份叫人心灰意冷的成绩单：在当年接下来的全部赛事中，她都早早出局。隔年除夕，她接连错过四个赛点，澳网八强不入。四个月后，法网第四轮连输十局。转战草地，温网止步第二轮。及至2012年夏天，伦敦奥运会首轮即遭淘汰。

至此，李娜俨然已经抵达旋涡的最中央。年轻人继续支持她，将她视为个体自由的化身，但也难免为她的竞技状态感到担忧；另外一部分人则质疑她，很快，开始有媒体以整版篇幅讨论泛政治话题——“李娜奥运一轮游是不是不爱国”。

对于成功带来的一系列争议，李娜并无心理准备。她因此产生了很多心理波动，这些心理波动又直接反映到赛场表现上，如此往复，形成一个恶性循环。

状态最糟糕的时候，李娜曾经把微博关注名单上和网球相关的联系人全部删除，其中包括WTA[1]的官方账号。

几年之后，李娜已经退役，有了美满的家庭生活。现在，我们可以讨论一些在当时可能会为她招致更多争议的话题。某种程度上说，李娜的强大和脆弱，既是她身为顶级运动明星的魅力之源，也是这一代中国年轻人成长的象征——

他们的父母是50后，对于集体主义和物质匮乏的记忆，必然对她的童年生活有影响，这是与生俱来的不安全感；在她的青春期，又开始面对开放、自由和市场化的90年代。因此，这代人像是在荡秋千。他们既有个体意识，又担心因为跟别人不一样而招致各种未知的麻烦。他们既渴望成功，又害怕因此对别人造成伤害。他们希望活得自由，但其实并不明确知道如何和自由相处，因为以前没人教过这个。

1982年，李娜出生在中国内陆城市的一个城市平民家庭，父母都是普通职员。她的童年堪称严酷。她从小在体工大队的教育系统里长大，绝大部分的成长时间都花在了训练和比赛上。这就是说，她不

1. WTA：国际女子网球协会 Women's Tennis Association 的英文缩写。

仅没有普通孩子调皮玩乐的时光，就连和父母相聚，也是奢侈的享受。她是一名注定要“为国争光”的天才少女。

在纯粹和严酷的环境下长大，李娜性格单纯。当舆论压力汹涌而来，她并没有能力分辨自己在复杂局面中的角色。有时候，她一再慌乱地强调说，我只是个打网球的。有时候，她又慌乱地发脾气，要求提问的人闭嘴。但越是这样，她就越是发现，某些标签一旦贴上，想要撤下也是徒劳。

这时候，李娜接触竞技体育已经21年了。常年的兢兢业业让她成为一个极富责任感的球员，不会耍小聪明。她能够保证每周训练六天，但只有跟最亲近的朋友她才会承认，她的动力不是赢得比赛，而是每逢周末的轻松聚餐。至于踏上赛场之后的状况，她根本不想面对。

“我只想快点结束比赛。”她说。

她巴不得逃走，忘掉网球。

《体育画报》主笔胡金一曾经在2011年下半年采访过李娜。她回忆说：“那是她最不好的时候，很没自信，很焦虑。人在没自信的时候，会给自己留后路，说话不会说死，打球也不会打死。说话无可厚非，但打球一旦打不死，无异于将机会拱手让人。”

即便时过境迁，回想起那段时光，李娜的脑海里仍然“完全一片黑暗”。

“本来状态就不好，再加上一些大肆渲染的报道，我第一次感到，口水真的可以淹死人。我都不知道如果这样的事情再发生，我有没有勇气走到今天。那半年，只要不训练，我就会很开心，但每天又不得不训练……我崩溃过。”

穿白衬衣的WTA工作人员走过来，拿着一份赛会文件请李娜签字。她的思索被打断了。毕竟是即将加冕的冠军，她必须完成接下来的一切。她往球员包厢里看了一眼，那儿有她熟悉的伙伴：姜山、卡洛斯、Alex、石玲……只要想到跟他们共同经历的岁月，有那么一小会儿，李娜的眼泪涌了出来，但她立刻背对镜头告诉自己，没必要哭。

李娜吸了一口气，生生把眼泪憋了回去。接下来，她虽然笑容满面，但她生活在一般人无法想象的另外一个世界里。她有盔甲，她宁可看起来僵硬一些，也不愿在陌生人面前哭泣。

她在训练自己，好像只要控制住自己的情绪，就能控制住自己的命运。

2. 姜山阳气盛，连鬼都怕他

2012年6月，李娜决定更换教练。她给美国的经纪人写了一封邮件，对方推荐给她一份两人名单：一个是德国教练，另一个则是阿根廷人卡洛斯·罗德里格斯。后者是海宁的教练，曾经带领弟子拿过七个大满贯，连续117周排名世界第一。

李娜指着卡洛斯的名字，说：“就他了。”

2011年美网结束之后，李娜结束了和丹麦教练莫滕森的合作。她需要一位更加严厉、能够带领她重回巅峰的导师，而不是一位好好先生。

接替莫滕森的是李娜的丈夫姜山。尽管这对夫妻相知多年，有旁人难以比拟的默契，但接下来的大半年仍然处于胶着状态，被朋友们形容为“一段崩溃的经历”。

这是一段起于崇拜、充满张力的欢喜冤家式的夫妻关系。在公众眼中，姜山总是充当李娜沉默的出气筒和欢快的啦啦队，但在朋友们看来，生活中的李娜完全是个小女人，甚至对姜山有些不愿意承认的崇拜。李娜总是说，30岁之前我挣钱，以后退役了就做家庭主妇——这是她的真切愿望。

在朋友圈里，姜山被普遍认为是个强势的人。直至今日，在筋疲力尽的训练结束之后，衣服也是李娜来洗。平时，姜山很少在朋友面前夸奖自己的妻子。如果哪一天他说李娜穿得好看，所有人都会觉得，嗯，那一定是真好看。逛街的时候，哪怕一双鞋，只要姜山说不好看，李娜就不会买。

在运动员的社交圈里，姜山的知识结构经常叫大家吃惊。在众人眼里，他好像什么书都看，几乎没有他不懂的。平时友人聚会，往往是一桌子人听他一个人侃侃而谈。

有一次，在马德里的比赛间隙，他和一位资深记者谈论起中国经济软着陆的话题，叫人大感意外。

所有人都好奇，李娜靠吼姜山来发泄情绪，姜山靠什么发泄情绪？姜山是个理性的人，他有一个稳定的精神世界，完全有能力自我调整。

这么多年，就连最亲密的友人也从未见他失态过，最多，他只是在妻子情绪激动时躲到角落里待一会儿。有时候，李娜会开玩笑说：“姜山阳气盛，连鬼都怕他。”

在李娜情绪低落、信念动摇的时刻，姜山都在李娜的身边。很多人会拿“李娜吼姜山”这件事情开玩笑，但几乎所有人都能够认同一个事实：如果没有姜山，李娜根本不可能走到今天。

其中一个重要的原因在于，网球是一项孤独的运动，姜山不但能够始终不渝地陪伴，保持稳定、乐观的情绪，带动气氛，而且能够给予这个女人欣赏、理解和激励——他似乎比李娜自己更知道她好在哪儿。

十年前，李娜刚刚复出的时候，所有人都觉得，能打进前100就不错了，唯独姜山说，不进前十干吗复出？后来，李娜正式“单飞”，朋友们又觉得说，只要成绩稳定在前50，挣点奖金就挺好，但姜山又反复说，不拿大满贯打着有什么意思？

此言一出，李娜的反应是：你神经病吧？不过，姜山这些话，李娜很上得了心。她是一个容易被自己信任的人影响的人。

姜山总是表现得很自信，李娜也信任丈夫的眼光和主见。不过，当丈夫和教练的角色混为一谈，很显然，这不是一种健康的工作模式。更何况，有专业人士评论说，李娜作为球员，排名世界前十，而姜山作为教练，实力大约是世界前一百。

一位朋友说：“姜山的教练风格是，他不太去了解你内心想要什么，他会一直把他想要的灌输给你。他会说，李娜你必须把这个球打上去，她说我真的打不到，他说你今天必须打到。他没办法缓解她的压力，给她的压力倒是越来越大。而且她得不到鼓励，有时候，李娜觉得我这场球打得还不错，他就会说，你还差远了。他永远给她指出前面的路，她则觉得自己怎么做也达不到他的要求，特别气馁。”

“女强男弱”的处境在中国尤其微妙。身为妻子，李娜得小心翼翼地维护丈夫的职业自尊心。身为球员，她又得对运动成绩负责。毕竟，输了球大家骂的还是李娜。

正是卡洛斯的到来解放了姜山。卡洛斯成为一个团队的战略核心，而姜山则扮演着精神支柱的角色。李娜一如既往地依赖丈夫的陪伴，一度姜山需要飞回武汉装修房子，但李娜很快就给他打电话说，你回来吧，不然我练不下去了。

卡洛斯的训练方案有的放矢，旨在帮助李娜在年龄变大、体能下降的状态中还能赢球，并且再攀高峰。为了让李娜在赛季后半程仍然保持充沛的体力，李娜原本十分厌恶的体能训练得到了空前重视。原本只做三组的技术动作要做八组。卡洛斯试图调整李娜的发球动作，球抛得更高，手臂的动作也更多。他鼓励李娜打出更多的上旋球，以便有更多的时间阅读比赛、做出反应。

最终，这一切都是为了帮助李娜适应发球上网的新打法——李娜的底线技术已经天下无敌，要想更进一步，只能在网前下功夫。

一位老队友评价说："对李娜来说，这样的打法改变很不容易。因为她要克服自己本能的恐惧：她害怕上网，没有自信，上去就是送死。但要更进一步，这个改变又是必须的。

"你们看起来，改变的只是一点点，但对于她的对手来说，压力大大增加。以前李娜打五把对方都回过来，等到打第六把的时候，李娜就失误了。现在李娜打到第四把的时候，还没等失误，就上网进攻了。以前，像拉德万斯卡这样防守好的球员，只要等着李娜失误就好了。现在，她会有点怵，因为底线打不死你，还要防着你上网——当然，你得上得好才行。"

说到拉德万斯卡，没错，一年之后，她俩在温网的1/4决赛中相遇。最终李娜虽然输掉比赛，不过，一个惊人的数据是，这位终其一生都在底线打球的选手，全场上网次数竟然多达70余次——比以往七场比赛还多。

“我们行内人管这个叫Good Try。”前国家队主教练王良佐说，“有意识的失误好过无意识的成功。”

3. 卡洛斯，温柔的虐待狂

成功来得太早了，叫人始料不及。

和卡洛斯合作才刚不到一个礼拜，李娜就拿到了辛辛那提公开赛的冠军——这是她15个月以来的第一个冠军头衔。与其说是卡洛斯的神奇改变了李娜，不如说是卡洛斯的出现昭示着李娜自我进化的强大信念：到了这个岁数，要打就要争取打得更好，否则不如不打。

决赛中，李娜申请教练入场指导。这一次，我们没有听到那句湖北口音的“闭嘴！”，也没有看到姜山蹲在地上苦口婆心的囧样。坐在卡洛斯的身边，李娜上身微倾，眼神专注，配合着对方的说话节奏频频点头。她的肢体语言透露着一种角色转变——这是一个纯粹作为球员而非妻子的李娜，因为坐在她身边的是一个纯粹的教练，而不是她的丈夫。

李娜终于找到了最适合她的团队和工作模式。她是如此幸运，而她身边的这两位男人是如此的不同。

姜山天生佛相，性格外向活泼，他是李娜的开心果和避风港。卡洛斯虽然是个褐色皮肤的南美人，却显得更加温柔内敛。不过，他的训练方法相当强硬。要知道，卡洛斯是圈内著名的魔鬼教练。

早年间，格拉芙曾经在观看了他和海宁的一堂训练课之后说：这是个疯子。他能够把身高一米六五的海宁训练到打小威[1]都不怵的水准，其疯狂程度可见一斑。

2012年冬天，石玲曾经旁观过卡洛斯带李娜的第一次冬训。

“她先是围着场地跑了很多很多圈，然后又开始做100米、200米的冲刺练习。每一次做完之后，卡洛斯都会说，来，我们再做最后一次好不好？她就这样越做越多，越来越接近极限。而且我后来才知道，这根本不是体能训练，不过是恢复训练而已。”

这样的训练让李娜的身体饱受折磨。她抱怨说，每天训练结束之后都需要进行90分钟的按摩才能消除疲劳。而这种按摩也完全谈不上是享受，因为它只会提醒你每一块肌肉有多么酸疼。

她告诉朋友，有时候她的膝盖连蹲马桶都很困难，而一旦蹲下去了，要想站起来也是一样难。

李娜需要这样的折磨。她已经30岁了，过去长达一年的低潮让人发疯，如今她得抓紧时间，不顾一切，渴望有所改变。

“如果不能改变，你还有欲望继续打下去吗？”

“没有。”她说，“我就是想给自己机会，保持专注度，看看还可以提高多少。”

卡洛斯是位温柔的“虐待狂”。他一次又一次地在魔鬼训练中把李娜逼近极限，但又耐心地去了解运动员的内心世界。

---

1. 小威：塞雷娜·威廉姆斯的昵称，史上最伟大的女子网球运动员之一，以不逊于男运动员的力量和发球著称。在她的全盛时期，一度几乎是其他所有一流女选手的噩梦。

网球是项个人运动，高手相遇，关键时刻往往是单枪匹马的终极对决，如果在最后一瞬间，你内心深处的情感是怨恨，那么很难指望赢得比赛。

卡洛斯看到了李娜隐秘的愤怒和恨。在了解了李娜的童年经历之后，卡洛斯希望她更加放松。他建议她回一趟武汉老家，拜访自己的启蒙教练余丽桥。

一般来说，在采访和演讲中李娜都尽量避免提及这位教练的名字。另外一个被拒绝谈论的名字，是李娜早逝的父亲。教练意味着被呵斥、不快乐的童年，父亲则意味着永远无法弥补的孤独。这两个人，是李娜心底始终难以愈合的创痛。卡洛斯怀疑，童年不愉快的运动体验就是折磨李娜，让她不能够真正相信自己的源头。

他告诉她："这件事情对你的影响，可能远远超过你自己的想象，你必须要去解决。不是为我，也不是为这个团队，你要为你自己解决。"

李娜和余教练已经多年没有联系了。她的第一反应不是抗拒，而是惧怕。

"我特别害怕面对我的教练。"她说，"我属于那种遇到什么事情第一反应是逃避的人，我不想面对。但我又觉得，逃避不能解决问题。我可以不去做，回头他问起来，我骗他说我去过了。但是，我可以欺骗别人，却不能欺骗自己的感受。卡洛斯特别能看穿我的底线，他说我什么都在点子上。"

今天看来，中国体校教育是集体主义观念的登峰造极之作。它模仿苏联的大一统方式，对人进行标准化的训练和管理，以求节省时间，提高效率，获得成功。在相当长的时间里，举国体制的体育是成功的，大量奖牌可以说明这一点。不过，许多运动员的青春、自由和尊严被牺牲掉了。

毫无疑问，李娜是其中的一员。如今，她虽然已经离开体制，获得了纯粹个人的成功，但她摆脱不了过去，那已经是她身体和记忆的一部分。至于这位名叫余丽桥的老教练，她为人正直、脾气暴躁，是一位严格遵照集体荣誉行事，甚至有宗教意识的人。在李娜的记忆里，她其实就是被人格化了的集体生活。

三天以后，李娜长途跋涉，完成了这次旅行。她在武汉一片网球场边找到了余教练，告诉她："我希望跟您聊聊，关于原来您执教的一些事。"

这次交谈持续了15~20分钟，一旦开口，并没有李娜想象的那么艰难。

"我告诉她，你伤害过15岁的李娜。作为女人，我能够理解她。[1]作为球员，我却不能。"

这是一次爱与恨、救赎与和解之旅，也是李娜职业生涯的一个重要仪式，其重要程度甚至不亚于那些大满贯的颁奖仪式。

这样的时刻令人动容。因为人们又一次意识到，一个人把自己的事业推向极致的过程，同时也是他不断回到自我的过程。

四月的周末，清晨阳光正好。头一天晚上，李娜刚刚在这间酒店

---

1. 作者注：这句话因为缺少上下文，显得略为突兀，不容易理解。实际上，李娜是在非常克制地表达一种微妙情绪：作为女人，她能够理解余教练在生活压力下难以控制自己的痛苦；但是作为球员，她还是因为当年的那些打压而影响了自信，内心受到了伤害。

公寓里安顿下来。

她是一名行色匆匆的旅行家，房间里到处都是她运动生涯的痕迹。餐桌上摆着蛋白粉冲剂、药片、曲奇和早餐咖啡，箱子里有一包包没来得及拆封的运动袜。这是一套舒适的两室一厅，她将在这里休整两个礼拜，完成赞助商的合同。

在一辆行驶的汽车后座上，我问她：

“你对网球还有饥饿感吗？”

“当然。”她说，“否则我就不打了。”

李娜比谁都清楚，每个运动员都有退役的一天。她已经在面对自己职业生涯的倒计时。

“运动员都有退役的一天，我希望自己退役以后，不会哪怕有一点点后悔地说：如果那时候我再尽力一点，可能会不一样。我不希望这样的事情发生在我身上。”

这天下午，姜山就要飞来北京陪伴他的妻子。闲暇时光，他们讨论过，将来要生一个儿子，再生一个女儿。“我希望他们从小就有自由选择的权利——而我太少。”

文章一开头提到的那只大象灰色的BIRKIN，是第一样映入眼帘的东西。

2014年3月，我在北京见到澳网夺冠归来的李娜。一次在酒店套房里，我看着她化妆；一次在摄影棚里，我看着她拍照。

她是中国乃至全亚洲有史以来最伟大的网球运动员。不说绝后，空前是肯定的。要有下一个李娜，可能还要再等很多年。

这是一个人如何从过去而不是未来得到疗愈，从内心生活而不是外部成就得到疗愈，接受孤独是自己生命一部分的故事。

当时我们见面，她有很多对陌生人和媒体的戒备。这不是傲慢，是受过伤害之后本能的自我保护。现在回头看，相信她也会有俱往矣之感。

邹市明：金牌起了毛球

有一次，我带了一本《李小龙传》去见邹市明。那一年，他34岁，是唯一拿过奥运金牌的中国拳击手——而且不是一块，是两块。这还不够，他还要挑战自己，在美国拳坛打出一片天地。

我把那本书送给他，其实是想问他一个问题："李小龙能得到美国人的认同，不只因为他能打。他在华盛顿大学上过哲学课，有他的武术哲学。你有你的拳击哲学吗？"

邹市明一愣。他试着回答我的问题，但他不太会说话，最后却给我讲了两个故事。

他还没出名的时候，有一次上台打拳，和一个南美人打。两人心照不宣，游龙戏凤，谁也不肯第一个出招。虚晃一招，浅尝辄止，你不出手，我也乐得绕圈子。

对方是一个比邹市明更加年轻的人，熬到比赛快结束的时候，他忍耐不住了。邹市明瞅准机会，一拳打中他的肋骨。

其实，这一拳不重，只要他继续闪避，便没事。但年轻人血气方刚，岂能受辱？

南美人的第一反应就是还击。还没看明白对手的空当，他就凭着一股子刚猛劲打过来。

“打拳要有城府。人家用招数逗你，你要是连这点气都沉不住，立刻就要还手，那么，在这种情绪下面，等于把自己的弱点敞开给对方看。”

南美人输了。

另外一个故事发生在最近。邹市明每天都在洛杉矶的一家拳馆练习。陪练是一位前职业冠军，拿过两条金腰带，可是他已经40岁了，状态下滑，又刚刚有了孩子，生活负担很重。没有比赛，就没有收入，他只好靠陪练来补贴家用。

有一天上午，邹市明和他做对抗练习，被一拳打到左眼，旧患复发。在邹市明的职业生涯里，这样的情形曾经发生过无数次。每一次，只要他闭一会儿眼，缓一缓，再睁开眼睛的时候，画面就能恢复正常。

可是这一次，陪练下手确实狠了，邹市明好几次闭眼，又好几次睁眼，眼前还是一片模模糊糊、影影绰绰。两个拳台，两个对手，四只手，无数根拳绳。

邹市明慌了，一个人退到拳台角落，背对所有人。

“那一刻，我不知道我脸上是汗还是泪。我这个岁数，曾经无数次想过，我会在哪个时刻退役。我想，如果这就是我退役的那一刻，我会怎么样？”

几秒钟之后，他转身，继续练习。

“那天打完之后，没人知道发生了什么。我还是跟他一起换衣服，一起说笑话。拳手没有恩怨。他如果不够狠，下次我就可能在台上被打。”

他还是非常努力地想要回答我的问题："如果说拳击有哲学，我的哲学就是，拳击是一项绅士运动。什么叫绅士？绅士就是，有城府，无恩怨。"

最后，他告诉我，那两块奥运金牌放在家里的保险箱里，有一次拿出来看，带子已经起了毛球。

1.

邹市明是个小个子，但他喜欢把自己打扮得酷酷的。黑色皮夹克，黑色紧身牛仔裤，黑色闪金边的球鞋。不说话的时候，他很严肃，但一说话就笑，腼腆极了。

老实说，他看起来像是个涉世未深的男孩演唱团体成员。

不论是光着一半脑袋的摄影师，还是五大三粗的摄影助理，甚至留着络腮胡子的服装编辑，哪个都比他更像拳击手。

这位不像拳击手的拳击手，正盘起一条腿，试图把自己陷进房间里唯一的沙发。这样一来，他受过伤的腰能感觉好一点儿。

拳击手是个有悲剧色彩的职业。不过，作为这个国家有史以来最伟大的拳击手、两届奥运金牌获得者，邹市明却是个快活的人。18天前，他刚刚拿下转战职业拳坛的六连胜。这是他在将近两年的职业拳击生涯中，第一次打满12回合。为了庆祝这次来之不易的胜利，邹市明为自己购买了一份昂贵的礼物：一副价值16000元人民币的墨镜。

"我媳妇儿说，啊，这么贵啊。"他从黑色的盒子里掏出黑色的墨镜，戴上，照了照镜子，"我说，我的眼睛已经受了这么多苦了，找个好东西保护起来嘛。”

伤口仍未痊愈。左眼一片瘀青，只能睁开一半，已经不疼了，但缝了三针的地方，还有半个月才能拆线。线头边上，有一块浅浅的印子，那是他人生的第一块伤疤，小时候被女孩儿抓的。

“我感觉我太对不起这半边了。”他取下墨镜，笑了，“受伤全在这边。”

澳门威尼斯人酒店，金光决赛，已至尾声。拳台就像一块越烧越烫的烙铁，烙铁上的两个男人，叫人揪心。邹市明放低重心，移动步伐。突然，对手打出了一记凶狠的右勾拳，正中邹市明的左脸。有那么一秒钟，他的整个头颅都几乎跟着一块甩了出去。

“这是你被打得最惨的一次吗？”

“是。上一场比赛，我把那个哥伦比亚人打开了花，我还在想，不知道哪一天会轮到我。结果，真的下一场就被打成了这样。拳赛就是这样，出来混，肯定要还的。这就是一个江湖，一个人生。”

瞬间，邹市明的左眼肿成了一个紫色的馒头，只剩下一条线。

“视线很模糊。但我们打拳靠感觉，闭着眼睛都可以打。”

邹市明和泰国人挤在拳台一角，顶着头，抱作一团。几分钟后，裁判把他们分开，举起了邹市明的右手，宣布他以点数获胜。粉丝和记者一拥而上，他肿着脸，流着血，笑了，对镜头喊了一句夹生的英语：Baby, thank you.

还不到扬眉吐气的时刻，但这场比赛过后，邹市明总算可以发泄一下了。整整17个月过去了，他的职业化努力始终没有得到业界的彻底认可。就在他刚刚比赛的时候，一群职业拳击的教练、体能师和经纪人就聚在会场外头聊天，说了很多他的风凉话，几乎把这位前奥运冠军说成了一个笑柄。

质疑很多，邹市明尽量不提，但他不能不思考。他的肌肉和头脑被用来打了16年业余拳击，已经形成了自己的风格和习惯。往常，他在拳台上就像蝴蝶一样飞舞，蜜蜂一样蜇人，以灵活的步伐、速度和准确性著称。这种打法，犹如海盗，一旦击中，立刻跳开，对方若击中，则立刻还击。海盗打法能够帮助他在以计算点数判胜负的奥运赛场长驱直入，却无法保证他在职业拳坛赢得比赛和尊敬。职业拳击是商业比赛，需要讨好观众，评判的标准不是点数，而是轻重、力度、持久性，是看谁把谁打出血，看谁把谁击倒在台上，再也爬不起来，然后扔出一条白毛巾。

既然已经熬到了第六场比赛，邹市明相信，每一场都有一个全新的自己。学会站定打阵地战、出重拳、打组合拳、改变腰腿发力方式……这些他都在一点一点颠覆自己。奥运拳击赛制是2分钟4回合，职业拳击赛制是每回合3分钟，回合数从4到12不等。这一次，他必须证明自己的体能不但能打够12回合，而且能够赢得比赛。

第二回合，邹市明一记直拳，打得对手歪歪倒倒的。但他并未乘胜追击击倒对方。他的教练急得在台下大喊：Knock out！Knock out！

“这是教练骂我最狠的一次。”邹市明说，“第二回合我就可以把他干倒，但我不。我不想这么快结束，我要把12回合全部感受完。这样我才能知道自己需要调整什么。如果两三回合就把他干掉了，导致下一场可能失去金腰带，那我就傻瓜了。从今以后，那些说邹市明体能不行、打不了12回合比赛的人，你们，可以闭嘴了。”

过了这一关，邹市明离那条金腰带又近了一步。明年2月，他将在澳门迎来一场最关键的对决，那将是他第二次打12回合比赛，也是一场真正的WBO蝇量级[1]世界拳王挑战赛。

一步之遥。邹市明已经是有史以来距离这份荣誉最近的中国人了。很快，还有三个月，他的双脚就能够落地。

“这就是成功吗？金腰带就跟昨天的奥运金牌一样。”可是，他说，“我现在都快忘了我是奥运冠军了。拿过以后，就是人生。难得的是没得到的东西。十年之后我再看金腰带，就像我现在看奥运金牌，只是对一个阶段的肯定吧。”

2.

1981年，邹市明出生在贵州省遵义市的一个山区县城。他的父母供职于一家为支援三线建设而成立的国有军事单位，而他则是家里唯一的孩子。

作为中国第一代独生子女，邹市明在一种充满时代特色的家庭氛围里度过了自己的童年。他的母亲是一位在“不爱红妆爱武装”的氛围中长大的新中国女性，性格倔强，却又不得不围着家庭打转。他的父亲则总是扮演老好人和工作狂。刚刚过去的动乱年代给人们留下一些关于匮乏的记忆，还有无法轻易磨灭的不安全感。

邹市明的童年有些压抑，武术和拳击便被孩子不自觉地赋予了浪

1. WBO 蝇量级：世界拳击组织的一个比赛级别，指体重控制在 112 磅以内的选手参与的比赛，即 50 公斤级。

漫的色彩，成了某种自由和尊严的象征——只要学会电视里张三丰、成龙和泰森的那些本事，不但个子矮也不会被欺负，还能够让怨言满腹的母亲对自己更加喜爱。他的学习成绩不好，体育几乎是他唯一可以证明自己存在价值的事情。

现在回想起来，少年邹市明是怀着某种孤独的狂热开始拳击练习的。每天放学的时候，他特地在最热闹的一条马路上穿行，像燕子穿越竹林一样穿过人群，练习灵活的步伐和闪躲。1997年，邹市明入选贵州省拳击队。在这里，他遇到了有抱负的启蒙教练张传良。从此，他灵活的天赋和刻苦的作风就不再是小孩子发泄精力的玩意，而成了一种半军事化的职业操守。只要教练发出指示，哪怕是半夜两点，邹市明也会挣扎着起床训练。

拳击在中国不是主流运动，甚至一度因为政治原因被排挤。不过，邹市明生逢其时。他五岁那年，邓小平在北京第三次接见拳王阿里。从此，业余拳击作为一个正式运动项目，在中国得到解禁。在上世纪80年代中期，这被视为一个兼具体育和政治价值的开放政策。业余拳击下属十几个级别，有可能在两年后的汉城奥运会上帮助国家夺取数十枚奖牌，并赢得世界的关注。

总设计师的决策是成功的。只不过，这成功晚到了20年。2008年，邹市明在北京奥运会上获得男子48公斤级拳击金牌，实现了中国拳击奥运金牌零的突破。

不仅如此，这个国家有史以来在拳击领域取得的几乎所有像样的荣誉，也都来自邹市明：第一块世锦赛银牌、第一块世锦赛金牌、第二块世锦赛金牌；第一块奥运会铜牌、第一块奥运会金牌、第二块奥运会金牌。

这么说可能有点肉麻，但邹市明确实是唯一的。他今年33岁，而拳击在中国作为一项正式运动，不过28年历史。他几乎以一己之力和最快的速度，把中国拳击的地位提升了好几个档次。在他之前，中国拳击没人够格拿冠军，几乎是挨打的代名词，“再不出成绩的话，就要被删掉了”。在他之后，用中国官媒的话说，“我们用拳头告诉世界，中国是强大的”；用外媒的话说，“邹市明让拳击在中国有个家”。

和姚明、刘翔、李娜一样，邹市明是中国的举国体制培养出来的世界级运动员，他的成功理所当然会被解读为大国崛起的符号之一。不过，这种解读也有某种嫌疑，是国力不足的心理补偿。“我们用拳头告诉世界，美国是强大的”，类似这种话绝不会被用在阿里、泰森和霍利菲尔德身上，因为职业拳击手的魅力来自叛逆和嘲讽。

职业拳击和业余拳击，其泾渭之分明，如同楚河汉界。奥运会上的拳击是业余拳击，中国由举国体制培养的运动员，练习的都是业余拳击。职业拳击是以世界各大拳击组织为名而开展的商业赛事，选手通过注册，可以在拳击推广公司的安排下参赛。你所听闻的那些拳击界最著名、最富有的人物，比如阿里、泰森、霍利菲尔德，都是职业拳击的王者，那里意味着更激烈的竞争、更刺激的搏斗、更广泛的关注，换句话说，更多的血和更大量的钞票。

邹市明的业余拳击生涯极其成功。金牌是他成功的象征物。他和每一个中国专业运动员一样，有金牌强迫症。在备战2008年北京奥运会的时候，邹市明27岁。他披着金色的披风拍照，在金色的床单上入睡，还把金牌的照片下载到尾号为2008的手机里，不时看一眼。那是他的第一块奥运金牌，也是中国的第一块拳击奥运金牌。

邹市明承认，自己很幸运。有时候，他甚至会怀着一种后怕的心情回忆这段经历："奥运会太磨人了，四年一次，谁敢说？就三回合，你稍有闪失，这四年就和你没关系了。"

如今，这些金牌被邹市明放在保险箱里，已经很久没动过了。更早些时候，金牌被他塞在旅行箱夹层的一个小口袋里，有人要看，在宿舍里翻箱倒柜，怎么找都找不着。还有些时候，他像每一个中国奥运冠军一样，穿着运动服，把金牌挂在脖子上，连着好几个月参加各种各样的庆功宴。

"虽然每天在庆功，但是我心里面没着没落的。到底是要继续打，是去当个什么，还是去做生意……没有目标了。而且你天天是吃啊喝啊笑啊，没事揣个金牌到处骗吃骗喝，这种生活我觉得太没有意思了。"

有一次，邹市明在宴会上把金牌抄起来看一眼，发现金牌的绶带上都磨起了一圈毛球。他再看身边另外一位冠军，他的金牌带子很脏，从鲜红变成了酱红。

"2012年，我都31岁了，门口给装了个监视器，每天看我去哪了，十点钟回房没有。真的，这就是个牢啊。"

2012年7月，邹市明在伦敦奥运会蝉联冠军。这一次，奥运金牌从圣杯变成了蛇果。他发了个誓：这辈子再也不要这么活了。半年之后，他飞去了美国。

这一年，他32岁了。他打定主意，要跟黑白电视机里的泰森和霍利菲尔德那样，成为一名货真价实的职业拳击手。他不愿意在熟悉的陆地上待着，非要迁徙，就跟他有翅膀似的。

3.

有一阵子，邹市明住在洛杉矶的一间出租屋里。他的一天通常这样度过——

早上8点起床，简单吃完妻子做的早餐，就出门去训练。他家就住在好莱坞星光大道边上，出门就是迈克尔·杰克逊的那一颗星星。但他根本无暇欣赏，他的心思焦虑又挣扎，因为即将迎接他的是两个小时极度艰苦的训练。

当邹市明还是业余拳击手的时候，一周的训练时间是12个小时。算下来，现在一周14个小时也并不算多，但极其紧凑。每逢比赛前夕，他一天练体能，一天练技术，穿插进行。一般业余选手转型职业选手，拿到金腰带需要三四年，但邹市明已经32岁了，他只有两年时间。时间是别人的一半，训练量就得是别人的两倍。隔天，他就会和体能师在好莱坞山跑上十公里来回。体能师还帮他把跳绳从3磅增加到了4.5磅。

这家名为Wildcard Boxing Club的拳击俱乐部在洛杉矶相当有名，主人就是邹市明的教练罗奇。这是一位浑身发抖的白胡子老头，如果不知道他是带过27位拳王的功勋教练，你简直会认为他是一位被病痛折磨的大学教授。他是由邹市明签约的美国顶级拳击推广公司Top Rank介绍的名人堂教练，时间不多。每天，他在这里指导邹市明两个小时，打手靶，跳绳，陪练，对着镜子空击。

当一个人在三十出头的年纪想要重新活一遍，他多半就会发现，开头的兴奋劲过去之后，简直就是无休止的震惊和痛苦。

“罗奇跟我第一次见面，接我从加长林肯上下来，空气里都是拉斯维加斯的味道，好像美元啪啪啪就要掉到我身上来。他说，我看过你比赛，很棒。

“第二天，他在酒店的酒吧里带我训练，马上告诉我，你这要改，那要改，什么都要改。

“我很震惊地发现，每天都要练习的弹力球，我以前从来都没见过，也没听说过。

“我要改变自己发力的方式。怎么改？我在家里装了一个弹力球，反正谁也不认识，也没什么地方好去，每天训练完了就在家里琢磨。有时候夜里睡着了，一想起什么，又爬起来，对着镜子空击。

“空击的时候都对，一到陪练对打的时候，就又不对了。

“我的陪练都比我高两三个级别，很重。我一碰到他们的手套，就知道是玩真的。这里不养窝囊废。”

有一次，邹市明在拳台上挨了对手一记重拳，立刻眼冒金星，眼前全是重影。他默默站了几秒钟，等待这劲儿缓过去。以前训练也有过这种情况，只要一小会儿，就能恢复正常。可是这一次，也不知道过了多久，他发现自己眼前的毛巾、镜子、对手、灯光……世界仍然是双影，两份。他有点慌了，一个人默默退到拳绳角落站着，背对所有人。

“我当时心里在想，如果我就这样告别拳击，不能再打了，我会怎么样。我这么一想，眼泪马上哗哗就下来了，根本控制不住。过了一会儿，我坚持把比赛打完了，脸上全是湿的，根本分不清是汗水还是泪水。”

“那天我回到家，也不敢告诉我老婆。”他伸出自己褐色的手掌，往左边移了一个指头的距离，“我去拿水喝，明明看见杯子在这儿，我一伸手，发现其实在那儿。”

在那一刻，邹市明闻到了属于一名拳击手的宿命气味。他的教练罗奇有帕金森病，浑身颤抖。他的偶像阿里有帕金森病，浑身颤抖。他的一位亲戚，退休前是一名爱好拳击的体育老师，也有帕金森病，也无法控制自己的身体。这是拳击手的诅咒：以高度控制身体来获取财富名望的人，最终却对自己的身体失控了。

就跟输赢、击倒这类话题一样，邹市明和他的家人总会躲着这类话题。

“一个拳击手的归宿是什么？”

“没想过。”

“下辈子还会干这个吗？”

“嗯……干。”

“希望你的儿子成为你吗？”

“他现在两三岁，站上来打得有模有样，很有性格。”

“万一他打到脑损伤，你不心疼？”

“做什么都要吃苦的……我老婆生老二的时候，专门为我留了脐带血，说万一我将来帕金森了可以用。哎，你说她想这个干吗。”

再过半年，邹市明就34岁了。在他这个年纪，同时代的运动员姚明、刘翔、李娜已经纷纷退役。在拳击界，他已经送走了五六批小队员。“我个头最矮，他们动不动一米九、两米，跑来跟我鞠躬，说，明哥，我走了。”

去年圣诞节，他在洛杉矶买了房子，一栋400平方米带花园的大House，全白的家具，安居乐业。他在这里认识了吴彦祖、林书豪、邹兆龙，有了新的朋友圈子。不过，拳击的甘苦，不足与外人道。

他在拳击俱乐部认识个男人，快40岁了，拿过两条金腰带，刚刚有了孩子。他现在状态下滑，没人跟他比赛，收入越来越少，越来越窘迫。“他进出，俱乐部的人看他的眼神、说话的口气都变了。”

每年三场比赛，邹市明中间总有几个月是待在国内的。他有爱呼朋唤友的哥们义气，一回来总是要给当年省队的老队友打电话，嚷嚷着要聚会。几次下来，他发现来的人越来越少。

“基本上两种。一种是羡慕我吧，自尊心强，不好意思。他们有做苦力的，有做打手的，有拿灰色收入的，没什么尊严。练了这么多年，没打出来，只有卖一身力气。还有一种，会找我借点钱啊，求我去他们那边单位走一走，看几眼啊，那样他们就能在单位里抬起头来，少被欺负，有点地位。”

年初的时候，邹市明看了一部电影，史泰龙和德尼罗演的《旗鼓相当》。电影讲一对互相不对付的老拳击手多年之后在拳击台上重逢的故事。“孩子”一拳打中“剃刀”的右眼，以他咋咋呼呼的个性，竟然并不还击。后来，“孩子”知道，“剃刀”之所以不还击，是因为他被打中的那只眼睛早已看不见了。

看到这个场景，邹市明又差点没哭出来。他有一个贵州的队友，当年没打出来，早早退了役。慢慢他发现，自己两只眼睛的视网膜都穿孔了，基本处于半瞎状态。

他说：“所以你会知道，如果有一天我遇见你，没有跟你打招呼，不是我不尊重你，是我看不见你了。”

邹市明滔滔不绝了两个小时，难得沉默。他欲言又止，过了好半天，掏出一张名片递给我。这是一张刚刚印刷完毕的名片，尚未被分发过。名片上有他的漫画像和一家体育文化公司的名字，在他和妻子的名字里各取了一个字。

“你问我，又是金牌，又是金腰带，这辈子怎么样才够？我老婆也总问我，什么时候退役？再打一年吧？两年？我还跟她讨价还价。我现在每天最焦虑的事情就是训练，最享受的事情就是训练。我离不开这个了。可我总要退役的。我想让大家都有口饭吃。如果我能把连锁拳击俱乐部做起来，兄弟们就能有活干，被尊重。我见识过美国的职业拳击，这事我能做，他们也能做。因为只有打过拳的人才能教拳——他才能知道，你挨了一拳说不出话来的时候在想什么。”

“这是你的终极目标吗？”我问。

“我的终极目标是能够平安落地，不要有伤。”

对话邹市明：真正的拳击手都是绅士，有城府，没恩怨

雷晓宇：当年你在贵阳清镇的训练基地，门口有句标语：让中国拳击从这里走向世界。你现在真走向世界了，什么感觉？

邹市明：当时以为奥运会就是世界了，其实才哪儿跟哪儿啊。我现在以为美国就是世界，没准回头过几年再看，其实才哪儿跟哪儿啊。

雷晓宇：在美国的时候，会怀念在贵州清镇的生活吗？

邹市明：过去的岁月肯定会怀念。但我现在有时候看央视体育新闻，看到那些运动员，真是很感慨。我们到了一个地方，机票酒店都是别人订，我们一个个就坐在大堂玩手机。有人来通知，哦，几号房，哦，几点训练，哦，几点比赛，哦，几点吃饭睡觉……大家简直就是生活在温室里一样。我在美国，

学英文、找房子、消化训练，全都是自己。按摩师一个月3000美元……后来，我哪里不舒服了，就叫老婆，哎，给我揉一揉算了。

雷晓宇：你对于拳击，有顿悟的时刻吗？

邹市明：我之所以对拳击会这么执着，因为它很磨炼人，确实能给人自信。我打拳击之前跟打拳击之后，完全不一样了。我是很自卑的人，什么都做不好，拳击让我受尊重。因为我自卑，所以总是强调自己有多苦、有多强。可是最近我常常在想，有强就有弱，有输就有赢，就算输了，又有什么了不起？拳击让我换一种方式看得失。一件事，我能解决就解决，实在解决不了，那就不解决了，放那呗。

雷晓宇：阿里、泰森，很多拳击手都走向宗教，你微博关注了一些佛教账号。

邹市明：训练很枯燥的时候，心很乱，我和老婆就会抄《金刚经》《心经》。奥运会的时候，我也下载过齐豫唱的《心经》。宗教能让我平静。

雷晓宇：刚进省队的时候，教练问你怎么理解拳击。你说，拳击就是挨打。教练纠正你，说拳击就是不挨打。你现在对拳击的理解有变化吗？

邹市明：真正的拳击手，都是绅士。从街头打黑拳，到古罗马的角斗士，再到好莱坞电影里的拳击英雄，拳击最后看的不是拳头的力量有多大，而是力量背后的磨难和梦想。真正的绅士是有城府的，心要大，不会轻易激动，受对手一点挑拨就往上冲，把自己的空当让给别人打。绅士是没有恩怨的。我们训练，都是真打，你不出全力就是不尊重我，我明天上场比赛就会挨打。但是打完了，我们拥抱，一样是哥们。

雷晓宇：你现在最羡慕什么人？

邹市明：我羡慕那些能够放下的人。我放不下。前年就说要陪我老婆去马尔代夫，现在好不容易打完比赛能休息一下，跟她说，我们去吧。结果她说，还是趁现在苗头不错多做做宣传吧。我光打得好没用，还要靠你们写得好。

雷晓宇：你放不下是因为有欲望。你的欲望是什么？金腰带吗？

邹市明：不是。我想真的做点事。拳击俱乐部我把它做起来，让兄弟们有口饭吃。

雷晓宇：我看视频，你比赛前对老婆挺粗暴的。

邹市明：那时候我控体重都三天没吃饭了，还来跟我嗯嗯啊啊，我就想，滚一边去哈。我老婆对我最不满意的一点就是，我对谁都好。借钱不还，没事。放鸽子，没事。被骗，没事。我一帮小兄弟，要进队做教练都是我安排的。我唯独对最亲近的家里人，容易发火。

雷晓宇：这些年最大的遗憾是什么？

邹市明：错过了我孩子出生的时候、说话的时候、走路的时候、翻身的时候、吃饭的时候……我有一个最大的愿望，就是等我儿子长大了，他像个男人一样跟我打一场。我会认真恢复训练跟他打，不许手下留情。这一场打完了，我就可以退休了。

2014年秋天，我们在大山子附近的一个摄影棚见面。那时候，他的一只眼睛还能看出瘀肿的痕迹，要靠化妆来掩饰。

那时候，他还没参加《爸爸去哪儿》，还没有全民的知名度。像大多数举国体制培养的运动员一样，他没读过太多书，但是非常单纯，非常容易逗乐。我问他，你一拳能把我打晕吗？他一愣，哈哈大笑到简直停不下来。其实，我是认真问的。

妻子的知识结构和社会经验可能都比他完整很多。他对妻子有一种驯服，这驯服不是出于对权威的慑服，而是对一种不可及的能力的崇拜，以及丈夫的内疚。

几年之后，他更红了，风波似乎也更多了。但他留给我的印象就还是那样：既然金牌起了毛球，金腰带早晚也会起毛球的，人生是一个始终要从头再来的游戏。

刘若英：每个女人

心里都卧虎藏龙

我和所有人一样，既是同谋，又是受害者。

——西蒙娜·波伏娃

1. 儿子

一转眼，这个唱着“一辈子的孤单”的女人，已经结婚六年，儿子都两岁大了。导演一喊“咔”，她马上就走过来，拖着长音，逗这个两岁小孩：

“妈——妈——几——岁——了？”

“十——八——岁。”

没人会相信刘若英今年十八岁——谁能永远十八岁啊。不过，她梳着马尾辫，穿着蓝色的条纹裙子，往汽车旁边一站，看起来也绝不像是她实际的年纪。这是一个女演员的自嘲和豁达，她用自己的年龄开玩笑，好让工作气氛更融洽。

哈哈哈，大家果然都笑了。

刘若英是个相当周到的人，心细如发。她会去感受一个场景里的氛围，并尽其所能让它和谐。这一次，她知道我们远道而来，拍摄间隙，就找人去附近买驰名的面线来招待。食物不贵，但是个心意。她在减肥，自己并不吃，但会走过来问候："哎，到了台北，一天至少要吃八顿啊。"

这种周到细致，似乎并不是客套而已。它更像是一种经过长期训练之后，已经进入一个人的自我认同的习惯。在这种习惯面前，众生平等。她不只对生人如此，对朋友、自己家人也是这样，对她自己，则只有精益求精，更严格。

傍晚的时候，我们从南门市场转场去书店拍摄，中间短短一个小时的空当，刘若英就不见了。后来，我们在书店的休息室里聊天的时候才知道，就那么一个钟头，她还特地回了一趟家。

她要把刚买的水果和蔬菜放好。虽然是配合拍摄买的东西，但也是真的花钱买来，真的每天都要吃的。

她要和家里的阿姨打个商量。隔天她要去悉尼开演唱会，两天之后才会回来。中间不在的这几天，家里要怎么安排，吃些什么。

接下来，她换掉了上镜头的衬衫和裙子，因为怕弄脏戏服。穿上家居服之后，她搂着儿子，陪他在地板上玩了一会儿。

这几十分钟的时间，她一直注意把脖子和头保持在某一个角度。因为很快，她还要赶到新的拍摄场地录影。不会有时间重新做妆发了，所以她的发型不能被儿子七手八脚地搞乱。

一开始，是有保姆帮忙的。她是出了名的闲不下来，早在坐月子的时候，她就已经半躺着校看书稿了。后面事情越来越多，宣传新书，开演唱会，写剧本，录新专辑，接广告，简直不可开交。这样的时间表，没有保姆是不行的。

儿子六个月大的时候，她飞去内地办新书首发式。有人在现场问她，那你儿子怎么办。她站在那里，眼睛立刻就红了。她受不了这个。

说不清这是母性呢，还是某种强迫症的症状，总之，刘若英成了她自己单身时期最不齿的那种“黏糊糊的妈妈”。

平时在台北，她一边听新专辑的混音，一边做胡萝卜辅食。

晚上睡到半夜三点，突然醒了，一定会看一看儿子房间的监视器。

保姆定时给孩子喂奶。孩子饿了，喂奶。孩子不饿，也喂奶。孩子不哭，不闹，但也不喝奶，就任由牛奶从嘴边流下来，然后瞪着一双眼睛看。

她又好笑，又心疼，最后辞退了保姆，干脆自己来。

几个月后，保姆回来拜访，跟她说，你要小心你儿子变成一个没有安全感的小孩，因为母亲不能总是在他身边陪着他。

刘若英一听，又急了。她赶紧打电话，找到相熟的心理医生。结果，医生问了一通，告诉她，你不用担心他有不安全感，如果你担心的话，应该去看心理医生的是你。

他说：“很多父母就是自己很不安，然后通过自己的行为，把自己的不安传递给了自己的小孩。就好像很多人希望孩子多吃，是因为他们自己有食物匮乏的记忆。”

那一天，刘若英坐在松山机场的候机室里，若有所思。“我就是一个没有安全感的人。但是，我的不自信也让我成为一个比别人更努力的人。而且so lucky，我找对了职业，做了演员。我这种个性，如果在银行每天数钞票，紧张啊，一来人马上按警报……”

我看得出来，刘若英其实有更多妈妈经可以讲。不过，她非常敏感，因为知道我是一个没有自己小孩的人，所以她并不会滔滔不绝。大概从很早的时候起，她就知道自己是个容易紧张的责任狂。这种个性，还蛮像《老友记》里的莫妮卡。不过，她很聪明，也懂得察言观色，知道这样的人要想不讨人嫌，多少得有一点儿幽默感和机灵劲儿。

最近这半年，她觉得自己的幽默感都有点儿不太够用了。因为她这么要强，简直是一手把自己的生活捅到了崩溃的边缘。

她每个月都要飞到几个陌生的城市去开演唱会。有时候在东京，有时候在内地某个城市。“演唱会这种东西，做到第30场，每一场都会不一样。”头一天晚上还在保姆车里喝冰咖啡，做女王，第二天一早就想着打电话回家，让阿姨把冰箱里的鱼拿出来解冻。

她的父母，她觉得，最近这半年突然老了下来。母亲开始跟她说“我现在心如止水”这种话。父亲身体不好，也住了几次院。她需要两头奔波，分别照顾上年纪的父母。

人到中年，有时候会觉得自己是很多人的杨白劳。年轻时候欠下的债，一样一样要还。旧债还没还完，新债又来了。

好在，她有一个能够理解和支持她的丈夫。他们结婚之前就说好了，她不做全职主妇，彼此有各自独立的空间。

她开玩笑说：“现在有点老夫老妻的感觉，明年就快七年之痒了。有时候他回家，是哼着歌，还是砰的一声关门，我都能破译他的情绪。我呢，我不会爆发，但是我会有一个气氛在。”

就在两个礼拜之前，她刚刚经历了一次内心的“崩溃”。

这是一些“令人抓狂的小事”，非常琐碎。我不厌其烦把它们记录下来，但你们看完不许生气。要知道，有一部电影就叫作《令人抓狂的小事》，讲一个人是如何被琐碎小事的循环折磨得发了疯，杀了人（脑补《大话西游》里的孙悟空）。

那天早上，刘若英一起床就接到合作编剧的电话，通知她团队要来台北一起开会，她需要帮忙办理入台证。

一大早，她的工作人员通常都还在睡觉，她只能自己一个人上网下载材料，打电话问每个人的资料，填写入台证的表格。

快中午的时候，事情还没办完，但是家里要开饭了。平时，只要她在家，一定是亲自买菜做饭的，但这天没时间了，她交代司机去买一些小肉馄饨。结果，她再三交代，司机还是买错了，买成了虾仁馄饨——她老公不吃虾仁。

眼看大半天过去了，她该做的事情一样都还没有做，而已经做的事情又一样都没有做好。她的剧本还要再改，她的演唱会要定新的造型，她新接的广告片要想创意……这时候，她老公走过来，想要安慰她。

他说：“老婆，你应该赶紧去做你的剧本，我觉得你都不够专心。”

不说还好，只要一说，她内心像个吹满的气球，立刻就爆炸了。

“我不能给我朋友打电话，说我因为虾仁馄饨难过吗？好像不对。说我老公鼓励我了，所以我不开心，也不对。这些情绪，打电话或者发微博，都是丢人。”

她沉默了一会儿，然后拿了一把伞准备出门。她跟老公说，我要出门买点东西。下了楼，她还没忘了跟管理员笑着打招呼。然后，她就开着车来了我们见面的这间书店。

严格来说，这不能被叫作一家书店。这里从天花板到地板全是书，甚至包括两本17世纪的《圣经》，但是并不售卖其中的任何一本。这是台北东区隐蔽角落的一间杂志吧，老板收藏世界各地的设计类杂志，供会员们翻阅、复印或者发呆。因为鲜为人知，这里没什么人，可能坐上一整个晚上也不会有人发现隔壁坐着一个刘若英。

那天晚上，刘若英换上拖鞋，在隔壁那把凳子上待了好几个钟头。她回复邮件，修改剧本，复印杂志上精彩的图片，忙得不亦乐乎。几个小时之后，她开车回家，一直到脱掉隐形眼镜准备上床的时候，她才跟老公说："其实我今天有点不开心，不过已经没事了。"

在结婚之前，刘若英出过一本书叫《一个人的KTV》。结婚之后，她又出了一本书叫《我敢在你怀里孤独》。当年，第一本书总被部分解读为"剩女"的落寞。如今，她在已婚状态下仍然一再强调孤独的重要性，她大概是想表达：孤独是一种存在状态，是生命的一部分，无论婚否，无人可以逃避，也无须逃避。

她解释说："孤独是一个恒久的东西。有些人选择不面对，有些人选择不要，他塞满了。可是我不管塞得再满，独处还是对我很重要。我不能没有独处的时间，我不能没有一个喘息的片刻。在那个时刻，我可以什么都不要想，也不要再替别人着想。我如果没有独处的话，就不能够做我的超我，我理想当中体面的、不麻烦所有人的，又能让自己保持理性和平静的——我就不能够做到让自己满意。"

又过了几天，她在家里召集编剧们为新剧本开会。因为知道编剧会旷日持久，她事先就做了准备，请了闺蜜来家里帮忙带孩子。她在二楼开会，每过个把钟头就会下来，看看孩子，和他们玩一玩。但突然，她的闺蜜就红了眼睛。

“奶茶。”她说，“念旧是你很好的优点，但它可能会是让你这辈子最辛苦的地方。所以有些东西你不要再念旧了，如果那些旧让你感觉不好，让你有包袱，就不要再念旧了，就丢掉它。”

她心疼她。

有时候，我自己会在夜里重看李安的《卧虎藏龙》。每每玉娇龙和俞秀莲在深夜的城墙边打斗，配着谭盾的声声鼓响，真是看得我心潮起伏。玉娇龙和俞秀莲，这哪里是两个女人，她们分明就是一个女人身上的两面。玉娇龙是本我的，欲望的，不顾一切的，自我中心的，为自己而活的。俞秀莲是超我的，克制的，甚至压抑的，服从规范的，因为自我牺牲而让他人尊敬的。

一个女人，当她来到这个世界上，不可避免要比男性面对更多的生理和社会的束缚，这时候，你是要尊重你天赋人权的个体自由，还是要扮演好上帝赋予你的女人的角色？

这是我和刘若英第一次见面。我没想到，当我和她提到玉娇龙和俞秀莲的这个比方，我说了不到十分钟，她眼圈一下子就红了。这些话可能触碰到了某些柔软的、坚持的，能够冲破隔阂之墙的东西。那是一种属于女性共同命运的困惑，就像波伏娃说的那样：“我和所有人一样，既是同谋，又是受害者。”

就我自己来说，我身边有很多女性朋友，到了一定的年纪，她们有因为责任而感到压抑的，也有因为任性而感到迷茫的，但最终你会发现，其实没有任何一个人身上的俞秀莲能够杀死那个玉娇龙，反之亦然。这两个女人，她们就在日复一日的夜斗里惊心动魄，又相安无事，等到天一亮，又是新的一天，太阳照常升起。

刘若英听懂了我的意思。

我问她，她更想做这两个女人里面的哪一个，或者说，她更像哪一个。

她说："我不要去预设我是谁，是哪一面。因为走到那一天，也许两个都不是，也许两个都是。起码走到现在，我是很高兴的，我两种都有。我没有妥协。两个都活得很辛苦，但起码还活着。我并不知道有一天谁会战胜谁，也许是两个人真的找到了一种和平共处的方式，但是一样都是努力着。"

要让玉娇龙和俞秀莲同时都活着，让两个完全不同的生命灵魂附体，这是需要付出代价的。

她想过，能不能对家里少上点儿心，马虎一点行不行。她的朋友问她：你那么累了，为什么还要做饭？她说：太太跟妈妈怎么可能不做饭？我不要让我孩子想起家来，是餐厅的味道，我要有妈妈的味道。我要让我的先生每次出去吃饭，都觉得还是回家吃饭的好。还有，我在做饭的过程中，找到了一种平衡，还有一点小确幸。

她也想过，能不能对工作少上点儿心，马虎一点行不行。前些年，她拍戏摔断过腿，髌骨外翻，现在只要天气微凉，膝盖就会疼。前几年，她开始学剪辑，学成了老花眼不说，还开始长白头发。这两年，她开玩笑说，就连耳朵也不好使了，经常把经纪人说的话听成完全不同的另外一个意思。

刚刚生完孩子的时候，她曾经感受到年龄给女人带来的扑面压力。她从十几岁的时候一个人出国念书，二十几岁的时候从做助理出道，一直工作到了现在。然后结婚，然后生孩子。一切看起来很圆满。

“难道就这样了？”她问自己，“王子和公主就这样幸福地生活下去，然后呢？如果就这样，那么落难公主又是哪里来的？这之后的内容，大家都选择不去记录，但并不代表不会发生。”

“我这两天常常说一句话：我还想杀出一条血路，我想保有一点点的不妥协。我没有就范，为什么妈妈就一定要就范？有一些艺人，突然之间就变妈妈了。我希望我有一些东西，可以保有我原来的样子。我是做了妈妈，可是我身体里面还是有一个需要被拥抱的小女孩。对，她在我里面很任性地藏着……看我能够藏到什么时候吧。”

“有没有人说过，你想要的太多了？”

“有。是我自己跟自己说的，不是别人说的。”她说，“我对着镜子，跟自己说，累不累呀你。其实很累，亲力亲为真的好累。可是我真的觉得，要亲力亲为才知道其中的滋味。你真的要自己走，你才知道那个感觉是什么。很累，可是不做又后悔……唉，我到底是怎么样走到了今天，成了一个要照顾很多人的人呢？”

她也在问自己，就跟哪里有答案似的。

2. 祖母

3月的时候，刘若英开着车，去看望已经90多岁的婆婆。

湖南人管祖母叫婆婆。那是她90多岁的祖母。不到两岁的时候，父母离异，她就和祖父母住在一起。他们把她当作女儿，她也视他们为父母一般。

有时候，刘若英会带着蛋糕去看她，或者开车带她去吃冰淇淋。

她年事已高，已经不太能够认得人了。她认得面前这个扎马尾辫的女人，也认得小孙女英英，但是没办法把两个人联系起来。她要送老人去医院检查身体，就只好说，英英肚子疼，她在医院等你。只要听到英英这个名字，老人一定起身。

“我是她最后一个不认得的人。”刘若英说。

只要这90岁的老太太还活着，她和那个过去的世界、和自己的来处的连接就还没有断掉。

有时候，她看着她的祖母，觉得时光并没有流逝的痕迹。老太太还是永远穿着熨烫得笔挺的旗袍，领口扣到最上面一颗扣子；还是爱看翻译小说，爱吃甜品，爱听音乐，爱喝三层的英式下午茶。一切都没有变。

当年，她是中正大学的校花；后来，她是“国防部”[1]代部长的夫人，自然有她的派头。

一直到今天，刘若英虽然一向被认为是个得体的女明星，但她自觉并不娇气，甚至有男孩子气的一面。她不拒绝坐公交车，出差坐经济舱也没问题，去菜市场被认出来，她还会多讨四个香菇。她情感上很细腻，但在生活细节上确实有不拘小节的地方。这种性格，和她从小在男人中间长大有关。

“除了我和祖母，我们家六个都是男人。”她说，“祖父是军人，还有五个副官，每一个都是拿枪打过仗的。”

现在回忆童年的画面，是一片砖红色、铁灰色和木色的空间，没有声音，但是每隔一个小时会有钟摆的敲击，唯有它提醒你时间的流

1. “国防部”：台湾地区防务部门。

逝。小时候的刘若英，要么躺在床上，听老鼠和猫掉进烟囱的声音，要么就是坐在书桌前，看着镜子里的人，自言自语。

她厌烦了各种各样的规矩。祖父在书房工作，祖母只能从门缝里递字条。夏天吃葡萄，祖母要用牙签把葡萄籽去掉，然后放在冰箱里冻上十分钟。祖父要出去应酬，祖母会先准备鸡汤面，在他回来的时候准备稀饭。家里招待客人，冷热毛巾的顺序千万不能搞错。饭局进行到一半，祖母会下厨做几样拿手小菜，菜上桌，她人也回来了，衣服发型纹丝不乱。

“你叛逆过吗？”

“那些叛逆的事，我不是不想做，实在是怕麻烦。”

“怎么就麻烦了？”

“规定十点钟之前必须回家，我一想，在舞厅待到十一点，也不是多有趣，回家还要看祖母哭哭啼啼，或者就是她一脸难过的样子……还是算了，回家吧。”

“你会痛恨这种自我约束吗？因为你的愤怒都找不到具体的投射对象，因为没有人要求你这么做，你自己就已经把别人的要求内化了。”

“会。”

她给我讲了一个醉酒的段子。大概这个段子很出名，她刚刚开始讲，她的工作人员就在一边笑作一团。

好几年前，有一阵子，刘若英经常在香港拍戏。有一次庆功宴，她已经彻底喝挂，完全不记得自己在哪里，和谁在一起，在做什么，但是根据众人后来的描述，她当时的行径是这样的——

工作人员负责送她回酒店，刚出餐厅大门，站在台阶上，她就说，停。她四处张望，确认没有狗仔跟拍，这才下楼梯上车。

上车之后，开到一半，她醉酒想吐，于是叫司机停车，又四处张望，确定没有狗仔跟拍，下车吐完，跟司机说谢谢，继续坐车。

回到酒店，她跟门童道谢，跟大堂的服务人员道谢。回到房间，她让工作人员在客厅等着，自己关起房门开始洗脸刷牙。过了一阵，工作人员敲门，里面没动静，门怎么也打不开。原来，她已经歪在门口睡着了。

哪怕在已经醉酒失去意识的时候，她的潜意识仍然会在意别人的看法，仍然会在意自己的行为是否足够得体。

这次醉酒把她自己吓到了。她好像就是自己在《心中有鬼》里面演的那个太太，一个压抑的、循规蹈矩的、不敢行差踏错半分、不敢坏了规矩的女人。结果，黎明扮演的先生还是对另外一个更加自由蓬勃的女人念念不忘。

“那之后，我的橡皮筋突然就断掉了。”

“怎么就断掉了？”

刘若英坐在旁边的沙发上，用一张绿色的儿童毯盖着自己的膝盖。她的眼圈又红了。她犹豫了一会儿，决定信任对面这个女记者，和她说实话。

我不在这里写，也不准备在任何一次闲聊里和任何朋友分享。有时候，秘密让人孤独，秘密也是信任和尊重。

总之，这一次失恋仍然让我们的女主角有所成长。压抑和克制不是一回事，为爱付出和失去自我也不是一回事，但是有时候，你身处其中，确实很难分清楚它们的区别。你只是活在执念里，贪恋那种幻觉。

又有好多年过去了，现在，刘若英为之红了眼眶的，已经不是某一个具体的人，也不是某一段难以为继的恋情，应该是那一段当时光流逝，无论如何也无法复制的生命经验。

“这次分手，算是你的自我解放吗？”

“我自我解放过吗？可是，我就受我祖母的影响。你知道吗？我祖母说过最可怕的一句话，她说：我要撑的就是讣文上的未亡人印的是我的名字。”

“什么？”

“她说，这些人来来去去，但未亡人就是我的名字，我坐在这里，你们就是不能进来。我跟你讲，她说这话的时候，我寒毛都竖起来了。”

“那个时候你多大？”

“我刚刚交男朋友，他劈腿。我告诉婆婆，婆婆说，喜欢他，就撑着。我看着她，我觉得好恐怖。”

“你觉得恐怖，因为她真的这样做了。”

在刘若英的新书里，有一篇回忆祖母的文章，名为《一世得体》。在这篇文章里，她记录了一个惊心动魄的细节。

“家中的电话一般在晚上十点半后就无声息了。有天半夜一点多，电话竟响了起来，祖母在她床头接起，我也同时在我的卧房接起。那一头是女人的声音，提了祖父的名字说三道四，摆明是破坏家庭来的。祖母听完只客气地说：‘刘家有刘家的规矩，现在时间太晚，有什么事请您明天再打来。’我直觉不妙，摸黑进了祖母的房间，钻进她的被窝。她却一点事也没有，如往常一样，就着床头昏黄的灯光，看着她最爱的翻译小说对我说：‘回房睡去，别影响了明天上学……’据说这女子再也没打来，家中继续着平静的生活。”

“但这样的祖母会不会得体得太像打仗了？”她在文章里问。

“对，我觉得恐怖，因为她真的这样做了。”坐在我对面，她又说。

祖母18岁的时候嫁给祖父。祖母是校花，祖父是校长。当年，这也是一段惊世骇俗的结合。你看她后来多像循礼的俞秀莲，可在她年轻的时候，有那么一个时刻，她也是跟了李慕白走的玉娇龙。

活了40多年，做女人久了，这样的挣扎也看多了。她再提起祖母，表情释然。她甚至俨然是自己闺蜜圈子里的情感导师，范晓萱难过的时候会给她打电话，周迅失落的时候她会去安慰和保护。有时候，她跟周迅开玩笑说，我们写个剧本叫《婚前婚后》吧。她又跟汤唯开玩笑说，还是写个剧本叫《生前生后》吧。

十几年前，老师张艾嘉拍《20，30，40》，找刘若英演30岁的女人，那时候，她的角色还在各种欲望里挣扎。现在，她40多岁了，如果她再演，想必也和当年的40岁有所不同。在电影里，40岁的女人是张艾嘉，她是一个花店老板，忍不了丈夫出轨，可又拿自己的孤独不太有办法，左冲右突，聊以自慰。

一转眼，时光流逝，大家都不一样了。几个月前，张艾嘉接受采访，悚然提及，自己已经60多岁了，觉得衰老是一夕之间的事情。

刘若英和张艾嘉惺惺相惜。这两个女人有相似的出身和阅历，精神气质上也有相通之处。如今，刘若英已是张艾嘉当年的年纪，她拿起笔，想和张艾嘉一样做导演，拍出自己独到的生命感受。有一次，她和朋友聊天，不知怎么，就聊到了张艾嘉。

“不要看我们是一群新女性，其实我和张姐都是极度传统的人。”她说，“我是卡在中间的那种人，张姐也是这样子的，所以她特别能够理解我的挣扎。”

夜深了，已经快12点了。她的儿子8点20分的时候已经入睡，所以她可以放心大胆地和我聊这么久。可是现在，她要回家，和大楼管理员打招呼，看一眼睡着的儿子，脱掉隐形眼镜，然后睡觉。她笑着和我说再见，那一刻我觉得，独处固然可以安放她那个玉娇龙，好的交谈里面，她其实也可以得到片刻安放。就在这样的孤独和连接里面，人的一辈子很快就过去了。

这一辈子，说快也快，说慢也慢，但总是在路上，总有好故事。

对话刘若英：
再给我一点时间，必定杀出一条血路

雷晓宇：说一件你最近最开心的事情。

刘若英：前天，我儿子终于退烧了。以前他每一次生病，我都能够照顾他，一直到他病好。可是这一次，他刚刚开始生病，我就去台东拍广告了。我到现在都觉得，自己是不是冷冰冰的。发烧40度，还照X光，他的眼睛看着我，很无助，好像在问我：为什么我要在这个地方？但我还是得要把他押在那个地方。

雷晓宇：最近一次大哭是为什么？

刘若英：好像很久没有大哭了，眼眶红倒是常常有的事。

这次看李安这个电影（指《比利·林恩的中场战事》），我是在电影院里暴哭的，哭到隐形眼镜都掉了。它不是在说一个战争，它让我觉得，里面每一个人都在好无奈地坚持，因为回不去了，非要去到一个送死的地方才是安全的。

雷晓宇：电影结尾那么多个I love you，你看了有感觉吗？

刘若英：爱吗？我真的不知道。

在爱情里面，你心里面就知道那是爱，我爱他，我愿意为他做事情，不管是付出，还是包容。你要别人的爱，也是因为你爱他，你接纳也是一种爱。家人也是一样的，朋友也一样。我真的觉得，爱跟付出有很大的关系——你愿意别人为你付出，或者你愿意为别人付出。对我而言，付出是一个爱的表象。

我也不是一个在哲学问题上追根究底的人，我很喜欢讲感觉。我今天愿意，跟你多聊两句。我不愿意，自然而然就会这样子向经纪人投个眼神——差不多了吧。有时候就是感觉嘛，看你信不信任他。

我以前有一个很不好的（毛病），现在稍微好一点点，但是最近又开始了，就是黑白两面，我是没有灰色的。我一旦相信你，就全部告诉你，你自己看着办。我一旦反过去的时候，到底线了，我也不会再客套。他们常常说，我走过去，他们就知道我喜不喜欢那个人。我常常看到一个人，退后三步。我非常敏感，我连做样子敷衍都不要。

我连演戏都是这样子。我演过一个戏，出来之后，张姐就问我，你是不是讨厌谁谁谁。我说：啊，很明显吗？她说，你演跟那个人讲话，你都看别的地方，你在掏心掏肺的时候，你都这样。我就是隐藏不了。我喜欢一个人的时候，我也是越喜欢，越不看他，不好意思看。我的冷漠里面蕴藏了很多的信息。他们都知道，我不看谁，那就一定有问题。

雷晓宇：你还有什么羡慕的人吗？

刘若英：我以前也不断地羡慕别人。瘦的，手臂细的，我都羡慕。我这个地方特别地壮，只要看到人家穿无袖，我就羡慕。

但最近，每次听到别人跟我说，他好羡慕我，我都会觉得：你没有看到我的苦。所以我就会想，我羡慕的那些人，他们也是坐在那里想：你没有看到我的苦。所以，我起码当好刘若英，起码我现在这些喜怒哀乐，都还OK。你让我真的换到另外一个人，搞不好那个苦也是我吃不了的，那个福也是我享不了的。所以我还蛮知足，说OK，这样子。

雷晓宇：你曾经羡慕过的人，大概是哪种人格类型，或者哪种生活状态？

刘若英：就是可以不管别人的人。

雷晓宇：那就是玉娇龙。

刘若英：比如说我羡慕周迅。我羡慕她，是因为她真的自带一种光，跟一种灵性，以自我为中心，还有天才和艺术。

雷晓宇：以自我为中心，这个东西你没有。

刘若英：对，我没有。

雷晓宇：就是她有一种敢全然释放的那个东西，那个劲儿。你可能只敢释放在角色里面，或者在创作的时候，但她是可以人戏不分的。

刘若英：对。

雷晓宇：但是你会意识到那种东西，其实它是很锐利的，是有危险的，是有破坏性的。

刘若英：是。你也不能说是很公平吧，但反正，你羡慕一个人的时候，你也觉得她的苦你吃不起，你也成为不了她。

她常常都说她羡慕我。她最常讲的就是，为什么你住的每一个地方我都想住，你的地方都有家的样子。可能就是因为我有付出，让这个家有一个稳定的感觉，可是那个得付出。你让她在家里面待个两天，做个饭，她就会说，哎，我们去哪儿走一下，喝一下。或者，她可能就想要在剧组里面。

雷晓宇：你们两个人有没有一点七月与安生的感觉？

刘若英：有吗？问你，有吗？

雷晓宇：好像有一点点这种感觉。一个女人的两面，克制和放纵，压抑和自由，理性和感性。七月与安生，不就是少女版的玉娇龙和俞秀莲嘛。

刘若英：反正我们俩，你这样的时候，我就那样；我这样的时候，你就那样。我弱的时候，她就会突然很强；她弱的时候，我就觉得我要照顾她。

雷晓宇：你人生记忆最深刻的一次生日是怎么过的？

刘若英：我16岁以后就再也不过生日了。我最怕在生日工作，并不是因为我觉得生日那天就要放假，而是很怕我生日那天，大家一直跟我说生日快乐，然后我就会一直说谢谢，然后切蛋糕，吹蜡烛，我觉得很尴尬，我很想逃。我希望生日那天不要工作，不要见任何人。我都是在5月31号那天跟我祖母吃饭的，就是为了6月1号可以不要看到她。

雷晓宇：那16岁那年的生日怎么过的？

刘若英：16岁生日，我的祖父母把我的同学都请来我们家了，帮我过生日。我觉得很痛苦，要吃晚饭，完了以后要切蛋糕，然后要拆礼物。

雷晓宇：你又得进入那种要让别人满意的情境，你要做反应。

刘若英：我明明不喜欢这个，还要说“哇……”其实我心里想：这都是什么东西？一些比较不熟的人，会送我很女性化的东西，蝴蝶结，蕾丝裙子。

雷晓宇：你之前一直说你身上有男孩子气的东西，这是从哪儿来的？

刘若英：我小时候，家里都是男人。除了我祖母，家里其他六个人都是男人。祖父是军人，有五个副官，每个人以前都是拿枪打仗的，都是那一种的。然后我是从做助理入行的。你做助理的时候，不能秀气，你一定要挽起袖子，粗鲁的，能吃苦的。

雷晓宇：你人生到现在，最大的成就感和最大的困惑是什么？

刘若英：我最大的成就感，我觉得是，我拥有很多很棒的朋友。

我第一次在小巨蛋做演唱会，要演出前，紧张到心脏随时会从我的嘴巴里吐出来了，然后如婷（注：刘若英经纪人）从外面跑进来跟我说：你不用紧张。那一刻，我就觉得……

我所有过去合作的企划、宣传、司机，都是我的朋友。我生小孩的时候，司机还说要送两箱尿布，大家都这么为我高兴。我最大的成就，不是说我今天能够做这个演唱会，而是我的朋友对我——即便我那么直，比如说你开车前面要右转哦，我都会讲，新司机都吓死了——可是久了，他们就知道我是真的，我觉得这是我最大的成就。我觉得，都胜过生个小孩。我觉得结婚跟生小孩是我最勇敢的事，可不是我的成就。

最大的困惑，我想的是，我怎么会变成今天这样？

我想，我应该是一个即便结婚生孩子，依然保有很独立自我的女人。这个独立的自我不是像我刚刚讲的，是争取来的这么小一点点，应该是很大一块。我应该可以很放得下我的小孩、我的家庭，我可以很潇洒。我应该像张姐这样，坐完月子就走，拍戏去了。或者是像现在很多working lady，她们可以做到的那样。

可是，我怎么突然就变得这么有分离焦虑症或者是这么地黏？我跟我的孩子相处，说，宝贝冷静，不要哭。但那都是我的理智告诉我，要这样教导孩子。可是我的心里面都不是这样。只是因为还有理智在告诉我，不要变成这样的人。可是其实已经变成这样的人了。我心里面，就是我最瞧不起的那种妈妈。以前我瞧不起别的妈妈的每一件事情，都报应在我身上。

所以我的朋友最喜欢讲：你也有今天。我曾经嫌弃的生活，现在都在我生活里了。

比如说，我在日本东京开完演唱会，那是我首次工作完多留了一天，然后就跟我先生去逛一个家饰店。我老公突然就找不到我了，我跟他说我要去厕所，你不要等我，你去逛，然后我就自己躲在一个角落，拿出手机，一直听我儿子录的讲话。我自己看到我自己，都会觉得很离谱。

我们后来去买一个红酒的醒酒器。老公说：要不要再看一下？我说不用，都有了，然后就往前走。他说：老婆你曾经最喜欢这一种店，有香薰，有蜡烛，有灯光，你就会站在那里闻，想这个应该放在哪里。现在你怎么15分钟就跟我说逛完了，然后就急着去小朋友的店？

那就是我曾经最瞧不起的，现在在我身上都呈现了。

雷晓宇：你觉得这个症状大概什么时候能好，还是好不了？有解药吗？

刘若英：应该是在跟小孩子聊天的时候吧。就是有一天，我对着我儿子歇斯底里地说：宝贝……然后他说：妈，你要冷静。我的内心我不知道，但是行为上，我会尽量地控制。

雷晓宇：这种歇斯底里的妈妈是你以前最瞧不起的，那你以前最瞧得起的女性是怎样的？

刘若英：波伏娃。

我觉得那都不是什么女权主义，或者是存在主义。我看到她跟美国记者的情书，突然之间觉得，她是我的爱豆。因为她让我看到了一个女人的模样，她既可以为了她相信的东西这么奋力地发声，她也可以变成一只猫一样，只想飞跃到你的身旁为你做一餐饭。她的玉娇龙和俞秀莲统一得很好，我也希望我这样。也许会很辛苦，但是我说好吧，我再给自己一点时间，必定杀出一条血路。

雷晓宇：有没有人跟你说，你要得太多了？

刘若英：有。我自己跟自己说的，不是他们说的。

雷晓宇：以你目前的状态，你觉得是你的玉娇龙强一点，还是你的俞秀莲占上风？

刘若英：当我说我想要的太多，其实我觉得，我不是想要的太多了——我应该是比别人贪心一点点，但是我为我的贪心也付出了代价。我并不是说我就要那么多，你应该要给我。我是靠我的劳力、我的体力，跟我的耐力来做到的，而且并不是要得到一个好处。并不是说，我要拍八部戏，或者我要得影后。我做的都是为我儿子，为我的爸爸妈妈，为我的先生，为我的朋友，部分工作是为了我自己在拍戏、唱歌的时候得到乐趣。

可是你说，哪个部分比较大？

我现在在训练我自己。我在身份的转换上，是很快的。当我在工作状态的时候，我可以很专心地工作，可是我也可以立刻切换。我在做演唱会的时候，礼拜五的下午，当我上了那个明星保姆车，我就突然变女王了：哎，给我来一杯冰咖啡。但是，在我演唱会结束的第二天早上，我一上那个车，就已经开始打电话：不好意思，把那个冰箱里面的鱼拿出来解冻，等下我中午回来要煮。所以，你说哪一个部分更大……我觉得尤其是这半年来，最辛苦。因为我的孩子也开始有意识了，他并不是睡在那里哄一哄就好了。

雷晓宇：他不再只是一团肉。

刘若英：对，你懂我的意思。你要真的用脑跟他沟通，不是以前只是生活上的吃饱穿暖。另外一个，我的工作又是要用很多脑的，演唱会走到第30场之后，每一场都不同的。还有剧本，搞了三五年，现在变成怎么把它执行出来。然后，我的父母可能刚好这一年，也老得比较快一点。你知道，人老是突然之间发生的。我觉得我这半年就是在找平衡点。

雷晓宇：可以说，这半年是玉娇龙和俞秀莲打得最辛苦的了。

刘若英：对。我以前甚至没有喝咖啡的习惯，但这几个月，每天早上起来一定要来一杯咖啡，早上起来就先冷静。

雷晓宇：你会想对这两个女人分别说什么吗？

刘若英：冷静。马上要拍电影了，导演第一部电影，严不严重？严重。孩子重不重要？重要。我后来觉得，我只要尽力，我就继续走下去，就算有什么闪失，也没有那么严重。

那天碰到一个朋友，我们俩聊天。她跟我说，不就一部电影嘛，怎么样嘛。她说，咱们也不要再为艺术献身、为艺术牺牲了。老的时候，谁记得我们为它牺牲过？就剩我们俩坐在那边，揉着我们的骨头，说，那一年拍那一场戏摔的。有人会记得你为了那场戏做过什么吗？真的没有。大不了领个终身成就奖，还是坐轮椅上去的，你讲什么，没有人要听。

我那天跟她说，可是老兵有一天想起来，都不是他打得辉煌的战役、他的骄傲，而是他身上的伤疤。我男生的那一面就出来，我这样跟她讲，她就会说，但是很痛啊。

我现在开始学习的一个东西就是，告诉我自己，也没有那么严重。我是个责任狂，我答应过的事情一定会拼命做到。以前，人家问我一个问题，我就会觉得要马上回答。我现在会说：我现在没有办法回答你。明天晚上？后天？会怎么样？也不会死。

雷晓宇：你心里还是有很多没有答案的问题。

刘若英：很多。每一个都有答案了，就不好玩了，对不对？我并不是每件事情都用理性来分析，如果用理性来分析，就比较多答案。它有趣就是因为有这么多不理性，随时都在变。今天早上起来腰闪到，就跟我今天爽不爽有关，它就影响了我今天很多的决定。

雷晓宇：而且完全没问题也是一件很可怕的事情。

刘若英：我听我妈妈说的最可怕的一句话就是：我现在心如止水。我觉得好可怕，她再也不会生气了。她在歇斯底里的时候，我虽然常常觉得像在八点档——有这么严重吗？——可是又觉得，她身体不错哦，活力四射，叽里呱啦，跟小孩是一样的。所以就是这样子，有问题就是没有问题。

雷晓宇：将来有一天，你活到90岁，要面对你人生的最后一天，你希望以这两个女人的哪一种状态去面对？

刘若英：我不会活到90岁吧。我不要去预设我是谁，是哪一面。到了那一天，也许两个都是，也许两个都不是。

雷晓宇：你自己更喜欢哪一个？

刘若英：起码走到现在，我很高兴，我两种都有。没有哪一个把另外一个杀死，我没有妥协。两个都活得很辛苦，但起码还活着。我并不知道有一天谁会战胜谁，也许两个人真的找到了一种和平共处的方式，但是一样都是努力着。

雷晓宇：你的人生到现在，最幸福的时刻是什么时候？

刘若英：我当然是希望还没有来。

雷晓宇：这个问题我朋友问过我，我都觉得没有，so sad。

刘若英：那是因为你对美好的要求太高了。

你这样讲，让我想起来，曾经我生命中很重要的一个人跟我说的一句话。我以前写文章的时候，很喜欢用“幸福”两个字。他有一天跟我说：你把幸福讲得好廉价，人家要追寻一辈子得到幸福，你连吃个汉堡回来，都跟我说好幸福。

我说：这样有错吗？

他说：可是我后来隔了几年，觉得你之所以常常会告诉我你很快乐，就是因为你经常把很小的事情巨大化，所以你的幸福与快乐是唾手可得的，所以你比别人快乐，你比别人幸福。

我知道，我吃个汉堡，别人觉得是很简单的事情。不像人家说，排了好久的队，吃到一个米其林三星级的（餐厅的菜），喝到什么年份的红酒（才幸福）。我不是，我喝到一杯冰咖啡，可能就很幸福。所以，美好是随时随地的，它不是一个大事的美好。就像今天，突然有一个小时空当，我可以提早回家看看，就很美好。

你觉得难得的部分才等于美好，但我反而觉得，日常生活中的美好，对我而言才是真正的美好。

雷晓宇：那我会觉得很好奇，你这种很容易获得快乐的能力，从哪里来？从心理学上讲，一个小孩从小孤单长大，或者比较颠沛流离的话，其实不太容易有这种能力的。

刘若英：我这个能力很强，也许是上帝给我的礼物吧。也许就是因为我有这个能力，所以我在那么多在别人看起来曲折、丰富、高高低低（的事情之后），我能够存活下来。他们说我是极度悲观的乐观主义者，就是很糟的时候，我都会觉得还没有多糟，一定不是最糟，所以还好。

雷晓宇：在你的朋友里面，你通常是提供力量和安慰的角色吧？

刘若英：对。范晓萱最近正好写了一个歌给我，叫作《喂，你在干吗》。我说干吗写这个呢？她说：我们每次打电话给你，都是心情不好。我们吃喝玩乐，吃到好的，玩到好的，我们都没有打给你。所以你后来接到我们打来的电话，都会习惯性地说，喂，怎么了？好像是哦，我也懒得跟那边嘘寒问暖了，你就是有什么事，快说。

雷晓宇：你是大地母亲，你老公真的蛮会找的。

刘若英：对呀，他也蛮会找的，瞎猫碰上死老鼠，自然而然就碰到了。

2017年4月初，我在台北，跟着刘若英去过好几个地方，菜市场、咖啡馆、书店、奶茶店。

这篇文章，与其说在写她，不如说在写我自己。我把很多自己的困惑和感触投射到了她身上，难得她立刻听得懂，接得住，而且迅速给我反馈，把谈话继续推向深入。

不是经常能够遇到这样的谈话的，尤其还是跟第一次见面的陌生人。要有基本面类似的精神结构、知识结构，这样的谈话才有可能进行。

又过了一阵子，我看弗洛伊德的《文明及其不满》，就知道，俞秀莲和玉娇龙既是真实的人物，也是抽象的表达，她们意味着文明的限制和本能的要求，而人就在这两个系统互相作用形成的张力中，继续活着，卧虎藏龙。

跋

从一扇门到一整个房间

这本书，写的是“茧”与“蝶”的故事。

2012年夏天，现在回想起来，我已经不记得它是热或者不热，下雨或者没有下雨，有人或者没有人。我只记得，那一整个8、9、10月份，或者更久，世界是模糊的，像雾，又像做了一个梦，我什么也做不了，我像个氢气球，被愤怒和委屈充得满满的，却不会飞。总之，我不想要继续自己的工作了，我觉得自己被采访和写作这件事情给坑了。

我去辞职，可是主编跟我说，不对，你就是干这个的，这是你的天命，每个人都有自己的天命。

辞职是没辞成，但我心里不服气。是的，每个人都有自己的天命，我的天命，我自己去找，我自己认了，才算数。

可是，去哪里找呢？我不知道。记者是我的第一份工作，也是唯一一份工作，我一干就是7年，没干过别的，也不会干别的。可是，人就是这样奇怪的动物：对于自己擅长的事情往往心怀鄙夷；对于自己不知道的事情，又往往羞于承认自己的无知。

我开始了一些愚蠢的冒险。这本书里收录的10篇文章，它们是对这6年冒险的忠实记录。其中有讽刺，有温暖，有眼泪，有一见如故，有怅然若失，有自以为是。但6年之后再回头看，那些让我志得意满飘飘然的东西，竟然越来越少。这的确更像是一个40岁的中年女人会有的样子，她在探索中触碰到自己的有限性，生出安静和敬畏。

这10篇文章，我全都喜欢。它们是我走过的路。

邹市明那一篇，《金牌起了毛球》，未见得特别出色，但它对我很重要。

那时候，我跳槽去一家互联网公司做公关，每日如坐针毡，这个采访是我上班间隙偷偷跑出去做的。我还记得，从影棚出来天已大黑，可我心里是久违的舒畅，很想要在马路上跳舞，但又不好意思，最后是一路哼着曲儿回家的。

又过了几天，我陪同一位著名的记者采访我的老板，采访进行到一半，我忍不住加入，一起提问，最后采访结束，老板过来和我握手。我想，那一刻，他可能忘了我是他的员工，是他每个月给我发薪水。其实，我也忘了。那一刻，我确认，我应该回到能够给我快乐的世界里去。

接下来，要说到李安那篇文章。这是一种奇妙的感觉，我不知道要怎么形容。有人说我是李安的迷妹，我崇拜他，这好像不准确，因为他那12部电影来来回回看过无数遍，那么熟悉，那么亲——你不会崇拜过于熟悉的事物。说我爱他，也不是那么回事，当初为了采访有一面之缘，他可能已经不记得我了，而我也不知道能够为他再做些什么——不够平等的感觉，就不是爱。对我来说，李安就是大千世界，就是古往今来，就是前世今生，他什么都有。他是一个盛放一切的容器，叫人不至于流淌。我一按播放键，进入他的电影，就像进入一个被温暖包覆的子宫。在那里，我长久挣扎困惑的一切都被接纳了，我感到安全，而且一点儿都不在乎自己是不是足够强大。

考虑到李安的电影几乎每一部都死人，只能说，这就是悲剧的净化作用。

从李安那里得到的滋养，我已经一五一十地写在文章里面了。它让我第一次确信，采访对象可以不只是一个给予你善意的路人，你可以和他深刻地共情，和他产生某个瞬间的共识，你还可以把他留在你的生命里，成为和你共生的一个碎片。你搜集的碎片越多，你拼凑出的你自己就越完整。这个完整，让你不那么孤独，也更喜欢自己。

可以这么说，当李安问我，晓宇我们以前见过面吗，他和我其实都不知道，他正在帮我打开一扇门。透过这扇门，我不但要看，我还要看到深深深深的最里面，然后调动我所有的生命能量，把我看到的东西写出来。我身处其中，感到自己活着。

后来的几篇文章，朴树、黄觉、刘若英、阮经天，我在写他们，也在写李安，也在写我自己。他们都是艺人，我也变得像个演员，把自己的躯壳敞开，欢迎陌生灵魂的一部分来进驻，我用我的肉身去感受和体会他们经历的关键时刻，然后再像演员一样出戏，灵魂出窍，保持冷静的审视，开始动笔。这样的访谈，是对彼此的疗愈，但也消耗元气，容易受伤，因为你消耗全部能量去拥抱别人的人生，可最终能够留在你手心里的，就只是那一个碎片而已。

既美好，又虚无，历程的一体两面，就像这沸腾的生活。

有时候我想，我自己是不是也成了一扇门？通过我这扇门，也许受访者能够把自己看得更清楚，读者能够把他们看得更清楚，也把生命的一些真相看得更清楚。也许不会有多少人记得我，但是他们经过我，能够去到更遥远迷人的地方。

有一天，当我想到这一点，那个被充满的氢气球就好像又能够飞了。

还有一篇文章，我很喜欢，但并没有收录。

去年夏天，我去布拉格采访汤唯，聊过一个通宵。我还记得，在布拉格凉夜的露台上，远处的天空突然有一团发光的星云在移动，上下左右，来去自由，像在飞。我以为是萤火虫，她以为是流星，但再一看，不过是老广场的灯光照亮了一群夜归的鸟。

幻想和真实，到底哪一个更美？

那次交谈最后成文，但没有发表。表面看起来的原因是，它涉及了受访者只愿意跟我一个人讲的隐私。但更深刻的原因，不但是我又一次触碰了非虚构写作的边界——就是和另外一个活生生的人之间争夺叙述权——而且，有时候，幻想比真实更重要，更美，那才是我们会迷失其中，但又留恋不已的东西。为什么非要写真实，而不是写对于真实的幻想呢？

当这样的事情一次次发生，我会感受到新的焦虑。到底什么时候，我能够摆脱掉我感谢和倚赖的这些人，不再靠着他们的皮相和人生，也能够自由自在地表达我的生命体验呢？就像《刺杀骑士团长》里面的画家，当他决定不再临摹，而是完全原创的时候，他等于让自己重新置身荒野，他行吗？我行吗？如果我不再只是一扇门，而是一整个房间，这个房间没人来怎么办？房间里没有东西怎么办？我会不会看起来特别可笑，像个空屋里的小偷？

我不知道，又一次地。

然而李安再一次给了我勇气。

台湾有个女舞蹈家，叫许芳宜。她39岁的时候，跑到纽约去找李安，说，我岁数大了，不知道接下来应该要做什么。李安问她，你最喜欢做什么？她说，跳舞。哦，那就继续跳吧。豁然开朗。

This is your mission. 接受了，认了。这就是信者有福。

最后，这本不完美的小书得以出版，我要发自内心地感谢他们。

我职业生涯的两位老师：牛文文，王锋。二位性格完全相反，一个像火，一个像水，恰如我自己性格的两面。

我最好的朋友：梁宁，Stella，Sunggie。女性之间可以摒弃狭隘情感，分享精神化的秘密，一起成长。

所有和我一起工作过的同事，所有接受过我采访的人们：你们的善意成全了我的成长，也希望我不是太难相处的人。

果麦的诸位编辑，尤其是周婧和鲍晓霞：谢谢你们的邀约，以及背后诸多繁琐的工作。

还要特别谢谢黄觉、朴树和建哥。没有你们，这本书是残缺的。

2018.06

于北京北

雷晓宇

1979年出生，天蝎座，湖北人。
曾学习纪录片拍摄，但一直在文字里打滚，先后供职于《中国企业家》《GQ智族》《创业家》等杂志，并为各报刊撰写专栏。对人物的兴趣渐渐覆盖对其他领域的兴趣，因为，见人如见己。

扫一扫

测测在经典文学的平行时空里，

你是哪一个角色？

经典，你真的读懂了吗？

关注“麦叔读经典”公众号，

让经典文学为你开启看待世界的另一种视角。

海胆

产品经理 | 鲍晓霞　　书籍设计 | 朱镜霖

后期制作 | 顾逸飞　　特约印制 | 路军飞

产品监制 | 何　娜　　策 划 人 | 路金波

图书在版编目（CIP）数据

海胆 / 雷晓宇著. -- 杭州 : 浙江文艺出版社, 2018.10

ISBN 978-7-5339-5433-8

Ⅰ. ①海… Ⅱ. ①雷… Ⅲ. ①访问记－作品集－中国－当代 Ⅳ. ①I253

中国版本图书馆CIP数据核字(2018)第231580号

海胆
雷晓宇 著

责任编辑　金荣良
装帧设计　朱镜霖

出版发行　浙江文艺出版社
地　　址　杭州市体育场路347号　　邮编 310006
网　　址　www.zjwycbs.cn
经　　销　浙江省新华书店集团有限公司
　　　　　果麦文化传媒股份有限公司
印　　刷　北京盛通印刷股份有限公司
开　　本　880毫米×1230毫米　1/32
字　　数　208千字
印　　张　9
印　　数　1-15,000
版　　次　2018年10月第1版　2018年10月第1次印刷
书　　号　ISBN　978-7-5339-5433-8
定　　价　58.00元